MILENA
Verlag

REVISITED Band 7

Prozeß auf Tod und Leben

Roman

von Rudolf Brunngraber

Mit einem Nachwort von Klaus Kastberger

MILENA Verlag

Das Buch

Ungarn 1882: Im Dorf Tisza-Eszlár wird die junge Magd Esther von ihrer Dienstgeberin, der Bäuerin Bátori, erbarmungslos ausgebeutet. Auch von ihrer Mutter wird dem armen Mädchen keine Unterstützung zuteil. Als Esther am Palmsamstag unweit der Synagoge spurlos verschwindet, macht die Kunde, die Juden aus dem Dorf hätten Esther zu Pessach geopfert, schnell die Runde. Bald wird aus dem verhetzenden Gerücht ein bestimmendes Thema in den politischen Kreisen Budapests – und auch in den internationalen Zeitungen wird groß über den angeblichen Ritualmord berichtet. Der halbwüchsige Moritz Scharf, Sohn des jüdischen Tempeldieners, der sich von den religiösen Traditionen lossagen will, wird zum Spielball der antisemitischen Hetze. Sowohl in der Provinz als auch in Budapest wittern judenfeindliche Politiker und Staatsanwälte die Chance, mit diesem Fall ihre Karriere vorantreiben zu können. Bald beginnen auch deutschnationale Politiker in Berlin sich für den Fall zu interessieren. Das Gerücht aus einem kleinen ungarischen Dorf wird zum Staatsakt und es kommt zu einem spektakulären Prozess auf Leben und Tod.

G. W. Pabst stellte seinen Film 1948 bei den Filmfestspielen in Venedig vor und wurde für den Goldenen Löwen nominiert. Ernst Deutsch wurde in Venedig zum besten Hauptdarsteller gekürt, der junge Josef Meinrad glänzte in einer frühen Rolle als Untersuchungsrichter Bary.

Der Autor

Rudolf Brunngraber (1901–1960) gehört zu den interessantesten österreichischen Schriftstellern des 20. Jahrhunderts. Seine Romane wurden mit zahlreichen Preisen ausgezeichnet, in 18 Sprachen übersetzt und erreichten eine Millionenauflage. Angeregt durch Otto Neurath gelang Rudolf Brunngraber 1932 mit ›Karl und das 20. Jahrhundert‹ (MILENA, 2010) ein Roman, der nicht nur inhaltlich bedeutsam ist, sondern auch formal neue Wege beschreitet. Vor seinem literarischen Durchbruch schlug sich der ehemalige Schüler Gustav Klimts jahrelang als Wanderredner, Holzfäller und Totensänger durch. ›Prozeß auf Tod und Leben‹ erschien das erste Mal 1948 im Zsolnay Verlag.

RUDOLF BUNNGRABER

INHALT

ERSTER TEIL

Mörderisches Welttheater

ZWEITER TEIL

Im Namen der Menschenwürde

VORBEMERKUNG

Alle wesentlichen Personen und Vorgänge, Beziehungen, Zustände und Daten dieses Romans sind historisch. Ist einiges dennoch nicht ganz dem Vorbild getreu dargestellt, dann geschah das überall dort, wo eine Milderung der Wirklichkeit, nicht ihre Steigerung, den künstlerischen Gesetzen mehr entsprach.

Denn das Leben hat in dem hier gezeigten Geschehen die Umstände in so grotesker, blutrünstiger und zugleich schlüssiger Weise zueinandergefügt, wie ein Dichter es sich nie erlauben dürfte, wollte er nicht alles Vertrauen verlieren.

Unbeschadet dessen wurde der Fall zur Darstellung herangezogen, weil er in besonderer Weise die Gelegenheit bot, im Beispiel eines sozialen Querschnitts, ja im Idealmodell eines solchen, die Kräfte aufzuzeigen, ihren Nährboden, ihr Ineinandergreifen und ihre Auswirkungen, die durch die Jahrtausende zu dem mörderischen Welttheater geführt haben, das in gesellschaftlicher Lüge und Rechtsbeugung, in Rassenhaß und Vernichtungswillen, kurz im Krieg zwischen Mensch und Mensch überhaupt sich entfaltet und, trotz der ungeheuren Folgen in unserer Zeit, augenscheinlich weiter entfalten wird.

ERSTER TEIL

Mörderisches Welttheater

THEISS-BALLADE

Das Dorf Tisza-Eszlár, Eszlár an der Theiß, war selbst den meisten Ungarn unbekannt.

Es lag im Nordostwinkel der großen Pußta, nicht allzufern der galizischen Grenze, und war aus der Eingemeindung zweier weit auseinander liegender Häusergruppen entstanden. Die eine hieß nun Altdorf, Ófalu, und die andere Neudorf, Ujfalu. Da sich zwischen den beiden Siedlungen noch Weidegründe ausdehnten, zog sich die Dorfstraße, an deren einem und anderem Ende die Häuser aufgereiht waren, über zwei Kilometer lang hin. Diese Ausdehnung wurde dafür bestimmend, daß das weltentlegene Theißdorf eines Tages zu europäischer Berüchtigtheit gelangte.

Das Geschehen dieses Tages, des 1. April 1882, dem Samstag vor Palmsonntag, hob mit dem Geschrei der Hähne an.

Denn schon um diese Zeit mußte Esther Solymosi, die vierzehnjährige Magd der Kleinbäuerin Andreas Bátori, von ihrem Lager an die Arbeit. Das frühe Aufstehn fiel dem zarten Mädchen, das noch ein Kind war, diesmal besonders schwer, weil es an einer Verletzung litt. Vor einigen Wochen war ihm die Kuh auf den rechten Fuß getreten, und obzwar die Wunde seither venarbt war, fühlte Esther sich wieder schlechter. Am Vorabend war ihr der Schleifstein auf den kranken Fuß gefallen, und der neue Schmerz hatte sie schon nicht richtig schlafen lassen. Nun preßte es ihr die Tränen heraus, als sie, vom Lager gleitend, auftrat, denn es peinigte sie nicht nur der Schmerz, sondern ihr kindliches, malträtiertes Herz verzagte. Sie empfand sich gefangen und gequält und wußte sich hilflos und ohne Hoffnung.

Da sie bei ihrer Dienstgeberin, der fünfzigjährigen Bátori, keine Nachsicht erwarten konnte, gab es nichts, das sie davor hätte bewahren können, daß sie nun hinkend in die Dunkelheit hinaus mußte, an die viele Arbeit im Haus, im Hof und in den kleinen Ställen. Zudem sah Esther voraus, wie dieser Tag voll besonderer Drangsal sein würde, da die Bátori gestern schon bestimmt hatte, es müßte wegen der bevorstehenden Ostern vieles an Hausrat und Gerät auf den Hof hinausgeschafft und gewaschen werden. Diese Bátori war um so rücksichtsloser, als sie es auch gegen sich selbst zu sein schien. Sie verachtete ihren Mann, einen klapprigen Alten, und arbeitete wie besessen, als müßte sie sich dadurch von der eigenen Person ablenken. Aber es machte ihr offenbar auch Vergnügen, hartherzig zu sein, und die bevorstehenden Ostern hatten ihre Reinigungswut überdies wieder in den höchsten Grad gesteigert.

Unter diesen Umständen erleichterte es Esther, nicht sogleich nach dem Verlassen ihrer Kammer auf die Bátori zu treffen. Der kranke Fuß aber trug sie, als sie auf den finsteren, kalten und windigen Hof hinaustrat, so wenig – sie knickte bei jedem Schritt so schmerzhaft ein, daß das Weinen sie wieder überkam. So stand sie voll wildem Weh und einem Gefühl abgrundtiefer Verlassenheit auf dem nächtlich stillen, unwirtlichen und durchfegten Hof. Dabei erinnerte sie sich, um eine Zuflucht grübelnd, ihrer Mutter, aber es stand ihr auch die Armut dieser Mutter sofort vor Augen, die es verhinderte, daß sie bei ihr hätte Schutz suchen können, und sie ließ den Gedanken mit einem Seufzer wieder fallen. Doch meinte Esther nun, das kalte Theißwasser würde den Schmerz in ihrem Fuß vielleicht lindern; deshalb schleppte sie sich, an den Ställen vorbei, in denen die Kuh, die zwei Schweine und die Ziegen untergebracht waren, hinten in die Dämmerung hinaus und zum Fluß hinab.

Der Wind riß an ihren Haaren und dem weiten, alten Barchentkittel, als sie sich am Ufer, das hier flacher war, hinabschob. Dann tauchte sie den Fuß in das kalte, wildtreibende Wasser, das nur fahl blinkte, und empfand die Eisigkeit, die ihr durch die

Haut drang, wahrhaftig lindernd. Aber es stand kein Stern droben, und wie es in der wetterdunklen Dämmerung vom Wind knatterte und sauste, erschauerte Esther über die finstere Weite der Welt und ihre Einsamkeit.

Allein es blieb ihr keine Muße, ihrer Trauer nachzuhängen. Schon gellte es vom Haus her: Esther! Esther!, mit dieser lebensvollen und tönenden, aber immer ungeduldigen, immer zürnenden Stimme, und Esther mußte sich sputen, die wartende Bátori nicht noch mehr gegen sich aufzubringen. Sie humpelte, so eilig sie es vermochte, in der grauenden Dämmerung auf das Anwesen zurück, wo die Bátori, im Wind umflattert dastehend, sie bereits mit Geschimpf empfing. Mit ihren angegrauten, hellblonden Haaren und ihren milchigblauen Augen hatte sie etwas Farbloses, aber ihre ehemals schönen Züge waren von Alter, Gier und Selbstzerfressenheit verhärtet, und sie schien kein fühlendes Herz in der Brust zu tragen. Sie befahl Esther, die sie ein faules und kriechendes Luder nannte, das sich nur verstelle, in den Stall, die Kuh zu füttern und zu melken, und begann mit dem Bauern, der dürr und linkisch umherstelzte, die Möbel und den Hausrat auf den Hof herauszuräumen.

Esther umhalste die Kuh, von der sie getreten worden war. Dieser Morgen preßte ihr so das Herz ab, daß sie sich bei der stumpfen Kreatur geborgener fühlte als bei den Menschen. Doch hob dieser Tag erst an. Als sie später der Bátori die Milch hinausbrachte, schlug ihr die, weil ihr der Eimer nicht voll genug war, mit ihren harten Händen links und rechts ins Gesicht. Sie schrie, daß Esther, damit das Fehlende sich einspare, kein Frühstück erhalten würde, und trieb sie zur weiteren Arbeit an. Nun mußte Esther, hinkend und bei jedem dritten Schritt einknickend, zu den Ziegen, die gleichfalls gemolken sein wollten. Sie mußte die Hühner füttern und die Kuh und die Ziegen zur Tränke an den Fluß hinabtreiben. Hier kam Julcsa zu ihr, die gleichfalls Magd war und Tiere zur Theiß herabgetrieben hatte, aber Esther konnte sich am Zuspruch der Freundin nicht aufrichten, denn schon schrie die Bátori wieder nach ihr. Sie mußte den Schweinen den Trank zurichten und in den Trog schütten und mußte die Ställe ausmisten und reinigen. Damit kaum zu Ende, mußte sie wieder ins Haus, um den Morgenimbiß für ihre Brotgeber zuzubereiten. Zwischendurch räumte sie die Stube auf, und als die Bátori und der Bauer dann aßen, begann sie im Hof die Möbel zu waschen.

Der Fuß schmerzte Esther zum Umsinken, aber sie mußte immer wieder mit dem schweren Eimer, in den sie die Lappen tauchte, zum Brunnen, um das Wasser zu wechseln. Nach einiger Zeit glaubte sie, es nicht mehr leisten zu können. Es stach und drückte in dem kranken Fuß, als fiele der Schleifstein immer wieder darauf, aber Esther wußte sich in aller Pein keinen Rat. Der alte Bauer, der nach dem Frühstück begonnen hatte, die Hauswand zu weißen, war ihr zwar nicht gram, jedoch er hatte nichts zu bestellen im Haus, und von der Bátori, die dauernd neues Gerät herausschaffte, war weder Milde noch Einsicht zu erwarten. Esther wankte, wie sie auch der Hunger zu plagen begann, zunehmend wunder hin und her, bis sie schließlich darauf verfiel, sich in den kurzen Zeitspannen, die die Bátori im Haus war, hinter ein Möbel zu kauern und, mit dem wischenden Arm Arbeit nur vortäuschend, auszuruhen. In einer solchen Pause wurde sie aber von dem Weib durch ein Fenster beobachtet.

Die Bátori gewann damit die Überzeugung, daß sie es in der jungen Esther mit einem betrügerischen Ding zu tun hätte. Sie gewann diese Überzeugung gern, obgleich sie Esther, die seit einem halben Jahr bei ihr diente, gut genug kannte, um das Trügerische ihres Eindrucks zu fühlen. Aber es befriedigte die Bátori, Anlaß zu haben, sich über die Welt zu erbosen. Diese Wut fügte sich in die Erbitterung, die sie über ihr ganzes Leben empfand, und damit kam eine Gerechtigkeit in ihre Zornanfälle, die sie mit schwelgerischer Hemmungslosigkeit genoß. Sie stürzte so furios in den Hof hinab, daß Esther nicht mehr dazu kam, sich ganz aufzurichten. Die Bátori riß sie an den Haaren hoch und schlug und trat nach ihr, nicht achtend, wohin sie traf. Dabei bedachte sie die Weinende mit allen Schimpfnamen, die ihr einfielen, auch hielt sie ihr das Essen vor, das ihr verabreicht würde und das sie sich nie verdiene, und sie prophezeite ihr überdies ein Ende in Jammer und Elend.

Aber nun war der Jammer auch in Esther so groß, daß sie klagend aufbegehrte. Sie wies auf ihren verletzten Fuß und bat die Bátori schluchzend, ihr die Schmerzen zu glauben und Nachsicht zu üben. Daraufhin lachte das Weib nur höhnisch; aber da ihr das Lachen insgeheim eine Verlegenheit bereitete, stieß sie Drohungen aus und kehrte sich von Esther ab. Sie wandte sich, als einem neuen Gegenstand ihres Grimms und ihrer Geringschätzung, dem Bauern zu.

Ob er den Sockel des Hauses nicht auch frisch streichen wolle, herrschte sie ihn an, sie sähe keine Vorkehrungen dafür. Der Bauer verfiel in sein widerspenstiges Kichern und erklärte, daß er keine blaue Farbe mehr habe. Da sah ihn die Bátori mit finsterer Verachtung an. Was hast Du überhaupt –, knirschte sie. Hernach wandte sie sich mit einem verlorenen Ausdruck um.

Dabei fiel ihr Blick in den Wandspiegel, der, zur Reinigung herausgebracht, auf einen Tisch gehoben und an einen daran gerückten Schrank gelehnt war. Er hatte einen versilberten, verzierten Rahmen und war der Bátori bestes Stück, zudem eines, vor dem sie sich oft beschäftigte. Sie verharrte auch jetzt davor, indem sie sich versonnen in die Augen sah und ihr Gesicht studierte. Die Folie ihres Gesichtes in dem Spiegel, der wetterdunkle Himmel und die grau durchfinsterte Luft, machte ihre Züge noch härter, grauer und älter, und die ohnmächtige Enttäuschung des Menschen, der sein Leben vorüber weiß, stieg mit einem düsteren Ausdruck in ihre Augen herauf. Dann ging sie mit einer ärgerlichen Wendung ins Haus, dem Bauern unwirsch zurufend, daß Esther dann eben blaue Farbe würde holen müssen.

Esthers Plage und Marter war nun um das noch gesteigert, daß sie sich keine Erleichterung mehr zu verschaffen wagte. Sie putzte hastig und wusch, humpelte mit dem Eimer zum Brunnen, pumpte und kam wieder und suchte ihr Werk so eifrig weiterzutreiben, wie ihre Kräfte es nur erlaubten. Aber sie hatte kaum noch Kräfte. Sie hungerte auch und fror an dem kalten Brunnenwasser, trotz ihres Jäckchens und des Harrastuchs, das sie um den Leib gewunden hatte, gleichzeitig glühte sie innen vor Not und vielleicht auch im Fieber. Aus ihrem schmalen Kindergesicht, das ein schwarzes, hellgeblümtes, unterm Kinn zusammengebundenes Kopftuch umrahmte, blickten ihre schwarzen Augen verängstigt groß, ihre Wangen brannten vor Anstrengung und Leid, und sie zitterte am ganzen Körper. Die Verzagtheit, von der sie schon nach dem Aufstehn, vor fünf, sechs Stunden, befallen worden war, steigerte sich zur dumpfen Verzweiflung. Dazu kam, daß auch die Welt voll Drohung und Trostlosigkeit erschien. Dauernd strich der kalte Wind durch den Hof, und der Himmel hing mit zunehmend schwerer und schwärzer sich drängenden Wolken herab; dieser Vormittag vor der Osterwoche berührte wie ein Nachmittag im November, ja er wirkte auf Esther wie das Ende alles Lichten, des Lebens und der Welt. Ihr geplagtes Kinderherz war nicht mehr stark genug zu der Regung, sich jenseits der wolkenbedrängten, durchsausten Düsternis noch eine Sonnigkeit vorstellen zu können. Ihr war, als wäre sie in einen dunklen Stollen geraten, aus dem kein Ausstieg mehr ins Freundliche führen könnte.

Und jetzt geschah das Unglück. Esther hatte auf einen Schemel steigen müssen, um mit dem reinigenden Lappen in ihrer Hand über die obere Kante des Schranks hinwegzureichen, an den der Spiegel gelehnt war. Sie mußte sich auch dann noch auf die Zehenspitzen erheben; aber als sie das Körpergewicht, weil der kranke Fuß der Beanspruchung nicht standhielt, auf den gesunden verlegte, kippte der Schemel um und sie stürzte mit wildem Erschrecken herab. Dabei suchten ihre Hände nach Halt, und während sie mit der Rechten die Kastentür aufriß, schlug sie mit der Linken, hart zu Boden stürzend, einen großen Krug herab, der neben dem Schrank auf einem Stuhl gestanden hatte. In das Prasseln des zerscherbenden Kruges mischte sich das Klirren des Spiegels, der durch die auffliegende Schranktür umgeworfen worden war und gleichfalls zerbrach.

Esther, wie sie am Boden lag, stockte vor Entsetzen der Atem im Mund, und im gleichen Augenblick stürzte die Bátori, die eben das Geld für die Farbe hatte bringen wollen, aus dem Haus. Da ihr die querstehende Schranktür den umgefallenen Spiegel verdeckte, sah sie nur, wie Esther, ratlos kauernd, die Krugscherben sammelte, aber auch der Verlust des Kruges allein, den die Bátori bisher erkannte, peitschte sie zu sinnloser Wut auf. Mein Krug! schrie sie, mein schöner Krug! Du Bestie, das hast Du mit Absicht getan, weil es Dich ärgert, daß ich Dich dauernd auf Deiner Faulheit und Deinen Schwindeleien ertappe! Aber die Bosheit treibe ich Dir aus!

Sie kam flatternd und mit wehenden Armen, gleich einem riesigen Vogel, von der Haustür hergestürzt, hing mit aufgerissenen Augen und rund schreiendem Mund, wie eine überlebensgroße Traumhexe, über der kauernden Esther, der vor Angst die Unterlippe flog. Dann riß sie das Mädchen wieder an den Haaren hoch, und während sie mit beiden Fäusten nach ihr schlug und mit den Füßen nach ihr trat, begleitete sie ihren Ausbruch mit gellendem Gekeif. Da! schrie sie, und: Da!, und bei jedem Da! schlug oder trat sie nach Esther, die aufgelöst und schreiend zwischen diesen schlagenden Gliedmaßen hin- und hertaumelte, bis sie zusammenbrach. Erst von der widerstandslos Liegenden ließ die Bátori ab.

Sie keuchte in erhitzter Befriedigtheit. Aber da ihr das gemarterte Stück Fleisch, das ihr nun zu Füßen lag, doch einen Gewissensbiß verursachte, wollte sie es schnell aus den Augen bekommen. Da hast Du! fuhr sie Esther an. Das Geld für die blaue Farbe. Aber beeil Dich, Du weißt, Du mußt durch das ganze Dorf! Wenn Du zum Mittagläuten nicht zurück bist, erlebst Du etwas!

Esther richtete sich mühsam auf, knickte ein und richtete sich wieder auf. Ihr Gesicht war von Tränenbächen überzogen, das Kopftuch war ihr ins Genick gerutscht, die schwarzen Haare umstanden wirr zerzaust ihren Kopf, sie wankte über den kranken Fuß seitwärts.

Die Bátori fing sie auf. So kannst Du nicht gehn, wies sie Esther zurecht, dabei wischte sie ihr mit der Schürze roh übers Gesicht, dann strich sie ihr die Haare zurück. Die Farbe, erklärte sie, bindest Du ins Kopftuch ein. So! Aber nun hinaus! Bist Du zum Mittagläuten nicht da, erschlage ich Dich!

Esther nahm das Geld und humpelte weg. In ihrem Kopf kreiste nur ein Gedanke: die Bátori dürfe den zerbrochenen Spiegel nicht entdecken, solange sie noch da sei.

In der windigen, durchstäubten Dorfstraße aber wandte Esther sich sofort nach dem niedrigen und baufälligen, schiefen und fensterarmen Heim ihrer Mutter. Die Witwe Solymosi, obgleich nur wenig älter als die Bátori, sah aus wie ein Greisin. Sie hatte keine Magd, lebte von einer Ziege, und grub eben den kleinen Gemüsegarten vor ihrem Haus um. Da dieses Haus dem der Bátori fast benachbart lag – sie waren unter den ersten an der Dorfstraße von Ujfalu –, fiel Esther ihre Mutter auch sofort in den Blick. Doch war ihre Angst vor der Bátori, die mittlerweile auf den zerbrochenen Spiegel gestoßen sein konnte, so groß, daß sie es nicht wagte, mit ihrer Mutter im Gärtchen zu reden. Sie zog die abgehärmte Frau hinkend ins Haus hinein und flehte sie dort an, sie nicht mehr zur Bátori zurückzuschicken.

Die Witwe Solymosi aber war so arm, daß sie sich ein Gefühlsleben nicht leisten konnte. Und sie war, nach dem frühen Tod ihres Mannes, schon so lange so arm, daß auch die Regungen, von denen sie dennoch heimgesucht wurde, nicht mehr bis in ihr

Gesicht oder ihre Augen heraufkamen. Allerdings war sie, obschon sie einen tiefen Trost in der Religion besaß, über dieses Leben auch hart geworden. Deshalb stand sie nun in der armseligen Küche auch Esther mit einem kalten, unzugänglichen Blick gegenüber. Sie erkannte wohl den aufgelösten Zustand ihres Kindes, aber sie wußte auch, daß sie das nicht merken lassen dürfe.

So, sagte sie, während Esther mit zitternden Lippen und feuchten Augen dastand, den Spiegel hast Du zerbrochen …

Aber ich kann nichts dafür, Mutter, klagte Esther flehend auf.

Arme Leute können immer etwas dafür, entgegnete die Witwe Solymosi, und wir sind arme Leute. Ich kann Dich nicht zurücknehmen, ich habe selbst nichts zu essen. Und als Esther aufweinte: Ich ertrag' dieses Leben nicht mehr!, fügte sie, sich abkehrend, hinzu: Ach was, ein Spiegel ist nicht die Welt, und ein Tag ist nicht das Leben, und das Leben ist kein Honigtopf.

Sie machte sich an dem kalten Herd zu schaffen, um das Kind nicht ansehen zu müssen.

Dann will ich, hörte sie Esther schluchzen, überhaupt nicht mehr leben.

Dummes Zeug, rief die Witwe Solymosi gepeinigt. Sie hob rasselnd zwei Ringe vom Herd, obgleich sie nichts auf die Feuerung zu stellen hatte. Wenn das jeder sagte … Was glaubst Du denn, wie das Leben sein sollte!

Esther starrte mit schwimmenden Augen auf den Rücken ihrer Mutter, der ihr von unrührsamer Abweisung erschien. Ihre Gedanken suchten bei fernen Erinnerungen Halt. Das Leben, dachte sie, müßte dann und wann auch wie Sonntag sein. Und sie lispelte traurig: Wie ein bißchen Sonntag eben …

Aber da fuhr ihr die Mutter, noch immer abgewendet, schon rauh ins Wort. Sonntag, rief sie, Sonntag ist nur für die anderen! Doch wie kannst Du da herumstehn? Hat die Bátori Dich nicht auf eine Besorgung geschickt?

Esther wollte etwas über ihren Hunger und ihren kranken Fuß

sagen, allein da hob es ihre junge Seele in die Überlegenheit der letzten Trauer. Mit einemmal vor namenlosem Leid kein Kind mehr, erkannte sie, daß ihr diese Mutter, diese alte Frau, nicht helfen konnte, daß sie es gewiß wünschen würde, sich aber ohne Vermögen dazu sah, und daß sie ihr so und mit ihren Klagen nur eine Beschwer war. Damit aber sank die Einsamkeit in Esther herab, in der sie, zumindest für die Minute, über sich hinauswuchs. Sie schlich wortlos und auf den nackten Sohlen trotz des hinkenden Beins ohne Geräusch hinaus.

Die Witwe Solymosi, weiterhin auf den kalten Herd niederstarrend, glaubte Esther noch anwesend. Erst als sie sich nach einer Weile umkehrte und die Küche hinter sich und die offene Tür leer fand, überließ sie sich ihrem Gram. Estherka, schluchzte sie, mit dem Handrücken über Mund und Nase wischend.

Indessen wankte Esther im Wind und Staub und unter dem schwarzen Himmel schon die Dorfstraße hinab.

Nun freilich, da der angestrengte Fuß sie wieder mehr schmerzte und auch der erhebende Ernst, den sie der Mutter gegenüber gefühlt hatte, wieder aus ihr hinausgetreten war, befiel sie die letzte Verzweiflung. Sie sah immerfort zu Boden, in das Staubtreiben, und fühlte eine Last, als läge der finstere Himmel auf ihren Kinderschultern. Das schwarze, geblümte Kopftuch, in dem sie die Farbe bringen sollte, hielt sie in der Linken und in der Rechten die paar Kreuzer, die ihr die Bátori mitgegeben hatte. Dabei knickte sie über dem kranken Fuß immer wieder taumelnd ein, so daß sie hinzufallen drohte, und da ihr nun die Weite des Weges bewußt wurde – denn der Krämer Kohlmayer lag mit seinem Gewölbe gerade am anderen Ende des Dorfes, in Ófalu –, begann sie vor Hilflosigkeit auch wieder zu weinen. Die Empfindung, die sie schon am Morgen gehabt hatte, nämlich daß sie in einen dunklen Stollen geraten sei, aus dem es keinen Ausweg ins Lichte gebe, überkam sie jetzt endgültig. Wie der Wind an ihren kurzen schwarzen Zöpfen, ihrer Schürze und ihrem weiten Kittel zerrte, – wie er ihr den Staub in das weinende Gesicht warf und sie sich fallweise gegen ihn stemmen mußte, – wie der Fuß sie immer mehr schmerzte, der Weg endlos anmutete und ihr junges Herz verging vor Not, geriet sie in einen wahren Taumel des Wehsals.

So kam Esther an den weißen Säulenarkaden des Dorfrichterhauses vorbei, an der jetzt leeren Schenke mit der Pferdetränke davor, an dem Durchblick zwischen zwei Häusern, in dem, jenseits einer weiten Wiese, hinter einer Mauer, einem großen Tor und hohen Baumkronen das Herrenhaus des Gutsbesitzers im Dorf aufragte, und vorbei an der Mühle. Sie kam, in der Gegend der Weidegründe zwischen Neudorf und Altdorf, an der von der Straße abgelegenen Synagoge vorüber, am Haus des Tempeldieners, und endlich trug der schmerzende Fuß sie nach Ófalu hinein. Sie sah Kinder auf der Gänseweide, aber begegnete ihres Wissens niemand, obgleich sie aus diesem und jenem Fenster, dieser und jener Toreinfahrt gesehen wurde. Ihr Blick war immerwährend in den Staub gerichtet, als überwände sie den weiten Weg besser, wenn sie nicht in ihn hinausblickte. So kam sie schließlich auch, der Erschöpfung nah, zu dem Krämer Kohlmayer am Ende von Altdorf. Er wickelte ihr den Klumpen blauer Farbe ins Kopftuch und war ihr noch behilflich, den Beutel an das linke Handgelenk zu binden.

Als Esther aber wieder hinaustrat, in den Wind und unter die tiefen Wolken, hatte sie vorübergehend keinen Willen mehr. Ihr Fuß versagte, und es war auch ein Gefühl in ihr, als sei sie jetzt, da sie ihren Auftrag ausgeführt hatte, ein wenig berechtigt, zu rasten. Die Häuserzeile von Ófalu im Blick, die weiter hinausziehende Straße, die ferne Synagoge und dahinter erst, fern und klein und wie am Horizont, die Schilfdächer von Ujfalu … dieser Eindruck entmutigte sie nun so, daß sie sich auf einen Brunnenstein setzte. Sie sah dabei in der Ferne, wie viele Leute, zumeist schwarzgekleidete, Juden, aus der Gegend des Tempels herabkamen. Aber sie faßte nichts mehr auf, oder sie tat es vielmehr wie im Fieber. Das ferne schwarze Gewimmel hatte etwas Gespenstisches für sie, so, als könnte sie es nicht verstehen oder als gehörte es nicht zu ihrer Welt; aber sie verstand auch ihre Welt nicht mehr. Diese Häuser von Ófalu waren ihr mit einemmal fremd, als wäre sie aus einem anderen Leben auf den Brunnenstein her verschlagen worden, und nur der Hunger, der sie wütend wieder anfiel, rief sie halb zu sich zurück. Sie pumpte Brunnenwasser über den kranken Fuß und begann neuerdings zu laufen, zu humpeln und zu hinken, hinzuwanken.

So kam sie keuchend, mit zusammengebissenen Zähnen, nassen Augen und verzerrtem Mund, aber auch in einer Art Besinnungslosigkeit aus Ófalu heraus und an den jüdischen Tempel heran, um den es jetzt menschenleer war. Hier aber brach sie zusammen, und in diesem Augenblick scholl auch aus Ujfalu das Mittagläuten auf.

Es traf Esthers Gemüt, als hackten aus dem Himmel phantomische Vögel mit metallenen Schnäbeln auf sie herab. Sie wankte wieder hoch, aber da sah sie auch die ganze Welt vor sich im Bild des zerbrochenen Spiegels. Als umfaßte sein Silberrahmen Himmel und Erde, erblickte sie die Dorfstraße, die niederen weißen Häuser mit ihren geschwungenen Giebeln, die endlose Ebene ringsum und die tiefen schwarzen Wolken nur noch durch das Gegitter der zahllosen Sprünge im Glas. Damit wurde die Welt wieder fremd, wie sie es auf dem Brunnenstein gewesen war, und gleichzeitig spürte Esther eine Hitze im Körper, eine glühende Beklommenheit, die aber auch wohltat. Sie glaubte, den schwarzen Himmel zu sich herabkommen zu sehen, und dachte freundlich an das Niemals-wieder-nach-Hause-Zurückkehren, an den erlösenden Tod. Den Tod.

Als lüde er sie ein, sich ihm anzuvertrauen, fielen nun auch die Weidenbüsche verheißungsvoll in Esthers Blick, die sich hinter der Synagoge längs des Flußufers hinzogen, und sie fühlte eine

Eigenliebe, ein wohliges Sich-selbst-Besitzen, wie sie es nie gekannt hatte. Das war, als würde sie, wenn sie sich dem Tod gab, über alles erhoben. Sie dachte an ihre Schwester, die in einem der nächsten Häuser in Dienst stand, aber die Erinnerung an sie war schon wie die an ein fremdes Wesen. In ähnlicher Ferne sah sie auch den Rücken der abgewandten Mutter wieder, und gleichsam ganz entkräftet verblich das Bild der Bátori. Nur die Erinnerung an Julcsa, ihre einzige Freundin, die morgens bei der Tränke noch an den Fluß herabgekommen war, wandelte Esther mit Rührung an. Aber gerade von Julcsa würde sie auch über den Tod hinaus geliebt werden.

Sie bog vor den ersten Häusern von Ujfalu ab und lief, an der Synagoge vorbei, zum Fluß hinab. Ja, lief. Denn sie spürte nun auch den schmerzenden Fuß nicht mehr. Die Hitze im Körper und diese Schmerzlosigkeit taten wohl, als schwebte sie schon über der Erde. Und Esther sah auch nichts mehr als den tiefen, schwarzen Himmel vor sich. Aber der Wind hatte aufgehört, die Luft stand in wohliger Reglosigkeit, und an den dunklen Wolken lag ein warmer, weicher Glanz ... wie wenn Abend wäre und selig stiller Untergang.

Als Esther durch die Weidenbüsche wankte, sah sie sich fern in einem weißen Kleid durch die beglänzten Wolken nach oben wandeln.

So nahm sie es kaum mehr wahr, daß die Böschung hier um vieles steiler als am Haus der Bátori abfiel. Nur die mit gelblichem Blinken dahinfahrende, von Strudeln gekräuselte, weite und gewölbte Wasserfläche überraschte Esther einen bangen Augenblick. Sie wankte auch einen Schritt zur Seite und stieß unbewußt einen Schrei aus. Aber als hätte die Theiß sie schon erwartet, gab, unterhalb einer Baumwurzel, das Erdreich nach und es war Esther, als gleite das ganze Ufer mit ihr in den Fluß.

EINE JÜDISCHE GEMEINDE

Moritz Scharf, der vierzehnjährige Erstgeborene des Tempeldieners, schlief an diesem Morgen, bis seine junge Stiefmutter ihn aus dem Bett scholt.

Der ›Luftmensch‹, der gestern aus Dargo ins Haus gekommen war, hatte ihm einen alten Kalender geschenkt, und er war in seinem Verschlag lesend darüber wachgelegen, bis der abgebrannte Dochtrest im herabgetröpfelten Unschlitt erstickte. Nun fühlte Moritz sich nicht ausgeschlafen, obgleich es bereits auf neun Uhr ging, und die Hinweise der Stiefmutter, daß Sabbath sei, Ostersabbath, Sabbath vor Pessach, und daß der Gottesdienst bereits begonnen habe, machten ihn nur noch ärgerlicher. Er maulte, ins Licht blinzelnd, und fuhr sich durch das reiche schwarze Haar, das in die Schläfenlocken herabfiel und wirr sein blasses Gesicht umstand. Die Stiefmutter mußte ihn wiederholt mahnen, bis sie ihm die Decke wegriß.

Warte, rief sie, bis der Vater aus dem Tempel kommt! Seit einem halben Jahr bist Du in die Gemeinde aufgenommen und benimmst Dich wie ein Schuft oder Idiot. Gestern hast Du beim Hagada-Lesen gefehlt, und heute versäumst Du die Andachtsübung.

Weil ich mir nichts daraus mache, gab Moritz abfällig zurück. Er streifte die Hose über, die ihm nur bis an die Waden reichte, und latschte in die Küche hinaus.

Woraus machst Du Dir überhaupt etwas, warf ihm seine Stiefmutter vor, während sie ihm folgte.

Moritz wandte sich vom Herd, wo er den Milchtopf gesucht hatte, mit überheblichem Stolz um. Aus meiner Zukunft, entgegnete er blitzenden Auges und hochgereckt.

Und Deine Eltern, drang seine Stiefmutter mit neuen Vorwürfen auf ihn ein, die können sich darüber zu Tode schinden! Dein Vater ist Tempeldiener, und er ist Flickschuster, und er verdingt sich bis in die Weinberge von Tokaj –

Er hat mich vorzeitig aus der Schule genommen! schrie Moritz empört.

Weil Du das Lesen und Schreiben bereits konntest, wies die Stiefmutter, von Rechtschaffenheit erfüllt, seine Klage zurück.

Nein! Die Stimme von Moritz überschlug sich, er beugte sich theatralisch vor und funkelte die Stiefmutter voll Haß an. Weil Du gekommen bist! Weil er Dich aus Ujhely hergebracht hat! Dir danke ich diesen Ruin!

Was unterstehst Du Dich!? Die junge Frau kam von der Wiege, wo sie sich um ihren schreienden Säugling gekümmert hatte, aufgebracht auf Moritz zu. Wirfst Du mir mein Leben hier vor!?

Sie schlug ihm mit ihrer kleinen Hand schallend ins Gesicht und wandte sich wieder nach der Wiege.

Da hob Moritz hastig ein Messer mit weißbeinernem Griff vom Herd und warf es ihr wütend nach. Die Klinge traf sie am Ellbogen, und sie keuchte entsetzt auf. Als sie, herumfahrend, das Messer zu Boden fallen sah, wurden ihre Augen groß vor Zorn und Schauder. Sie stürzte sich auf Moritz, griff mit beiden Händen in sein wirres Haar – dazu fühlte sie sich bewegt, weil er sie um die Stirn überragte und sie ihn beugen wollte – und riß daran in grimmigem Abscheu. Aber Moritz faßte an ihre Handgelenke und zwang ihr die Arme herab. In dieser Weise hielt er sie mit aller Kraft fest, so daß sie sich nah gegenüberstanden und sich voll stummer Wildheit in die erhitzten Gesichter starrten.

Da war es wieder. Moritz konnte sich in aller Wut nicht verhehlen, daß diese Stiefmutter von seltener Anmut war. Ihre Figur in dem langen schwarzen Kleid erschien von mädchenhafter Zartheit, und ihr Gesicht in dem weißen Spitzenschal, der, ihren Kopf wie eine Haube umrahmend, unterm Kinn durchgezogen und über die linke Schulter geworfen war, mutete wie aus Nubien an. Sie besaß mit ihren aufgeworfenen, leicht vorgeschobenen Lippen den bittersten Mund, den Moritz je gesehen hatte; aber wie der Liebreiz ihrer Wangen, ihrer hochmütig wilden Nasenflügel und die süße Nacht ihrer schweren schwarzen Augen hinzukamen, war dies ein Antlitz, erlaucht und fremdartig wie aus einer edleren Welt. Unbegreiflich, daß dergleichen aus Ujhely hatte geholt werden können!

Moritz geriet in das Schwindelgefühl, das ihn nun schon öfter erfaßt hatte, wenn seine Feindseligkeit von dem tiefen Wohlgefallen, das er gleichfalls an dieser Stiefmutter hatte, durchkreuzt worden war. Am Ende aber steigerte dieser Zwiespalt nur abermals seine Wut, und zwar auch gegen den Vater.

Und solch eine Frau, dachte er, konnte der Flickschuster sich heimbringen.

Damit überfiel ihn die Bitterkeit über sein eigenes Leben, das er mit dem vorauseilenden Anspruch der Halbwüchsigen als verpfuscht empfand, und er kehrte sich fahrig wieder ab in seinen eigenen Unfrieden.

Mit einer verächtlichen Gebärde warf er die Arme der Stiefmutter von sich und trat vors Haus. Hier sah er, die Achseln zuckend, wie eben die letzten Nachzügler, Männer in Kaftans oder wie Bauern gekleidet und nur wenige Frauen, in den benachbarten Tempel traten.

Aus ihm schollen bereits ein Harmonium und die Stimme des jeweiligen Sängers.

Heute sangen mehrere in der Synagoge, weil ein neuer Kantor gewählt werden mußte. Emanuel Taub nämlich, dem Vorsänger der jüdischen Gemeinde von Tisza-Eszlár, war eine Berufung nach Polgár zugegangen. Da er auch das Amt des Schächters bekleidet hatte, war in seinem Haus auch bereits Schächterwahl abgehalten worden. Zu diesem Zweck waren schon am Vorabend zwei Schächter von auswärts gekommen, Salomon Schwarz aus

Tisza-Lök und Leopold Braun aus Téglás, die bei Taub Quartier gefunden hatten. Auf wen die endgültige Wahl fallen würde, sollte erst das Vorsingen entscheiden, weil es für die Gemeinde wünschenswert war, wenn Schächter und Kantor sich in einer Person vereinigten. Nicht in Frage kam der dritte von auswärts, der Lehrer und Kantor Abraham Buxbaum aus Tarszal, der bei dem Branntweinhändler Süßmann wohnte und in dem Irrtum gekommen war, die jüdische Gemeinde von Tisza-Eszlár bedürfte eines Kantors und Lehrers.

Die Genannten waren bereits im Tempel versammelt und mit ihnen noch etwa achtzig Personen, darunter der reiche Bauer Lichtmann, der Geldverleiher Weinstein, der Lehrer Römer, der Branntweinhändler Rosenberg, der Uhrmacher Krakauer, die Handwerker Junger, Einhorn, Lustig und Wertheimer, die Bauern Großberg, Klein und andere.

Die wenigen Frauen, in dem Halbdunkel kaum zu erkennen, saßen hinter dem geschnitzten Holzgitter auf der orientalischen Galerie, während die Männer, alle mit dem runden flachen Hut oder der Pelzmütze auf dem Kopf, die Bänke zwischen der Bundeslade und der um einige Stufen erhöhten Vorhalle füllten.

Joseph Scharf, der Tempeldiener, saß in einer Ecke der Estrade, die sich in der Mitte des Raumes erhob, und der ›Luftmensch‹, der Hausierer namens Wollner, der Moritz den Kalender geschenkt hatte, saß unterhalb seiner in der vordersten Bank.

Auf der Estrade aber sang nun Salomon Schwarz, der Schächter aus Tisza-Lök, mit seinem weichen und tönenden Baß das Musaph-Gebet:

Was ist der Mensch?
Aus dem Staub der Erde ist er entsprossen,
und in Staub löst er sich auf;
setzt sein Leben daran, wie er sein täglich Brot gewinne;
gleicht dem Scherben, der gebrechlich ist;
dem Grase, das verdorret;

der Blume, die da welket;
dem wandelnden Schatten;
der Wolke, die vorüberzieht;
dem Winde, der verwehet;
dem Stäubchen, das verflieget;
dem flatterhaften Traume, der verflogen ist …

Und da Schwarz, der mit seinem über die Brust herabwallenden grauen Bart die Gemeinde biblisch ehrwürdig anmutete, mit hohem Ernst und großem Ausdruck sang, bestand kein Zweifel mehr über seine Wahl.

Die Männer äußerten ihren Beifall, wobei sie einander lebhaft zunickten, und der ›Luftmensch‹ Wollner raunte, sich erhebend, dem Tempeldiener launig ins Ohr: Den würde ich gern bei meinem Begräbnis singen hören …

Scharf aber nickte nur verlegen lächelnd, und um dem anderen zu Willen zu sein. Sein Gesicht mit dem kurzen Vollbart, den noch schwarzen Schläfenlocken und der klaren Stirn blieb ernst. Er war neben seinem Amt und seiner Taglöhnerei Flickschuster, wie Baalschem es auch gewesen war; aber dessen himmlische Heiterkeit blieb ihm, so demütig er danach verlangte, unerreichbar. Noch nicht fünfzig, hatte er nach dem Tod seiner ersten Frau die liebliche Rózsika heimgeholt, die erst achtundzwanzig zählte, und das war der Lebensgnade überviel; dennoch wollte ihm die schwermütige Nachdenklichkeit, die sein Daseinsgefühl immer durchtränkt hatte, nie ganz aus der Seele weichen. Er sah sich zeitlebens dazu angehalten, über den Augenblick, die Örtlichkeit und die Umstände, in denen er sich gerade aufhielt, hinauszudenken, und das stellte ihn gewissermaßen dauernd den letzten Dingen des Menschen gegenüber. Da er jedoch kein Weiser, sondern ein einfacher und von der Erde abhängiger Mann war, hob ihn das nicht über das Dasein hinaus, sondern die Drohungen und die Trauer blieben ihm dauernd gegenwärtig. Der Gedanke an Rózsika freilich rührte Scharf darum um so mehr, und er wohnte auch in immer der gleichen Ergriffenheit den Gottesdiensten bei.

Heute allerdings mischte sich in seine Andacht und seine Nachdenklichkeit auch die Sorge um Moritz, seinen Erstgeborenen, nach dem er vergebens durch den ganzen Tempel ausgeschaut hatte und mit dem es von Tag zu Tag schwieriger wurde. Er strich, trotz seiner schmächtigen vierzehn Jahre, bereits wie ein Fremder im Haus herum, aber nicht nur wie ein Fremder, sondern wie ein kranker, ein fiebernder und besessener Fremder, und dergestalt berührte er, als kündigte sich in ihm ein unaufhaltsames, unheilvolles Schicksal an. Joseph Scharf, während er an den Halbwüchsigen dachte, fühlte wieder die Ohnmacht des Menschen.

Aber das bewahrte ihn nicht davor, als das Hochamt vorüber war, sich weiterhin mit den gefährlichen Kräften, denen gegenüber er sich ohnmächtig fühlte, auseinandersetzen zu müssen.

Seine Einladung an den ›Luftmensch‹, bei ihm zu Mittag zu essen, lehnte dieser mit dem Bemerken dankend ab, daß er schon von dem Bauern Großberg eingeladen sei. Doch wollte der Hausierer gern auf ein paar Mazzes mit ins Haus kommen, und Scharf begrüßte das, weil ihm die Art Wollners, dessen Namen er übrigens gar nicht kannte und den er nur: Du Jüd, anredete, im Sinn seiner innersten Sehnsucht behagte. Dieser rothaarige, zwar rasierte, aber bartstoppelige Landstreicher und bettelarme Hausierer, dieser jüdische Zigeuner, der nirgendwo und überall zu Hause war, dieser ›Luftmensch‹ eben besaß, obzwar er keine Pajes mehr trug und längst städtische Gewohnheiten angenommen hatte, die Heiterkeit der Chassidim, nach der es ihn, Scharf, vergeblich verlangte. Es schien, daß er sich nur mit Verschmitztheit äußern könne, so unvergiftbar war seine Lebenslust, so echt seine Bescheidung und so wohlig sicher offenbar das Urteil, zu dem er über alles gelangt war.

Die Anwesenheit Wollners milderte auch den Auftritt, der sich nun im Haus des Tempeldieners abspielte. Denn abgesehen davon, daß Scharfs junge Frau, die eben die Schüssel mit den Mazzes auf den Tisch stellte, ihren aufgeschürften Ellbogen wies und Moritz verklagte, fand Scharf den Jungen auch bei einer Beschäftigung, die ihn neuerdings empören mußte; und im folgenden kam es zu einer Art Frevel.

Moritz war gerade dabei, sich aus dem Kalender eine Lithographie von Budapest auszuschneiden und seinem kleinen Bruder, dem viereinhalbjährigen Samu, von der großen Stadt, ihren Häusern, Palästen und Brücken überm Strom vorzuschwärmen. Er verwickelte auch seinen Vater, der ihn schwach und schwermütig ob seines üblen Betragens und seiner Befassung mit dem Kalender tadelte, sofort in eine Auseinandersetzung, in der er ebenso bald wie zusammenhanglos erklärte, die Schöpfung hätte nicht im Jahr 4004, wie es in der Thora hieß, stattgefunden, sondern vor Jahrmilliarden, und sie hätte auch nicht sieben Tage, sondern Millionen Jahre gedauert.

Wollner wiegte unterhalten den Kopf. Daß das Ei, sagte er lächelnd, immer klüger sein will als die Henne; wie wenn es auf die großen Dinge ankäme, die dem Ei aufregend erscheinen, und nicht auf die kleinen, zu denen die Henne in weiser Bescheidung wieder zurückgefunden hat.

Der Tempeldiener aber wurde von Grauen beschlichen. Er dachte an die Stürme und Feuer und Beben, mit denen Gott immer wieder die mißratene Erde hatte heimsuchen müssen, und wie diese Gewalten jetzt in die bösen Geister gewandelt waren, mit denen im Bunde der Mensch sich nun selbst ins Verderben brachte. Und er sprach das auch aus.

Aber dann bemerkte er, daß neben der Mazzesschüssel der große, siebenarmige Sabbathleuchter noch auf dem Tisch stand, und während er gesetzestreu darüber erschrak, fragte er zerstreut: Wer wird uns nun den Leuchter vom Tisch nehmen?

Nun wer? fragte der rothaarige Wollner begütigend. Wird doch ein Christ in der Nähe sein, der die Arbeit heute tun darf. Er kehrte sich zum Fenster, an dem er einen Flügel öffnete, um Ausschau zu halten. Ehe er aber dazu gelangt war, einen Helfer hereinzurufen, hatte Moritz den Leuchter schon erfaßt und war damit, unbekümmert um den entsetzten Zwischenruf seines Vaters, auf einen Stuhl gestiegen, von wo er den Leuchter auf einen Kasten hinaufhob.

Und als sein Vater kummervoll drohend ihn darauf verwies, daß er Tag für Tag und Schritt für Schritt die Religion der Väter verspotte und die Gesetze Mosis breche, die es den Rechtgläubigen auch seit Jahrtausenden verwehrt hätten, am Sabbath tätig zu sein, als Scharf in die schmerzvolle Klage ausbrach, daß Moritz, bliebe er das sündhafte Jüngel, den Zorn Gottes auf sich herabbeschwören würde, da kehrte der Sohn sich hysterisch gegen ihn.

Ich will von Deinen Gesetzen nichts wissen, schrie er, und von Deiner ganzen Religion und ganzen Welt nichts! Das ist alles überaltert, einfältig und finster, schmutzig und armselig! Ich will fort von hier! In die Welt hinaus! In mein Leben! Ich will ein Stadtmensch werden! Ich sage mich los von allem!

Und da ihm die Schere noch zur Hand lag, mit der er die Lithographie ausgeschnitten hatte, faßte er nach ihr und schnitt sich, unter dem schaudernden Eindruck einer symbolischen Handlung, die Schläfenlocken ab.

Scharf brach langsam auf den Tisch nieder.

Wie kommt es, ächzte er, das Gesicht in die Hände vergrabend, daß das mein Sohn ist. Seine junge Frau stand starr neben ihm, und Moritz stürzte aus dem Haus. Wollner aber legte Scharf die Hand auf die Schulter, und er redete einmal mit stillem Ernst. Möglicherweise, sagte er, wirst Du ihn wandern lassen müssen. Aber er kommt wieder. Entweder wie Joseph aus Ägypten oder wie der Verlorene Sohn. Erhalten aber bleibt er Dir.

Diese Bemerkung, nach der Wollner sich verabschiedete,

wirkte so sänftigend auch auf die junge Frau des Tempeldieners, daß sie hinausging und Moritz mit ruhigen Worten zum Essen hereinholte. Sie hatte das Gefühl, sich ihrem Mann im Augenblick durch nichts zärtlicher erweisen zu können.

Der ›Luftmensch‹, seinen Pinkel auf dem Rücken und eine verschnürte Schachtel unterm Arm, glaubte sich schon eilen zu müssen. Der Gottesdienst war nach elf zu Ende gewesen, und da der Auftritt im Haus des Tempeldieners einen tiefen Eindruck gemacht hatte, überschätzte Wollner die Zeit, die er dabei zugegen gewesen war. Da sah er jedoch seinen Gastgeber, den Bauern Großberg, aus der Schenke treten, an deren Schild der Name Süßmann zu lesen war. Und Großberg, der mit dem fremden Kantor Buxbaum bei Süßmann gewesen war, versicherte Wollner, auf den er in der Straße wartete, daß sie bis zum Mittagessen noch gemütlich heimkämen. Das bestätigte sich dann auch in einer Begegnung, die sie hatten. Aus der zweiten Branntweinschenke im Dorf nämlich, aus der des Hermann Rosenberg, kam der bisherige Kantor und Schächter Tisza-Eszlárs, Emanuel Taub, mit seinen Quartiergästen Schwarz und Braun und dem Lehrer Römer, die, nach einem kleinen Frühstückstrunk, gleichfalls zum Mittagessen, und zwar in Taubs Haus, auf dem Weg waren. Ja, das Mittagläuten, von dem Wollner schon befürchtet hatte, daß es ihn vor dem Haus des Tempeldieners überraschen würde, erfolgte erst eine Viertelstunde später, als er schon bei Großberg saß.

Um diese Zeit ging Hermann Rosenberg, bei dem Taub, Schwarz, Braun und Römer eingekehrt gewesen waren und der nun selbst schon zu Mittag gegessen hatte, von seiner Magd Zsófi Solymosi begleitet, bereits wieder zu Taub. Zsófi Solymosi trug einen Korb mit ein paar Flaschen Wein, die Rosenberg den fremden Schächtern zu stiften versprochen hatte. Und auf diesem Weg ergab es sich auch, daß Zsófi Solymosi, eben als sie mit ihrem Dienstgeber in das Haus Taubs eintrat, ihre Schwester Esther unweit des Tempels auf Ujfalu zukommen sah. Wahrscheinlich, dachte sie, hat sie beim Kohlmayer etwas für die Bátori einholen müssen.

Abraham Buxbaum, der Kantor aus Tarczal, aß bei seinem Quartiergeber Süßmann, dann besuchte er die Schächter aus Tisza-Lök und Téglás im Haus Taubs, und gegen fünf Uhr fanden sich alle, mit etwa noch einem Dutzend anderer, wieder im Tempel zum Abendgebet ein. Das dauerte ungefähr eine halbe Stunde, dann gingen die fremden Kantoren mit Taub zu Moritz Lichtmann, dem jüdischen Honoratior im Dorf, zur Jause.

Moritz Lichtmann war eine Persönlichkeit, nahezu, wenn man den Ausdruck nicht lyrisch auffaßte, von der Art seines Namens. Er erfreute sich bedeutender Wohlhabenheit, doch nicht mehr durch Geldgeschäfte, sondern durch eine tüchtig, begeistert und umsichtig betriebene Landwirtschaft und Viehzucht, und er führte ein großes Haus mit viel Gesinde, darunter auch der Magd Julcsa Vámosi, Esthers Freundin. Wie er, ein mächtiger Mann mit kurzgeschorenem ergrautem Haar und hängendem Schnurrbart, in Aussehen, Haltung und Lebensführung durch nichts mehr an einen Juden erinnerte, so nahm er, gutlaunig, großherzig und gebildet, auch zwischen den geistigen Lagern eine Mittlerstellung ein. Er hielt an der alten Religion noch fest, doch mehr aus einer pietätvollen Neigung als der Ehrfurcht Joseph Scharfs, und fühlte sich im übrigen glückhaft und landesbürgerlich im aufgeklärten Geist des neunzehnten Jahrhunderts zu Hause. So kam es, daß die Gäste in seinem Haus nach der Jause religiöse Lieder sangen, daß es aber auch mit Scherzen und unterhaltsamen Geschichten kurzweilig herging und daß Lichtmann, weil er die Geselligkeit liebte, seine Gäste mit großzügiger Herzlichkeit auch bat, gleich zum Abendessen zu bleiben.

Und als er nachher noch in die Vorhalle des Tempels mußte, weil die Branntweinhändler Rosenberg und Süßmann, die ihre

Gerechtsamen von ihm gepachtet hatten, in einem Streit lagen, den er sollte schlichten helfen, fanden alle seine Gäste, die ihn begleiteten, ein Vergnügen an seiner humorvollen Art, in der er die Kampfhähne, die sich durch Unterbietung beim Verkauf zu übervorteilen suchten, auf eine erträgliche gemeinsame Linie brachte.

Nach dem Diskurs in der Vorhalle aber, bei dem zwei Kerzen gebrannt hatten und viel gelacht worden war, ging man allgemein aufgeräumt und zeitig zu Bett. Man tat das schon im Hinblick auf den bevorstehenden Pessachtag, für den Lichtmann eine noch größere Gesellschaft zu sich geladen hatte.

SCHRECKENSTRAUM

Auf der christlichen Seite war währenddessen im Dorf eine gewisse Aufregung entstanden. Sie ging von der Witwe Solymosi aus, die ihre Tochter, ihr Seelchen, wie sie sagte, suchte. Und zwar tat sie es in Gesellschaft der Bátori, die im hereinbrechenden Abend bestürzt zu ihr gekommen war.

Um diese Zeit hatte der Wind aufgehört, und die untergehende Sonne war mit starkem Glanz unterhalb der Wolkendecke herausgetreten. Alle Schatten in der Dorfstraße dehnten sich lang hin, und an dem tiefen Himmel lagen die edlen Schimmer, die Esther als letztes gesehen hatte. Die Frauen aber standen jetzt, die eine innerhalb, die andere außerhalb des niederen Zauns der Solymosi, mit schlechtem Gewissen und aufgerissenem Herzen voreinander. Der zwischen den rot angeleuchteten Häusern sich hinausziehende Raum gähnte sie beklemmend leer an, und war die Solymosi gegen die Bátori, die ihr schön tat, auch insgeheim voll Anklage, so beugte doch beide die gleiche Last, daß hinter diesem Abendfrieden ein unbenennbares Unglück ihrer warten könne, an dem sie beide die Schuld trügen.

Eine Zeitlang standen ihre harten, alten Weiberprofile schweigend und ratlos einander zugekehrt, und sie starrten sich entsetzt, verflucht und erdenfremd in die Pupillen. Dann meinten sie durch eine ebenso törichte wie weinerliche Betulichkeit gutmachen zu können, was sie durch ein Kindesleben hin versäumt hatten. Sie stürzten, außer sich vor Angst und Eifer, die Dorfstraße hinab, Esther zu suchen.

Sie fragten an allen Haustoren, aus denen die Dörfler dann heraustraten und ihnen nachschauten, vor der Schenke, aus der bereits Zigeunergefiedel heraustönte, und fragten, mit wehenden

Kitteln weiterhastend, jeden, der ihnen begegnete. Aber das förderte nichts zutage. Esther war nicht gesehen worden oder sie war gesehen worden, auf ihrem Weg nach Ófalu, hinkend, jawohl, mühselig hinkend, aber mehr konnte niemand sagen. Erst Zsófi, der Solymosi andere Tochter, die für ihren Dienstherrn Wein zu dem Schächter Taub getragen hatte, konnte von Esther auf ihrem Rückweg berichten, denn da war es schon Mittag gewesen. Diesen Rückweg Esthers um die Zeit des Mittagläutens bestätigten dann auch andere, doch stammten ihre Beobachtungen alle aus der Nachbarschaft der Synagoge. Der alte Bauer Fekete, der mit seinem Weib auf dem Weg nach Ófalu gewesen war, wobei sie, ohne von ihr bemerkt zu werden, Esther begegnet hatten, erzählte sogar, er hätte, nach einer Weile sich umwendend, Esther zusammenbrechen und hernach hinter den Tempel hinablaufen gesehen. Aber das blieb die letzte Kunde. Nur der junge Bauer Kovács, der auf dem Weg zur Schenke war und herzutrat, als die Solymosi und die Bátori den alten Fekete befragten, erklärte noch, er hätte Esther nach dem Mittagläuten hinter den ersten Häusern von Ujfalu, also auch längs der Synagoge, zur Theiß hinablaufen gesehen.

Esther schien demnach nicht mehr weiter gekommen zu sein, und das lenkte die beiden aufgeregten Frauen auf die Theiß und den Judentempel, zu dem auch die Straße hinabführte.

Als sie vor dem Haus des Synagogendieners ankamen, herrschte in der sonnlos gewordenen, späten Stunde und unter dem bedeckten Himmel schon tiefe Dämmerung. Die Scharf hatten bereits zu Abend gegessen, und es war die Zeit vor dem Disput der Branntweinhändler in der Vorhalle. Rózsika Scharf saß mit ihrem Säugling vorm Haus, während der kleine Samu in ihrer Nähe mit einer Katze spielte. Der Tempeldiener trat eben aus dem Haus, um nach der Synagoge hinüberzugehn und die Vorhalle aufzuschließen.

Wenn das Eure Esther gewesen ist, entgegnete Rózsika Scharf

der fragenden Solymosi, die gehinkt hat, dann habe ich sie mittags durchs Fenster gesehen. Sie kam von Ófalu und trug einen Beutel am linken Handgelenk. Aber sie schien sehr beschwerlich zu gehen, obzwar sie sich eilte, was das Humpeln nur ärger machte, und so wurde sie möglicherweise vom Fieber befallen und liegt irgendwo. Oder sie hat sich hingesetzt, um auszuruhen, und ist eingeschlafen.

Daraufhin klagten die Solymosi und die Bátori voll Unverstand, daß es doch fast Nacht sei und daß Esther längst aufgewacht und heimgekehrt sein müßte.

Aber nun mischte Joseph Scharf sich bedächtig ein.

Sagt das nicht, bemerkte er. Das Ganze erinnert mich an einen ähnlichen Fall in Hajdu-Nánas, als ich noch ein Kind war. Damals galt auch ein Mädchen als verschwunden, und das ganze Dorf stand schon in heller Erregung. Dann stellte sich heraus, daß die Kleine den ganzen Nachmittag auf einer Wiese geschlafen hatte. Genau so wird es mit Eurer Esther sein.

Und im Dunkel zu seiner jungen Frau gewandt, fügte Scharf in seiner gedrückten, nachdenklichen Art hinzu: Damals tratschten die Leute schon herum, die Juden hätten das Christenkind umgebracht; sie durchsuchten sogar alle Öfen in den Judenhäusern. Aber hernach fand sich die Kleine auf der Wiese.

Vielleicht, sagte Rózsika Scharf zu den suchenden Frauen, ist sie an die Theiß hinabgelaufen, um ihren schmerzenden Fuß zu kühlen, und ist unter den Weiden dort eingeschlafen …

Der Tempeldiener ging in die Vorhalle, um aufzusperren und Licht zu machen, und die Solymosi und die Bátori strebten der Theiß zu, wo sie in die Nacht hinein zu rufen begannen. Nach einer Weile stießen dort einige Bauern mit Laternen zu ihnen, darunter auch der alte Fekete, die ihnen halfen, das steile Ufer abzusuchen.

Während dieses rufenden Umherirrens in der Finsternis steigerte die Gegenwart der blinkend hintreibenden Theiß den

Schrecken der beiden Frauen in das letzte Maß. Sooft die Bátori, die schließlich, durch ihre Gewissenspein gehetzt, von den anderen abgeirrt war, einsam und voll Bangnis: Estherka! Estherka! – in die Nacht und über den Fluß hinausschrie, antwortete ihr nur ein Sirren der Gräser und ein Rascheln des Röhrichts. Das führte in ihrem Grauen auch zu der Sinnestäuschung, einmal und dann wieder, als hörte sie, fern und leise, Esthers Weinen vom Wasser her. Und dieses in der Einbildung gehörte Weinen vertrieb sie vom Fluß, aber die Gewissenslast und eine letzte Hoffnung lenkten sie, ungeachtet der späten Stunde und der dagegenstehenden Auskünfte, zu dem Krämer Kohlmayer nach Ófalu. Vielleicht war Esther aus irgendeinem Grund zu ihm zurückgekehrt.

An tröstlichen Erklärungen ließen es auch die Bauern nicht fehlen, die die Witwe Solymosi bei ihrer Suche unterstützten. Besonders dann nicht, als die Zeit hinging und sie des vergeblichen Umherirrens in der Finsternis müde wurden. Das käme doch, meinten sie, immer wieder vor, daß ein junges Blut vom Haus wegliefe, durch die Welt draußen angelockt. Wie lange sei nach der Erzsi Hajnal in Dargo gesucht worden, und dann wäre sie in Marmaros aufgetaucht, keineswegs als große Dame zwar, sondern nur wieder als Dienstbote, aber immerhin … und, alles was recht sei, daß die Bátori die Esther schlecht behandelt habe, das sei schließlich ortsbekannt gewesen; so werde sich auch da noch alles auf begreifliche Weise und günstig aufklären …

Bloß der alte Fekete, der sich erbötig machte, die Witwe Solymosi mit seiner Laterne nach Hause zu begleiten, kam aus dem Kopfschütteln nicht heraus. Er hatte Esther, nachdem sie zusammengebrochen gewesen war, zwar nur aufstehn und zur Synagoge hinablaufen gesehen, dessenungeachtet bekam er das Gefühl jetzt nicht mehr los, Zeuge eines bedeutsamen Vorgangs gewesen zu sein, ja eines rätselhaften und unheimlichen Vorgangs. Und dieses Gefühl verließ ihn schon deshalb nicht, weil ihm ein Hang zum Phantasieren eignete, und weil ihm die Juden, ihr Aussehen, ihre Tracht, ihre Art zu reden, ihre Religion und ihr Gotteshaus, in dessen Nähe er Esther gesehen hatte – und wie sich nun herausstellte: offenbar in ihrer Todesminute gesehen hatte –, schon immer fremd gewesen waren, und das bedeutete für den alten Fekete das gleiche wie unheimlich, was auch das rätselhafte Verschwinden der Esther wieder zu bestätigen schien.

Er wußte keine Beziehung zwischen der forthinkenden Esther und dem jüdischen Tempel herzustellen; dennoch schüttelte er, mit seiner Laterne neben der klagenden Solymosi hertrottend, immer wieder den Kopf: Ich weiß nicht ..., ich weiß nicht. Esthers Mutter war zu ratlos und zu sehr von ihrer Verzweiflung überwältigt, als daß sie diese Bemerkungen anders denn im Unterbewußtsein hätte aufnehmen können; des alten Fekete Phantasie aber, so unbeholfen und dunkel gärend sie war, blieb an ihrem Gegenstand. So sagte er auch, als sie an der nächtlichen, erhellten Synagoge vorbeikamen: Wozu die heute noch Licht haben? Und als in diesem Augenblick Gelächter herausscholl, fügte er aufgebracht hinzu: Und was sie in ihrer Kirche zu lachen haben können!?

Nach einigen Schritten, unweit der Tempeltür, fügte es sich auch, daß er seine Laterne an drei Gestalten heranhob, die bärtig und in langen Kaftans da beisammenstanden. Es handelte sich um den Geldverleiher Weinstein, den Uhrmacher Krakauer und den Schächter Taub, die, den anderen voran, bereits aus der Vorhalle getreten waren, weil Lichtmann den Streit der Branntweinhändler schon geschlichtet hatte. Wider Erwarten waren ihnen die anderen nicht sofort gefolgt. Nach dem Gelächter, das herausscholl, zu schließen, hatte ein Scherz sie noch drinnen gehalten. Fekete aber, mit seinen alten Augen und in dem trüben Laternenlicht, erkannte keinen der drei, obgleich sie alle zum Dorf gehörten. Oder lag es seiner Phantasie näher, in ihnen nur phantomische Typen zu erblicken. Jedenfalls fand er auch sie und ihr Dastehn verdächtig.

Die Witwe Solymosi indessen, weinend, vor sich hinrätselnd und vor Müdigkeit wankend, hörte auch jetzt nicht auf ihn. Sie wurde kaum der nächtlichen Straße und der Häuser inne, an denen er sie hingeleitete. Der Schmerz zerriß ihr das Herz, jeden Gedanken und die Welt. Erst als der alte Fekete sich vor ihrer Hütte von ihr verabschiedete, nahm sie auf, daß er sagte: Hoffentlich hat man der Estherka kein Leid angetan.

Aber sie faßte auch das nicht ganz. Sie taumelte in ihr finsteres, kleines Haus, in die Küche, in der sie am Vormittag noch von Esther angefleht worden war, ächzte ein paarmal schmerzerstickt und hilflos ins Dunkel: Estherka, und ließ sich dann müd in der Ofenecke nieder. Am Himmel war die Wolkendecke zerrissen, und Mondlicht stand nun durch das schmale Küchenfenster herein. Das löste den Raum in ein Netzwerk von Helligkeiten und Schatten auf, dem auch die kauernde Solymosi einbezogen war. Sie starrte, immerfort murmelnd, in das unbestimmte Durcheinander von Mondlicht und Nächtlichkeit, und fand sich nicht zurecht ... bis von den Lichtgerinnseln und der Finsternis, von ihrer Ermattung und ihrer Ratlosigkeit etwas Einlullendes über sie kam, das ihr zuerst die Gedanken und dann das ganze Bewußtsein fortstrich. Auf diese Art glitt sie, weiterhin stöhnend, in einen wirren Halbschlaf und Traum hinüber.

Seltsamerweise versetzte der Traum sie fürs erste in eine Dult. Auf einem Dorfplatz, den sie nicht kannte, aber sehr gut zu kennen glaubte, tanzte das junge Volk, glitzernd vor Trachtenpracht, in der grellen Sonne. Burschen und Mädchen stampften im Csárdás auf, sie hoben abwechselnd mit kurzem Ruck die eine und dann die andere Schulter, warfen die Arme in die Luft und wirbelten umeinander, so daß an den Mädchen die vielen weißen, plissierten Unterröcke flogen, und dabei riefen sie mit rhythmischem Jauchzen: Sonntag ist, Sonntag ist! Esther war jedoch nicht unter ihnen. Allerdings mußte die Witwe Solymosi denken, daß sie für den Tanz auch noch zu jung gewesen wäre.

Immerhin aber hätte sie zusehen und sich des Trubels erfreuen können. Deshalb mußte man sie suchen, und die Witwe Solymosi begann damit. Sie wandte sich von den Tanzenden der Zigeunerkapelle zu, um sich in ihrer Nähe umzuschauen. Gerade in diesem Augenblick aber wurde die Musik so leise – und mit einem Male waren auch alle Tanzenden verschwunden –, daß die Erklärung einleuchtete, das Fiedeln käme aus der Dorfschenke, vor der Frau Solymosi sich nun auch stehn fand. Sie trat ein, aber jetzt war auch die Schenke leer, verlassen und grabesstill. Da meinte Frau Solymosi zu wissen, daß Esther auch an diesem Tag arbeiten müsse, hinten im Hof und in den Ställen, und sie strebte in das Dunkel, das vor ihr lag. So kam sie in eine enge Kammer, in der irgendwo oben eine Petroleumlampe brannte. Die ganze eine Wand der Kammer aber war von einem riesigen Spiegel eingenommen, und davor stand, barfuß, aber in einem weißen Kleid, das schlicht und keusch und schön an ihr herabfiel, Esther, und sie griff eben mit rührend feinen Fingern nach einem Blumenkranz in ihrem Haar. Doch ehe Frau Solymosi etwas zu ihrem Kind, das sich nicht umwandte, sagen konnte, scholl schrecklicher Lärm auf: die Bátori stand schreiend da, und der Spiegel zeigte sich tausendfach zersprungen. Die radialen und queren Risse im Glas muteten an wie ein glitzerndes Spinnetz. Esther aber, vor der Bátori entspringend, lief unverletzt und mühelos, wie ein weißgekleidetes Seelchen eben, durch den zerbrochenen Spiegel hindurch und in die Nacht hinaus. Und Frau Solymosi sah sie in der Nacht hinlaufen, in der außer den fernen, erleuchteten Synagogenfenstern kein Licht war. Im Angesicht dieser durch die Nacht herüberleuchtenden Fenster aber, die immer größer wurden, befiel Frau Solymosi eine wilde Bangnis, und sie wollte Esther zurückholen. Sie eilte Esther nach, aber dann versagten ihr die Beine den Dienst, gleichzeitig leuchteten die Fenster schon ganz nah und groß vor ihr, und zwischen ihr und den Fenstern tauchten drei Kaftanjuden herauf, mit bleichen Gesichtern und langen schwarzen Bärten, und diese Juden beugten sich mit einem bis an die Sterne hinaufdröhnenden Hohngelächter über sie. Frau Solymosi war es, als sänke sie unter diesem Gelächter, obgleich ihre ungeheure Angst um Esther dagegenstand, wie eine Ertrinkende in die Nacht zurück. Allein dann fand sie sich in einem kleinen Judenhaus, in einer Stube mit vielen Leuten, die einen Ofen durchsuchten, und sie wußte, sie sei in Hajdu-Nánas. Aber sie wußte auch, daß Esther nicht in dem Ofen sein konnte, weil sie doch eben in ihrem weißen Hemd durch die Dorfstraße von Tisza-Eszlár gelaufen war, weshalb Frau Solymosi wieder hinausdrängte. Aber da sah sie, wieder auf der Straße, daß sie doch in Tisza-Eszlár verblieben war, und sie sah auch wieder die fernen, erleuchteten Fenster des Tempels. Jedoch nun fiel auch aus der offenen Pforte des Tempels ein grelles Licht, und in diesem Lichtschein konnte Frau Solymosi, vor Angst vergehend, genau erkennen, wie die drei Kaftanjuden ihre weißgekleidete Esther, die sich verzweifelt wehrte, in die Synagoge hineinzerrten. Dann fiel die Tür dröhnend zu, und alle Lichter erloschen …

Unter dem Dröhnen schreckte die Witwe Solymosi aus ihrem Traum. Benommen und in der Finsternis sich nicht zurechtfindend, nahm sie nicht wahr, wie das Traumdröhnen in ein Klopfen am Fenster übergegangen war. Sie hörte nur den Tempeldiener Scharf mit übermäßiger Deutlichkeit davon reden, daß auch in Hajdu-Nánas ein Christenkind von den Juden umgebracht worden sei.

Allein nun kam die Bátori, die am Fenster gepocht hatte, schon zur Tür herein. Sie kehrte eben abgehetzt von Ófalu zurück, wo sie den Krämer Kohlmayer vergebens aus dem Schlaf gestört hatte.

Auch beim Krämer ist sie nicht geblieben, klagte sie weinerlich, wie sie heuchelte, und verzagt.

Aber da fuhr die Solymosi ekstatisch vor ihr hoch.

Die Juden, schrie sie heiser, haben mein Kind umgebracht! Gott hat mir's im Traum gesagt!

Die Bátori starrte sie verdutzt und fürs erste verständnislos an. Das dauerte aber nur Sekunden. Dann hatte die Bátori die ungemeine Gewissensentlastung, die sich hier bot, begriffen.

Ja! schrie sie, ihre ganze Erleichterung in den Schrei ausgießend. Und in dieses Ja!, das noch nicht frei von Überraschung war, mischte sich schon wütender Triumph und neuer Haß.

DER NÄHRBODEN DES ABERGLAUBENS

Am anderen Morgen, bei den Christen am Palmsonntag, bei den Juden zu Pessach, hatte Baron Géza von Ónody, der Gutsbesitzer, Reichstagsabgeordnete und Vertreter der Gentry in Tisza-Eszlár, noch vor dem Frühstück zwei Auseinandersetzungen, die bis ins Komische ineinander übergingen.

Die erste ergab sich mit dem Staatsanwalt Both, der sehr zeitig in seinem Wagen aus Nyiregyháza herübergekommen war. Die ungewöhnliche Stunde, zu der er sich eingefunden hatte, hing mit seinem Anliegen und der Erregung zusammen, die ihn trieb, dieses Anliegen vorzubringen. Er hatte nämlich, wie das bei ihm öfters geschah, die Nacht durchgespielt und mehr verloren, als er zahlen konnte. So war er in der Übernächtigkeit, mit der er den Spieltisch im Kasino verlassen hatte, gleich zu seinem ehemaligen Schulkameraden Ónody gefahren. Die bedenkenlose Triebhaftigkeit, die sich in dem Schritt äußerte, entsprach der Größe seiner Nöte. Er brauchte zwölfhundert Gulden, sollte er nicht seine Ehre verlieren, die nach Auffassung seiner Gesellschaftskreise an die Anerkennung der Bedeutung von Spielschulden geknüpft war, und hoffte, den Betrag von Ónody zu borgen.

Nun entsprach es zwar dem Charakter und der Lebensführung Ónodys, daß Both ihn so früh schon aus den Federn hatte antreffen können; aber es entsprach ebenso dem Charakter Ónodys, daß für Both in Wahrheit keine Aussicht bestand, den Betrag geliehen zu bekommen. Denn Ónody, ein massiger, schwarzhaariger Mann Mitte der Fünfzig, der nach der Zeitgepflogenheit einen kurzen Vollbart trug, war gegenüber den Nöten, die ihm vorgetragen wurden, völlig verständnislos. Die Gründe dafür wurden auch in seinen Antworten offenbar.

Zwölfhundert Gulden, rief er, in der weiten Diele breit und gestiefelt auf und ab marschierend, welch ein Geld! Er hatte einen Tonfall, als wäre ihm zugemutet worden, Paris zu kaufen. Natürlich, setzte er prahlerisch fort, habe ich ein Mustergut, und ich bin auch ins Grenzenlose kreditwürdig, aber ich habe das Mustergut nur, weil ich fleißig, umsichtig und sparsam bin, weil ich nüchtern lebe, und deshalb würde ich auch niemals Geld aufwenden, um derart unmoralische Dinge wie Spielschulden zu unterstützen!

Staatsanwalt Both saß zerknirscht auf der Truhe, die neben den Ahnenbildern und dem gemalten Schrank zu den wenigen Ausstattungsstücken des weiten, ziegelgepflasterten Raumes gehörte. Er stöhnte hilflos: Aber zwölfhundert Gulden können doch für Dich kein Betrag sein, und das kann doch nicht Dein letztes Wort bleiben … Er saß, wenngleich gebeugt, hoch und schlank da, mit dem gestutzten Bart über der Oberlippe, in grauem Pepitaanzug und Stock, Hut und Handschuhe in den Händen, in jedem Zoll mehr ein Lebemann als ein Beamter. So hielt er sich auch nicht an irgendwelche Sittenregeln, sondern an das glühende Dasein und die Sensationen, die über seine Gesetzlichkeiten hinsollten.

Gerade dafür aber war Ónody nicht der Mann.

Für einen Spieler, rief er, sind zwölfhundert Gulden kein Betrag, wohl aber für einen Landwirt, der's nicht mit Hirngespinsten, sondern mit saurer Arbeit hält! Doch kann ich das Dir nicht begreiflich machen. Du hast eine Lebensauffassung, die sich meinem Einfühlungsvermögen entzieht. Spielschulden – bei einem Staatsanwalt! Das sagt doch genug! Ja es sagt soviel, daß ich mir statt Deiner an den Kopf greife! Was hast Du denn überhaupt für eine Vorstellung vom Leben!? Das ist doch Unterwelt, was ich da an Dir kennen lerne! Du bist ja ein verlorenes Individuum, Mensch!

Daraufhin fiel Both in einen rätselhaft raunenden Ton: Das

bin ich in einem ganz anderen Verständnis noch, als Du im Augenblick ahnen kannst. Aber das muß Dir doch ans Gemüt gehn. Ich brauche jetzt nicht gute Lehren, sondern Hilfe. Du kannst mich auch nicht einfach eines Geldbetrags wegen unvorstellbaren Folgerungen aussetzen!

Und wie Both dabei unter dem ausgestopften Adler saß, der mit mächtig gebreiteten Schwingen über der Truhe schwebte, konnte das tatsächlich den symbolhaften Eindruck erwecken, als sei das Schicksal schon über ihm.

Aber auch dafür hatte der feistgesunde, genaue und rechtschaffene Ónody keinen Nerv. Er reckte sich, die Daumen in die Achselausschnitte seiner Weste hängend und die Brust herauswölbend; und im Vollgefühl seiner Unantastbarkeit, die seinem Erachten nach in jeder Hinsicht gegeben erschien, entgegnete er unberührt: Mein Gemüt setzt aus, wo die Ordnung zu beginnen hat! Wie auch kannst Du davon reden, daß ich Folgen über Dich brächte? Du hast Dich diesen Folgen ausgesetzt, und wie Du jetzt daherredest, mutest Du nicht wie ein Mann, sondern wie ein Schulknabe an. Aber Du bist ja nie dahingelangt, aus den albernen und überhitzten Unausgegorenheiten der Pubertät in die Würde eines Manneslebens überzutreten.

Er lachte selbstgefällig und wandte sich ab, wobei er an eines der breiten, rundbogigen Fenster trat. Da fiel sein Blick auf eine Szene, die sich am Tor abspielte. Einer seiner Knechte verwehrte dem Juden Lichtmann den Eintritt. Für Baron Ónody entsprach das durchaus den Gegebenheiten. Denn er hatte an dem Tor, das den Hof des Herrenhauses abschloß, eine Tafel mit der Aufschrift anbringen lassen: Hunden und Juden ist der Eintritt verboten!

An dieser Aufschrift war es von Bedeutung, daß die Hunde, obzwar sie nicht lesen konnten, den Juden vorangestellt waren. Baron Ónody nämlich empfand gegenüber den Juden ähnlich wie der alte Bauer Fekete. Nur daß sich seine Phantasie, da sie auch die eines Politikers war, aus den Weltvorkommnissen nährte und dadurch eine gewisse Systematik gewann. So machte es auf Ónody ungemeinen Eindruck, daß Deutschland, seit seinem Sieg über Frankreich der führende Staat Europas, eine antisemitische Bewegung besaß, deren Ansichten und Ziele auch der kaiserliche Hofprediger verfocht. Daneben stieg die durch die deutsche Propaganda gespeiste judenfeindliche Bewegung in Rußland für Ónody zu einer fortschrittlichen Erscheinung auf, sosehr er diesen Staat auch haßte. Mit Befriedigung erfuhr er von der Niederbrennung der podolischen Kreisstadt Balta und der Ausplünderung der dortigen 3500 jüdischen Familien, und daß es kürzlich auch in rumänischen Städten und Dörfern zu Aufruhr, Raub und Mord, zu Pogromen gekommen war, das bewies ihm nur den Aufstieg der Rumänen zu energischer Staatsverwaltung und weitschauender Politik. Ónodys Denken hatte da nicht den Tiefgang, bis zu den wahren Zusammenhängen hinabzudringen. Er beschäftigte sich nicht mit den reaktionären Regierungssystemen und feudal-aristokratischen Gesellschaftsordnungen, die in einzelnen Ländern die Bevölkerung nicht nur absichtlich in Elend, sondern auch im Analphabetismus hielten, denn dies entsprach ja seinem Geschmack und seinen eigenen Zielsetzungen, in denen er nie aus dem Saulus zum Paulus werden konnte; und schon gar nicht hätte Ónody begriffen – er hätte das auch nicht anerkannt –, daß man in den Pogromen, die durch die korrumpierten und unfähigen Verwaltungen auch nicht genug verhindert wurden, sehr begründete und echt revolutionäre Ausbrüche in unrechte Bahnen ablenkte.

In seinen Augen blieben die Juden das fremde und unheimliche, unwillkommene und schmarotzerhafte, vergiftende und feindliche Einsprengsel in den Wirtsvölkern, dessen hassenswerter Charakter durch die Gegenbewegungen, die es heraufbeschwor, nur immer von neuem bestätigt wurde. In dieser Überzeugung nahm Ónody auch gegen ausländischen Antisemitismus, oder zumindest gegen seine Auswirkung auf Ungarn

Stellung. Insofern nämlich die Austreibung von zehntausenden ausländischen Juden die ungarischen Grenzkomitate mit einer Überschwemmung durch sie bedrohte, glaubte er auch eine Kriegslist in dem Vorgang zu erkennen, die auf die Schwächung der eigenen Nation abzielte. Doch ging Ónody in seiner Phantasie noch weiter. Der Konservativismus und Zusammenhalt, den das orthodoxe Judentum allerwege zeigte, bestärkte ihn auch in der Vorstellung, daß die Juden eine organisierte Macht bildeten, die methodisch darauf aus sei, alle Wirtsvölker zu schädigen, wenn nicht gar die Welt in die Hand zu bekommen. Und zwar verlief da in Ónodys Einbildung eine gerade Linie der verschwörerischen Verbindung von dem Tempeldiener Joseph Scharf in Tisza-Eszlár bis zu dem Haus Rothschild, mit dem der Kaiser in Wien wegen eines Darlehens verhandelte. Allein ob Ónody in den Juden nun bloß eine exportierte Pest erblickte oder eine Weltorganisation, immer sah er sie in solcher Ausgewitztheit, Umsicht und Erbarmungslosigkeit ihren Zielen zustreben, daß auch die brutalste und unmoralischste Art, sie zu bekämpfen, nur recht und billig war. Und das um so mehr, als es in seinem Patriotismus nur eine Gleichung gab, nämlich: Ungarreich – Himmel!

Im Augenblick jedoch fügte es sich in Ónodys Herrenlaune, die Demütigung eines Juden mit einem Gefallen für den ehemaligen Schulkameraden zu verbinden.

Der Himmel, lachte er Both an, schickt Dir einen Rettungsengel; er ist zwar verschnitten, darum aber um so zahlungskräftiger! Dabei stieß er das Fenster auf und rief seinem Knecht zu: Laß ihn herein, János!

Kurz darauf trat Lichtmann, mit dem Hut in der Hand, grüßend in die Diele.

Ohne auf seinen Gruß zu antworten, rief Ónody ihm zu: Ich habe ein Geschäft für Sie; dieser Herr braucht zwölfhundert Gulden!

Lichtmann, in der feiertäglich schwarzen Tracht der Bauern, mit goldgefranster Plastronkrawatte und den runden Hut in der Hand dastehend, blickte auf den Staatsanwalt, dann kehrte er sich gelassen Ónody zu: Das ist nicht mein Geschäft; aber ich kann unter Umständen dem Herrn entgegenkommen.

Was Umstände! brauste Ónody auf. Die Umstände bestimme überall ich!

Deshalb komme ich zu Ihnen, Herr Baron, gab Lichtmann ruhig zurück. Denn die Umstände bei Ihrer Bachregulierung vermuren mir ein Sonnenblumenfeld.

Hier ist nicht von Sonnenblumen die Rede, kanzelte Ónody ihn grob ab, sondern von zwölfhundert Gulden, die nicht ich brauche, sondern dieser Herr.

Nun versuchte Both beruhigend einzuwirken. Aber Ónody, seufzte er, das ist doch nicht die Art –

Die Art, mein Lieber, unterbrach ihn Ónody, bestimmt sich gegenüber jedermann von selbst. Im übrigen kannst Du getrost sein: bei diesen Leuten ist noch kein Geldgeschäft an der Deutlichkeit des Umgangstons gescheitert. Und er lachte in genießerischer Überheblichkeit.

Sie irren, Herr Baron, wandte Lichtmann gemessen ein, ich bin kein Geldverleiher, und ich bin hergekommen –

Sie sind hereingerufen worden! herrschte Ónody ihn an.

Ich bin hergekommen, wiederholte Lichtmann in unbeirrter Ruhe, um mein Recht geltend zu machen.

Wegen Ihres angeblichen Rechts, schrie Ónody, können Sie sich von meinem Anwalt hinauswerfen lassen!

Lichtmann schüttelte langsam den Kopf. In betrachtender Weise sagte er: Sie sehen mich so ruhig, weil ich wußte, welche Art Auseinandersetzung mir bevorstehn würde; dennoch bin ich verwundert über Ihre Tonart, da Sie nun dabei eine Hilfe von mir erwarten.

Ich erwarte gar nichts von Ihnen! brüllte Ónody, indem er sich brüsk und großtuerisch vor Lichtmann aufpflanzte. Und Both, der sich noch mit einem: Ónody, ich beschwör' Dich, einzuschalten versuchte, mußte den bestehenden Gegensatz einsehen, der auch das Groteske ermöglichte, daß ein Mensch, der zur Hilfe angerufen worden war, und der sich auch willens gezeigt hatte, diese Hilfe zu leisten, ehe es dazukam, wieder hinausgeworfen wurde.

Aber so standen hier eben die Dinge, und daher gedieh die Auseinandersetzung auch rasch in die entscheidende Heftigkeit. Denn nun hob auch Lichtmann seine Stimme. Das mögen Sie halten, wie Sie wollen, rief er, aber ich verlange von Ihnen, daß Sie Ihren Bach regulieren, ohne mich zu schädigen, und wenn Sie auf mich nicht hören, wird es das Kreisgericht in Nyiregyháza tun!

Jedoch da drang Ónody schon auf ihn ein: Hinaus, Jude! Hinaus! Und genauso wird man Dich in Nyiregyháza hinauswerfen!

In Nyiregyháza, entgegnete Lichtmann von der Tür her, wird man auch für die Juden schon im neunzehnten Jahrhundert sein!

Ónody schrie noch einiges cholerisch heraus, bis die Tür hinter Lichtmann sich geschlossen hatte. Both rang indessen verzweifelt die Hände, wobei er tragikomisch vor sich hinstöhnte: Ruft den Menschen herein, und wirft ihn wieder hinaus … Aber es kam zu keiner Aussprache mehr, weil nun Ónodys Frau eintrat, eine fette und einfältige Vierzigerin, die selbst zu dieser Tageszeit pompös herausgeputzt war und, von der Wirtschafterin, einer Magd und einem jungen Knecht gefolgt, die Herren in das angrenzende Gemach zum Frühstück bat.

Im Anblick der reichbebürdeten Tabletts, die die Dienstboten trugen, und seiner Frau strahlte Ónody sofort auf. Während sie: Du Armer! flötete, – hast Dich aufregen müssen, trat er schon auf sie zu und tätschelte ihr die schlaffe Wange: Vallika, mein Täubchen …

Er war ebenso glücklich als Familienvater wie streng als Gutsherr und patriotisch als Reichstagsabgeordneter. In seiner Gutlaunigkeit, die zu wecken schon die häusliche Luft und das bevorstehende Frühstück hinreichten, waren auch die Nöte des Staatsanwalts nicht mehr für ihn vorhanden. Er klopfte dem Gebeugten, während er zwischen ihm und der gehätschelten Ehefrau in die Frühstücksstube vorantrat, leutselig in den Rücken: 's wird sich schon etwas finden. Und Frau Valerie bot dem Staatsanwalt, als sie Platz genommen hatten, mit dem Bemerken, daß er miserabel aussehe, einen Schnaps an.

Ónody beobachtete währenddessen mit Behagen, wie die Bediensteten Schüsseln und Kannen und Schalen von ihren Tragbrettern auf den Tisch abluden. Aber sie blieben auch noch an der Tafel, als diese mit Schinken und Eiern, Kaffee und Kuchen schon gerüstet war. Also fuhr Ónody sie an: Was steht Ihr da noch herum?

Damit aber hatten die Leute ihr Stichwort.

Die Esther Solymosi ist verschwunden, erklärte die alte Wirtschafterin mit allen Anzeichen in Stimme und Gebaren, daß es sich um Aufsehenerregendes handle.

So, sagte Ónody, und was geht das Euch an?

Aber die Juden, fiel da die Magd ein, haben sie umgebracht!

Nun rückte Ónody, auffahrend, im Stuhl zurück. Die Juden? fragte er gedehnt, und es klang sofort drohend, so wie auch in seine schwarzen Augen, während er sie von einem zum anderen wandern ließ, ein unheilvoller Ausdruck kam. Er glaubte noch nicht, was er hörte, und glaubte es schon, denn es entsprach seiner zeitlebens gehegten Erwartung, daß von den Juden eines Tages eine Ungeheuerlichkeit offenbar werden müßte. Dem hatte er so überzeugt immer entgegengesehen, wie er vom Sumpf erwartete, daß er den in ihn hineingeratenen Menschen verschlänge, von einem scheinbar zahmen Raubtier den Ausbruch, oder vom Pulverfaß, daß es an einem Funken in die Luft flöge.

Ja, die Juden, bekräftigten alle drei Dienstboten durcheinander.

Wieso? stieß Ónody in mürrischer Ungeduld heraus, was ist geschehen?

Das ganze Dorf ist auf, tat die Wirtschafterin wichtig.

Die Solymosi sagt's auch jedem, fügte die Magd hinzu, daß die Juden ihre Esther umgebracht haben.

Zur Pásztor, erläuterte die Wirtschafterin eifrig, hat sie gesagt – erzählt die Etelka –, daß der Dorfrichter heute nicht eher zur Kirche gehn wird, als bis er gegen die Juden eingeschritten ist.

Aber wie will sie denn wissen, fuhr Ónody die Weiber ärgerlich an, daß es die Hebräer gewesen sind? Wo ist denn die Leiche gefunden worden?

Die ist überhaupt nicht gefunden worden, wisperte die Wirtschafterin, sichtlich von Gruseln überkommen, aber die Feketes und einige andere haben den Hergang ja beobachtet. Die Feketes waren eben auf dem Weg nach Ófalu, als sie bei der Synagoge der Esther begegneten. Und gerade, als der alte Fekete sich umwandte, fiel die Esther hin.

Was heißt: sie fiel hin? bohrte Ónody unbefriedigt.

Die Esther, berichtete die Magd, kam vom Kohlmayer, wo sie blaue Farbe hatte holen müssen. Und da haben ihr die Juden wahrscheinlich, meint die Csuga – so erzählt die Leskó – eine Falle gestellt, oder eine Schlinge –

Blödsinn, unterbrach Ónody, wann soll denn das gewesen sein?

Gestern mittags, gab die Wirtschafterin Auskunft. Oder haben die Juden einen Stein nach der Esther geworfen. Jedenfalls ist sie zusammengebrochen, und dann haben die Juden sie eben in den Tempel geschleppt.

Hat das jemand gesehen? forschte Ónody ebenso ungläubig wie lüstern.

Das wissen wir noch nicht, drückte die Magd unsicher herum; aber nun meldete sich der Knecht, der bisher neben der Schnapsflasche an der Kredenz gestanden hatte.

Wenn Sie erlauben, Herr Baron, wandte er sich gegen die Weiber, das ist alles Gerede hier im Haus. Aber der Imre hat von der alten Mészáros gehört, daß sie – sie kam eben von der Gänseweide – gesehen hat, wie der fremde Jude, der seit zwei Tagen im Dorf ist, der rothaarige Hausierer, die Esther durchs Fenster in das Haus des Tempeldieners hineingewinkt hat.

Und die Antal, ereiferte die Magd sich nun wieder, hat dann aus dem Tempel den Todesschrei gehört!

Ónody ließ sich von dem Knecht einen Schnaps einschenken. Nachdem er ihn hinuntergestürzt und mit zurückgesenktem Kopf zwei Sekunden überlegt hatte, befahl er: Der János soll anspannen! Und zu Both gekehrt, sagte er: Das ist ein Ritualmord; die Juden haben Ostern.

Der Staatsanwalt warf widerwillig den Kopf hin und her. Aber das gibt es doch nicht, wehrte er ab.

Gibt es nicht!? Ónody war sofort aufgebracht. Ich werde Dir das historische Beweismaterial vorlegen; ich hab's in meiner Bibliothek.

Ja, wandte Both ein, aus den Federn von Autoren, die man schon nicht mehr als fragwürdig bezeichnen kann, die aber – bestenfalls – leichtgläubig wie Du auf das Schauermärchen hineinfielen, das aus dem zwölften Jahrhundert stammt, da man sich eben auch anschickte, mit den Hexenverbrennungen zu beginnen.

Ach Du, brummte Ónody mit heftig wegwerfender Geste, mach Dich über Deinesgleichen lustig! Sein Tonfall gab zu erkennen, daß er mit der ganzen Gattung Mensch, zu der Both gehörte, mit den Intellektuellen also, den Modernen, Naturwissenschaftlichen und allem Altherkömmlichen Abtrünnigen, von vorneherein jede Erörterung lebenswichtiger Fragen ablehnte. Auf das Dramatische der Lage sich aber wieder besinnend, kam in seine Stimme – und er stand auch auf dabei – pathetische Entschlossenheit. Wehe aber, erklärte er, mit den Knöcheln auf die

Tischplatte klopfend, wenn das Gerede sich bestätigt: dann zünde ich den Juden eine Fackel an, die ihnen aus ganz Ungarn hinausleuchten wird!

Er hatte keinen Sinn mehr für das Frühstück, und als angespannt war, fuhr er mit Both zum Haus des Dorfrichters.

Dort gab es in der hellen Vormittagssonne bereits eine Volksansammlung. Die Dörfler standen in lebhaft den Fall erörternden Gruppen beisammen. Nah an dem weißen Haus mit den Arkaden, wo ein Pandur in schwarzer Uniform den Eintritt verwehrte, verlangte Esthers Mutter nach dem Dorfrichter; und neben ihr hielt sich, für den großen Auftritt im Sonntagsstaat zurechtgemacht und die Erregung in jeder Weise schürend, die Bátori.

Ihr seid ja alle Narren, sagte der junge Bauer Kovács zu einer Gruppe, die sich in seiner Nähe ereiferte.

Und warum, rief ihm die Bäuerin Pásztor, eine abgezehrte Fünfzigerin, bissig zu, sind die Juden dann aus allen Dörfern rundum zusammengekommen?

Der Bauer Lengyel, ein breiter Mann in der Vollkraft seiner Jahre, der Nachbar des Tempeldieners Scharf, mit dem er auch im besten Einvernehmen lebte, berichtigte die Pásztor ruhig: Was heißt aus allen Dörfern? Es waren doch nur ein paar Fremde da. Und die sind gekommen, weil die Juden Ostern haben, und weil gestern eine Wahl bei ihnen war.

Ja, Schächterwahl, schrie der halbwüchsige Verebes, ein langer Naseweis, der sich sichtlich aus allem auch ein Theater machte. Das ist doch der Halsabschneider bei ihnen!

Die Bäuerin Cseres, die Nachbarin des jüdischen Bauern Großberg, mit dem sie sich nicht vertrug, fügte hinzu: Deshalb haben sie die Esther in den Tempel geschleppt!

Und die Antal, schrie die junge Magd Mihály sensationsgierig und unbedenklich, hat den Todesschrei gehört!

Dagegen versuchte Rózsa, ein alter Bauer, der die Pfeife aus dem Mund nahm, humorig zur Bedachtsamkeit zu mahnen: Aber den Schächter haben sie doch nur für das Viehzeug, und es hat auch niemand gesehen, daß die Esther in den Tempel geschleppt wurde. Denn was die großartige Beobachtung der alten Mészáros anbelangt, so habe ich sie auch gemacht. Ich kam auch gerade vorbei, als der fremde Hausierer das Fenster am Scharfhaus aufstieß, aber da war von der Esther keine Spur vor der Synagoge, und der Kovács hat sie doch nach dem Mittagläuten, was vielleicht eine halbe Stunde später gewesen ist, zur Theiß hinablaufen gesehen. Da ist der alten Mészáros das, was sie gesehen hat, und das, was sie später gehört hat, einfach zusammengeronnen.

Zusammengeronnen! kam es nun spitz keifend von einer alten Höckerin, der Mészáros, die eben an ihrem Stock auf die Gruppe zuhumpelte, Dein Hirn ist nicht zusammengeronnen, sondern ausgeronnen!

Da dieser Wortwechsel Gelächter auslöste, fühlte die Pásztor sich bemüßigt, mit weiteren findigen Anklagen die feindselige Sammlung der Geister, soweit sie schon gegeben gewesen war, wiederherzustellen. Aber, rief sie, hat jemals über die Nacht Licht im Tempel gebrannt!?

Und die Bäuerin Siposs, die Weinstein Geld schuldete und nicht wußte, wie sie es zurückzahlen sollte, baute den Hinweis der Pásztor noch aus. Außerdem, rief sie mit geschwungenem Zeigefinger, hat der alte Fekete doch beobachtet, wie drei vor dem Tempel Wache gestanden haben!

Aber wozu sollte denn das alles gewesen sein!? rief in diesem Augenblick Wollner, der herzugekommen und noch nicht bemerkt worden war. Jetzt freilich sparte sein Auftreten einen Raum um ihn aus. Die Dörfler wichen zurück vor ihm, wobei sie verlegen oder gehässig Bemerkungen murmelten, wie: Da ist er ja, der Hausierer; ein Fremder; auch einer von auswärts; warum ist er hergekommen?

Vorübergehend trat eine Stille ein, in der sich auch die Aufmerksamkeit anderer Gruppen auf die Ansammlung um Wollner zu richten begann. In diese Stille hinein aber stach nun die wie eine Fiedel singende Stimme der alten Mészáros: Wozu!? Wozu!? Das ist doch in allen Dörfern bekannt, daß die Juden, wenn sie Mazzes backen, das Blut von Christenkindern ins Mehl mischen müssen!

Aber die Mazzes; schrie nun Wollner, waren doch am Vorabend schon fertig! Sie wurden doch zu der Zeit bereits gegessen, in der das Mädchen bei der Synagoge gesehen worden ist!

Das lügt er! stieß nun die Bátori mit Geschrei zu der Gruppe, um die sich bereits alles zusammendrängte. Weil er ja mit dabei war beim Morden und jetzt den Galgen über sich sieht! Selbstverständlich hat die alte Mészáros recht: das ist von alters her bekannt, daß die Juden die Christenkinder schächten!

Ein Teil der Angesammelten nahm, von der Bátori aufgehetzt, mit drohenden Gebärden und Ausrufen gegen Wollner Stellung; da jetzt aber der Wagen Ónodys vorfuhr und gleichzeitig der Dorfrichter aus dem Haus trat, lenkte das die Dörfler von Wollner wieder ab. Er konnte sich wegdrücken, vorerst an den Rand der Menge, später nach dem Haus Lichtmanns, und die Zusammengedrängten begannen dem aussteigenden Ónody, der allen Einwänden Boths taub gewesen war, Platz zu machen.

Der Dorfrichter, mit Namen Farkas, war ein schmerbäuchiger, ergrauter Mann, glatzköpfig und mit hängendem Schnurrbart, und er war etwas einfältig und schwerbeweglich im Geist, daneben aber bieder und rechtschaffen. Als ihn nun, kaum daß er auf die Schwelle getreten war, die Witwe Solymosi mit der wild und heiser herausgeschrienen Klage überfiel: Gott hat mir's im Traum gesagt, daß die Juden mein Kind umgebracht haben; die Synagoge muß durchsucht werden!, rang er die Hände. Auf einen Traum hin, entgegnete er, kann ich nicht amtshandeln.

Und der Scharf!? fuhr die Bátori gegen ihn los. Hat er sich

nicht sogleich verplappert!? Sofort, als die Gevatterin zu ihm gekommen war, hat er davon geredet, es sei nicht wahr, daß die Juden zu Ostern die Christenkinder umbringen müssen! Darin hat sich sein schlechtes Gewissen verraten!

Farkas rang wieder die Hände. Das ist doch Klatsch und Tratsch! Laßt Euch doch, Ihr Leute, nicht von einem Wahnsinn hinreißen! Was ist denn in Euch gefahren!? Nun leben wir seit Jahrzehnten mit unseren Juden im Dorf beisammen, jeder kennt jeden, und niemals ist etwas passiert! Woher denn mit einemmal diese Schauerphantasien!?

Allein nun war auch Ónody an ihn herangekommen, und zu seiner Überraschung – denn Farkas hatte von dem großen Herrn vernünftige Unterstützung erwartet – erklärte dieser mit der ganzen Gewichtigkeit seines Ansehens: Du bist im Irrtum, Farkas. Die Angelegenheit erscheint Besorgnis erweckend und keineswegs als mit althergebrachten Wohlmeinungen abzutun. Das Ganze entzieht sich jedenfalls unserer Kompetenz. Der Fall muß unbedingt vor den Stuhlrichter. Aber es ist Deine Pflicht, die Untersuchung mit höchster Genauigkeit einzuleiten.

Farkas beugte sich der gesellschaftlichen Überlegenheit des Großgrundbesitzers und Reichstagsabgeordneten, dessen Hof im Volksmund nicht zu Unrecht ›Klein-Gotthaus‹ genannt wurde. Werde ich, sagte er achselzuckend, mit der Solymosi morgen zu dem Stuhlrichter fahren.

Aber das ist nicht genug, ordnete Ónody an.

Du mußt ein entsprechendes Protokoll vorbereiten, und dazu tut not, daß Du sowohl jeden einzelnen, der zu dem Fall etwas auszusagen weiß, verhörst, wie auch, daß Du sofort, und zwar unter meiner Oberaufsicht, die Synagoge und das Haus des Tempeldieners einer genauen Überprüfung unterziehst.

Dergleichen anzuordnen war Ónody nicht berechtigt, und Farkas war nicht befugt, solchen Anordnungen Folge zu leisten. Both, der über die Köpfe der nun stillhaltenden Versammlung hinweg aus dem Wagen zuhörte, schüttelte wiederholt den Kopf. Aber Budapest war fern, Tisza-Eszlár lag schon fast in Galizien, und mit seiner gesellschaftlichen Entwicklung hielt das Dorf noch im achtzehnten Jahrhundert. So kam es an diesem Vormittag auch zu der ergebnislosen Nachforschung im Tempel und in Scharfs Haus, und Farkas nahm auch seine umfangreichen Protokolle auf.

Die erste Nachricht von der heraufwachsenden Bedrohung aber erhielt die jüdische Gemeinde durch Wollner im Haus Lichtmanns. Der ›Luftmensch‹, dessen Laune sich über diesen Morgen ungewohnt verdüstert hatte, geriet dabei in einen Wechsel der Szenen, wie er stärker kaum denkbar war. Denn bei Lichtmann, dem der Auftritt mit Ónody so wenig hatte anhaben können, daß er kaum ein Wort darüber verlauten ließ, war seit dem frühen Vormittag eine große Männergesellschaft versammelt, die sich in ungehemmter, festtäglicher Fröhlichkeit erging.

In der großen, lichtdurchfluteten Stube, die sich auf die Hofarkaden und den Garten hinaus öffnete, saßen an einem langen Tisch die Gäste vom Vortag wieder, der bisherige Schächter von Tisza-Eszlár, Emanuel Taub, und die fremden Kantoren Schwarz, Braun und Buxbaum, aber es waren nun noch hinzugeladen der Geldverleiher Weinstein, der Lehrer Römer, die Handwerker Einhorn, Junger, Wertheimer und Lustig, der Uhrmacher Krakauer und der Bauer Großberg, und auch Joseph Scharf gehörte zur Gesellschaft. Seine Stimme ging etwas gedämpft mit dem Gesang der anderen, einem weltlich fröhlichen Lied heute, zu dem Salomon Schwarz, der neue Kantor, mit alterszarten und kurzen, aber im Frohsinn gewissermaßen feinschmeckerischen Handbewegungen den Takt gab, und Scharfs Geist wurde auch nicht ganz in der unbeschwerten Lustigkeit flügge; doch war er gern in der Runde, er liebte das Gefühl des Beheimatetseins, das sie speiste, und er sprach wie die anderen dem Wein zu und den Mazzes, die sich auf großen Schüsseln zwischen den Gläsern türmten.

Wenn jemand im Raum noch verschatteter als Scharf diesen Vormittag erlebte, dann war es die Magd Julcsa, die über Esthers Geschick trauerte und grübelte. Sie half Frau Lichtmann, einer behäbigen, aber schon schlohweißen Matrone, an der Anrichte und trat von Zeit zu Zeit mit dem irdenen Weinkrug an den Tisch, um in die Gläser nachzuschenken.

Aber nun trat Wollner ein.

Er blieb, als er der ausgelassenen Gesellschaft, deren Gesang ihm entgegengeklungen hatte, ansichtig wurde, nachdenklich an der Tür stehn. Daraufhin unterbrachen sich die Zunächstsitzenden und luden ihn ein, mitzutun. Und als er keine Regung zeigte, nötigten sie ihn mit barschen Wendungen, was dazu führte, daß auch die anderen ihren Gesang abbrachen. Setz Dich doch her, rief ihm der Hausherr zu, das stört ja die Gemütlichkeit!

Und Frau Lichtmann bot Wollner Wein und Mazzes an.

Da sagte er, noch immer mit nachdenklichem Gesicht an der Tür bleibend und mit grausam ruhiger Selbstironie: Gemütlichkeit? Gott behüte werde ich essen von Euren Mazzes, ist doch Christenblut hineingebacken.

Nach diesen Worten fuhren die Männer in ihren Sitzen zurück, als wäre von Wollner ein Schlag ausgegangen. Einzelne sprangen auf und drangen auf ihn ein. Taub fragte empört, ob er verrückt geworden sei. Krakauer meinte vorwurfsvoll und im eigentlichen noch unaufgeschreckt, ob er es für einen besonders trefflichen Pessachscherz halte, gerade die ruchloseste Verdächtigung von seiten der Gojim als Geistesblitz aufzuwarten. Lichtmann redete von gröblichstem Unfug, und Weinstein bezog sich auf die Entwurzeltheit des ›Luftmenschen‹ gegenüber den Eingesessenen. Du hast Dir, sagte er voll Ablehnung, auf Deinen Landstreichereien wohl ein so gegerbtes Fell erworben, daß Dir ein Witz erst dann gepfeffert genug ist, wenn er das eigene Fleisch zerfrißt; aber dafür haben wir keinen Sinn.

Das Wort indessen, das alles umschloß, fiel von seiten des

Klempners Einhorn, der von Grauen angewandelt hinwarf: Dir hat's, scheint's, zu lang keinen Pogrom gegeben.

Und ihm antwortete Wollner. Vielleicht, sagte er, den Kopf hin und her wiegend, beginnt bereits die Generalprobe dazu. Diese Esther Solymosi ist nicht gefunden worden. Ihre Mahm verklagt uns schon beim Dorfrichter, wie ihr's Gott im Traum gesagt hat, und die Leute sind sich fast einig, daß wir nur deshalb Pessach feiern, weil wir, mit Licht in der Synagoge gestern, das Christenkind geschächtet haben.

Wäre Wollner ein äußerlich bestürzterer Bote gewesen, würde das die Männer, ihrer Abwehr weniger das Vertrauen entziehend, vielleicht weniger erschreckt haben. Aber nun war es gerade seine überlegsame, fatalistische Art, die sie im tiefsten aufrührte. Im tiefsten, das hieß in der Grundschicht einer Angst, die dreitausend Jahre alt war. Deshalb war es auch geradezu Entsetzen, was rasch in ihnen groß wurde. Der Schreiner Junger fragte noch bang: Was redest Du da? Lichtmann zweifelte Wollners Bericht an: Das hast Du gehört? Du selber? Und der Lehrer Römer suchte bei seinem Verstand gegen das Bedrohliche Schutz: Das ist doch alles widersinnig oder eben Bauerngefasel, das vorübergehn wird. Scharf aber flüsterte schon, vor sich wie in einen Abgrund starrend: Gott der Gerechte!

Und nach Scharfs düsterem Geflüster wurde es still, als wäre über alle eine Lähmung gekommen. Das Lähmende aber fand nun seinen Ausdruck im Mund des alten Salomon Schwarz. Er sagte, als hätte er die anderen vergessen und als sänke sein Geist in die Zeiten hinab, finster sinnierend ins Leere:

Wir bleiben ewig Fremde … Weil wir, verstreut in alle Winde, Volk nur sind durch unsere Lehre … Aber das macht uns den anderen unheimlich … und so sagen sie, daß wir Brunnen vergiften, Hostien durchstechen, Kinder morden … Seit dreitausend Jahren fällt das Unheil immer wieder herab.

Die Blicke der Männer begegneten sich, aber als scheuten sie davor, im Aug des anderen die gleiche dumpfe Angst zu erkennen, die sie selbst auslöschte, senkten sie die Blicke zu Boden. So standen sie noch betreten da, als die Frau Lichtmanns, durch die lastende Stille gepeinigt, mit der ganzen Kreatürlichkeit des Weibes losbrach. Meine Mutter, weinte sie auf, hat einmal erzählt, daß es in Sátoraljaújhely auch so anfing, und daß dann alle Judenhäuser in Flammen aufgingen! Sie wandte sich verzweifelt an Julcsa, die christliche Magd. Julcsa, rief sie beschwörend, Du bist seit Jahr und Tag in unserem Haus; kannst Du so etwas von uns glauben!?

Nein, entgegnete Julcsa, über die Zumutung verlegen, wie könnte ich das.

Wollner aber fügte hinzu: Dem steht allerdings entgegen, daß die Leute bereits den Todesschrei aus der Synagoge gehört haben wollen, und daß Euer Gutsherr im Begriff zu sein scheint, in Tisza-Eszlár den Mordberg der jüdischen Assassinen zu entdecken. Ich finde es, beendete er schwermütig sarkastisch, nicht mehr anheimelnd bei Euch.

Diese Schlußwendung erinnerte an die Lebensweise Wollners, der auch denken mochte, daß er seine Wanderschaft wieder aufnehmen und sich damit allem entziehen würde, und das rief Lichtmanns Entschlossenheit auf. Mit einer Anspannung, in der er sich nicht nur gegen Wollner, sondern auch gegen den eigenen Zweifel und die Furcht der anderen kehrte, erklärte er: Du bist ein ›Luftmensch‹, heut' da, morgen dort; so mögen Dir die Dinge auch erscheinen, wie Du sie eben siehst. Aber wir leben mit unseren Mitbürgern, und die sind, weiß Gott, für den Wahnsinn der Ritualmordlüge zu vernünftig. Schließlich haben unsere Väter schon mit ihnen gelebt, und wir sind nicht mehr im Mittelalter …

Er sprach zunehmend freier, überzeugte aber die anderen nicht sehr.

Der Stuhlrichter des Oberdadaer Bezirks, Eugen Jármy, zu dem Farkas am nächsten Tag mit der Witwe Solymosi und seinen Protokollen nach Tisza-Lök fuhr, bestätigte Lichtmanns hohe Meinung von seiner Zeit.

Er prüfte die Protokolle aufmerksam, aber mit Kopfschütteln. Das um so unverhohlener, als aus ihnen auch hervorging, daß sich weder in der Synagoge noch im Haus des Tempeldieners, hier auch nicht im Frauenbad, das im Keller eingerichtet war, und auch an keinen Kleidern ein Blutspritzer oder auch nur eine frische Säuberungsstelle gefunden hätte, so wie auch nirgends, weder auf dem jüdischen Friedhof noch sonstwo, ein neues Grab. Außerdem war, am Palmsonntag noch, die Theiß in einer Länge von vierhundert Klaftern durch Fischer und Flößer vergeblich mit langen Spitzhakenstangen abgesucht worden.

Im übrigen scheute sich die Witwe Solymosi, dem Stuhlrichter, der ihr weit mehr Achtung einflößte als Farkas, von ihrem Traum zu erzählen. Sie äußerte zwar ihren Verdacht gegen die Juden, doch nur mit der Begründung, daß an ihrem Kind, weil eben die jüdischen Ostern wären, ein Ritualmord begangen worden sei, welche Erklärung sie sich, von der Bátori lebhaft dabei unterstützt, nun bereits zu eigen gemacht hatte. Aber darüber ging der Stuhlrichter in unmißverständlicher Weise hinweg. Fast mit den gleichen Worten, wie auch Staatsanwalt Both sie gebraucht hatte, sagte er: Dergleichen gibt es nicht, liebe Frau. Hernach erließ er über das Verschwinden Esthers nur eine Kurrende:

Der Frau Johann Solymosi, Tisza-Eszlárer Insassin, verschwand am 1. April 1882 um die Mittagszeit ihre vierzehnjährige, weiter unten näher beschriebene Tochter Esther.

Die Beschreibung lautete:

Alter: 14 Jahre.
Religion: reformiert.
Geburtsort: Tisza-Eszlár.
Statur: klein und noch nicht entwickelt.
Aussehen: gesund.
Gesichtsfarbe: braun mit roten Wangen.
Augen: schwarz.
Nase und Mund: proportioniert.
Haare: kurz und schwarz.
Zähne: klein.
Kleidung: gelbes Kopftuch, über Hals und Schultern, nach gewöhnlicher Art am Rücken gebunden, ein großes Harrastuch mit Fransen, grau und schwarz gestreift, Jäckchen aus graubraunem Kattun mit weißschwarzen Blumen, schwarz und rot gestreifte Schürze mit Falbel, Rock aus blauem Barchent mit großen weißen Blumen, Unterrock von rotem Kattun mit weißen Blumen, weißes Hemd ohne Brustteil.

In bezug auf das Kopftuch Esthers, das schwarz und geblümt, aber nicht gelb gewesen war, enthielt diese Beschreibung einen Irrtum, zu dem es durch die ungenaue Erinnerung der Mutter kam. Doch erwartete sich weder sie noch das Amt einen Erfolg von der Kurrende, wenn auch jede Seite auf Grund anderer Überlegungen. Und damit schien der tragische Vorfall in dem Rätselnebel zu versinken, der alle unaufgeklärten Geschicke verhüllt. Denn auch Baron Ónody konnte, als er das Ergebnis, das die Amtshandlung des Stuhlrichters gezeitigt hatte, erfuhr, nichts mehr an Energie dem Fall zuwenden, so enttäuschend das auch für ihn war.

Esther hatte sich aus dem Daseinskreis derer, die sie gekannt hatten, gelöst, und das Leben der Zurückgebliebenen und weiterhin auf der Erde sich Umtuenden wäre über ihr Verschwinden hinweggegangen mit der Zeit, die sie von dem Ereignis fortgetragen hätte, und mit all den Ablagerungen, die sich aus den zahllosen kleinen und größeren Inhalten des Alltags zwischen sie und die ins Rätsel eingegangene Esther geschichtet hätten ... dies würde sich so ergeben haben, wie unzählige Male vorher zwischen den Menschen, hätte nicht eine Entwicklung eingesetzt, die alles ins ungeheuerliche Gegenteil verkehren sollte.

Diese Entwicklung nahm vom gesprochenen Wort ihren Ausgang, vom gutgläubig, fahrlässig, unachtsam und leichthin gesprochenen Wort, und auch der Weg, den das unkörperliche, nur die Luft formende, sonst so unwiederbringlich verhallende, gespenstische Wort dabei nahm, war der Weg der Unwahrscheinlichkeit selbst. Dies auch schon darin, daß das Wort von jenen ausging, die es ins Verderben bringen sollte. Denn das gefährliche, vorerst fast wesenlose, später jedoch endlos wiederholte und vom Unheil immer trächtiger werdende Wort ging von den Juden selbst aus, und unter ihnen wieder von Scharf, dem Tempeldiener, dessen schwermütig nachdenkliche Art, in der er so wenig Vordenklichkeit bewies, schon der Mutter der Verschwundenen gegenüber zu einer aufscheuchenden, die erste Gewitterballung sammelnden Bemerkung geführt hatte. Das konnte wie ein Fluch anmuten oder wie eine vom Teufel gerittene Albernheit, aber es war eine Alltäglichkeit und bewies nur den Stand der Dinge, die das Verderben unausweichlich in sich trugen.

Am Palmsonntag noch, dem Pessachsonntag der Juden, der mit der Fröhlichkeit bei Lichtmann begonnen und mit der Durchforschung des Tempels sich ins Schändliche gewendet hatte, kam es zwischen Scharf und seiner verstörten jungen Frau zu einem Gespräch, das der kleine Samu mitanhörte. Die anmutige Rózsika fragte ihren Mann, was das sei, ein Ritualmord, was dieses Wort, das sie nie gehört hatte, bedeute, und was die Leute mit ihrer Anschuldigung sagen wollten. Daraufhin hatte Scharf versucht, so recht und schlecht, wie er's vermochte, seine Frau aufzuklären.

Im Mittelalter, sagte er, zu einer Zeit also, in der die Kreuzfahrer die Juden noch auf den Straßen erschlugen, weil sie die Christusmörder in ihnen erblickten, – in jenen hitzig gläubigen, heftigen und finsteren Jahrhunderten also, sei auch der Aberglaube aufgekommen, daß in den heiligen Büchern der Juden Anordnungen zu finden wären, die sie dazu anhielten, das Blut von Christenkindern ins Mazzesmehl zu mischen, weil das dem grausamen Judengott, der sein Volk als das vor allen anderen auserwählte betrachte, wohlgefällig sei und denjenigen, die solcherart zubereitete Speisen genössen, überdies günstig für Gesundheit und Seelenheil. Natürlich, empörte sich Scharf, und das wisse auch sie, seine Rózsika, gebe es dergleichen Stellen nicht in der Schrift, im Gegenteil, die Schrift verböte sogar mehrfach den Gebrauch jeglichen Blutes, nicht nur vom Menschen, sondern auch von den Tieren, deshalb schächte man ja auch das zu Schlachtende, dessen ungeachtet aber hätte die Schauergeschichte sich bei den Christen erhalten, einmal weil die Menschen für alles Gruselige eine Neigung zeigten, zum anderen – wie Salomon Schwarz es erst bei Lichtmann ausgeführt hätte – weil die Juden als Fremde, wie alles Fremde, einfachen Naturen unheimlich geblieben wären und schließlich, Gott sei's geklagt, weil Morde auch durch Juden vorgekommen seien, nicht Ritualmorde selbstverständlich, sondern solche aus irgendwelchen anderen Gründen, die dann aber mitunter als Ritualmorde gedeutet oder dargestellt worden seien, als Mordhandlungen also, bei denen die Opfer vor ihrem Ende rituellen Waschungen unterzogen worden wären, bei denen man ihnen das Blut abgezapft hätte, und was es da an ausmalenden Einzelheiten noch mehr gebe. Er, Scharf, kenne die Literatur nicht, die hetzerische und verleumderische nicht und nicht, was gegen sie geschrieben worden sei, aber das müsse er ja ihr, Rózsika, nicht beteuern, daß alles grausamste Lüge sei, in den meisten Fällen Zwecklüge, und daß es sich nicht nur um eine unmenschliche, das Zusammenleben mit den Wirtsvölkern vergiftende Unterstellung, sondern auch um wilden Unsinn handle.

Das Gespräch dauerte nicht lang, schon deshalb nicht, weil Scharf der Gegenstand widerwärtig war und weil seine junge Frau, die von den Funktionen des Antisemitismus in der Gesellschaft und ähnlichem keine Ahnung hatte, mit der blutrünstigen und finsteren Kunde schon gar nichts anzufangen wußte.

Für den viereinhalbjährigen Samu aber war das Gespräch eine Sensation.

Die gleiche rege und fühllos unbarmherzige Phantasie, mit der Christenkinder in ihren Märchenbüchern von gefangenen Königstöchtern lasen, die ihre tote Mutter aufaßen, hielt den kleinen Samu an, sich mit dem, was er gehört hatte, weiter zu beschäftigen. Zudem konnte er sich alles ausgezeichnet vorstellen. Er hatte zwar die Esther Solymosi nicht gekannt, aber daß sie ein vierzehnjähriges Mädchen gewesen war, das wußte er nun, und alle übrigen Bilder fanden sich von selbst.

Vor allem regte den kleinen Samu die Erörterung von Esthers Verschwinden im Dorf, die auch in die Gespräche der Kinder Eingang fand, wiederholt von neuem an. So dachte er die Bilder, die in seiner Phantasie heraufgestiegen waren, immer wieder durch. Und schließlich erzählte er diese Bilder auch.

Auf diese Weise konnten einige Wochen später, welche Frist in dem kleinen Samu das Gefühl bestärkt haben mochte, daß sein Reden nun schon ganz ungefährlich sei, die beiden Töchter der Bäuerin Andreas Sós, von denen die ältere, Elisabeth, bereits elf Jahre alt war, von der Gänseweide mit einer aufregenden Geschichte heimkommen. Samu hatte ihnen erzählt, daß das verschwundene Christenmädchen von seinem Vater in den Tempel gerufen worden sei. Dort mußte sie, nach Samus Darstellung, in einem Lehnstuhl niedersitzen, Moritz faßte ihre Hand, der

Vater ihren Kopf, und der Schächter schnitt sie in den Fuß. Dann trugen alle drei die Leiche unter den großen Baum im jüdischen Friedhof.

Natürlich wirkte dieser Bericht auf die Gedanken der Bäuerin Sós wie ein Schuß in einen Starenschwarm. Sie machte keinen Versuch, das, was sie damit erfuhr, auf seine Wahrscheinlichkeit hin abzuwägen, und noch weniger fühlte sie sich angeregt – was auch für gebildete Leute kompliziert gewesen wäre –, über die ebenso geheimnisträchtigen wie täppischen Ungeheuerlichkeiten in einer Kinderseele nachzudenken. Sie hielt sich an das Außerordentliche der Geschichte, ließ ihre Töchter die Erzählung wiederholen, und lief damit in die Nachbarhäuser. Daneben war sie darauf aus, Samus habhaft zu werden, was ihr bei dem ewig im Freien spielenden Kind leicht gelang, um von ihm selbst die Geschichte zu hören. Ihr gegenüber erzählte Samu am gleichen Abend schon so: Väterchen hat das ungarische Mädchen von der Straße hereingerufen, die Mutter hat ihm die Füße gewaschen, und der Schächter hat ihm den Hals durchgeschnitten.

Hörten jetzt Männer das neue Gerede – es war mittlerweile Mai geworden –, winkten sie in den meisten Fällen verwundert, kopfschüttelnd oder mit einem spöttischen Lachen ab. Die Weiber aber faßte ein Koller. Sie kauften sogar Würfelzucker ein, um sich Samu damit willfähriger zu machen. Und Samu betrieb die Sache sehr bald wie ein Geschäft. Als eines Abends die Bäuerin Pásztor ihre Gänse heimtrieb, sprang Samu vor die Herde, um sie auseinander zu scheuchen. Auf das wütende Schelten der Pásztor hin rief er: Nun sage ich's erst recht nicht, was mein Vater mit dem Mädchen getan hat!

In seinem Kopf war das sowohl eine Strafe für die Pásztor wie auch eine Herausforderung und Aufstachelung, und die Wechselwirkung zwischen dieser Betriebsamkeit und der Neuigkeitsgier der Weiber blieb nicht aus. Für jeweils zwei oder drei Stück Zucker hörten die Geschichte dann die Bäuerinnen Csordás,

Csuga und Siposs, die Mägde Tanyi, Szabó, Mihály, Varga und Clár, und es hörten sie auch noch andere. Bei diesen Wiederholungen entwickelte sich die Geschichte überdies, und zwar sowohl in Samus Phantasie wie auch durch die lüsternen Fragen der Weiber, die die Erzählung auch schon untereinander weitergegeben hatten und ihrerseits neue Fingerzeige und Anregungen lieferten.

Durch die Bäuerin Lengyel, die Nachbarin der Scharf, kam die Nachricht über Samus Betriebsamkeit und deren Folgen auch an die Frau des Tempeldieners und an ihn selbst. Scharf wurde davon um so überraschter betroffen, als er wieder einmal auf Taglöhnerarbeit auswärts gewesen war, in Bay, und Moritz, der ihm zu Hause gebackenes Brot nachbrachte, erzählt hatte, daß daheim das Gerücht aufgetaucht sei, Esther wäre in Tolcsva gefunden worden. Es setzte eine enorme Tracht Prügel für Samu, ja Joseph Scharf schlug ihn in seiner Verzweiflung weit über das Maß hinaus, das sonst durch seine Menschlichkeit gegeben gewesen wäre, doch änderte das nichts an der Tatsache, daß es bereits zu spät war.

Am 4. Mai forderte die Witwe Solymosi, durch die Geschichte Samus gräßlich erschüttert, aufgepeitscht und in ihrem religiös gestützten Wahn bestärkt, vom Dorfrichter Farkas neuerdings die Untersuchung. Er fühlte sich belästigt und ratlos, und brachte die gemarterte Trauernde wieder in seinem Wagen zum Stuhlrichter. Dieser nahm die Angelegenheit nicht anders auf als Farkas, aber er erteilte ihm nun die Weisung, die Zeugen für Samus Gerede und alle sonstwie Beteiligten zu verhören. Das tat Farkas, wieder ein Protokoll abfassend, am 6. Mai. Und am 7. Mai schickte Eugen Jármy, der Stuhlrichter, das Protokoll mit einem skeptischen Bericht von seiner Hand an den Präsidenten des Kreisgerichts von Nyiregyháza. Der Präsident, Béla von Korniß, ein hoher Sechziger mit schneeweißem Kaiserbart, las Bericht und Protokoll und lehnte es ab, eine Untersuchung anzuordnen.

Jedoch nun trat Baron von Ónody auf den Plan, zu dem Samus Schauergeschichte auch gedrungen war und den die Stellungnahmen der behördlichen Instanzen abgründig enttäuscht, erbittert und zur höchsten patriotischen Pflichterfüllung aufgerufen hatten. Er fuhr nach Budapest zur Reichstagssession und brachte, als der Führer der radikalnationalen Splitterpartei, die sich Freiheitspartei nannte, eine Interpellation ein.

Der Reichstag verhandelte zwar zur Zeit über einen Pazifikationskredit für die okkupierten Provinzen Bosnien und Herzegowina, allein Ónody kam einfach auf die Judenaustreibungen in Rumänien, seinen Wahlbezirk und den angeblichen Ritualmord zu reden. Er führte in höchster Erregung aus:

Es ist ein neuer Beweis für die im verborgenen arbeitende Macht des Judentums, daß sowohl der Stuhlrichter des Oberdadaer Bezirks wie auch das Kreisgericht in Nyiregyháza jede Untersuchung des scheußlichen Ritualmords von Tisza-Eszlár abgelehnt hat. Diese unerhörte Lage zwingt mich, an den Herrn Justizminister um sein persönliches Eingreifen zu appellieren. Denn es handelt sich nicht nur um diesen einen Mord, sosehr er zum Himmel schreit, sondern um die jüdische Gefahr überhaupt, der wir mit aller Entschlossenheit begegnen müssen, soll morgen nicht die ganze Nation wirtschaftlich, politisch und de facto geschächtet werden!

Nun war schon bei dem Fallen des Wortes ›Ritualmord‹ auf den übrigen Bänken des Hauses Lachen aufgeflackert, das sich, besonders bei den Liberalen, im Verlauf der Rede bis zum Gelächter steigerte. Dieses Gelächter aber brachte Ónody erst recht in Harnisch.

Das perfide oder hirnverbrannte Gelächter, schrie er, mit dem einige Abgeordnete glauben, sich der Verantwortung des Parlaments entziehen zu können, beweist nur, daß das jüdische Bestechungsgeld auch durch die Bänke dieses Hauses rollt!

Diese Äußerung freilich rief bei den Liberalen, die sich deutlicher als die Konservativen gegen Ónody gekehrt hatten, einen Sturm der Entrüstung hervor. Viele Abgeordnete sprangen von den Sitzen, mit heftigen Gebärden gegen Ónody, und einzelne Zwischenrufe stachen aus dem Lärm: Skandal! Herabwürdigung der Volksvertretung! Das Wort entziehen! Schweinezüchterhorizont! Provinznero! Bajazzo vor Europa!

Dagegen stürzten die wenigen Angehörigen von Ónodys Partei, wild Beifall klatschend, aus ihren Bänken vor die Rednertribüne hinab, von wo sie Ónody weiter anfeuerten. Doch hatte er das nicht nötig. Je mehr Gegenwirkung er auslöste, um so wütender ereiferte er sich. Als die Glocke des Präsidenten halbwegs Ruhe geschafft hatte, kehrte er sich schäumend gegen die Liberalen:

So viel können Sie gar nicht schreien, daß Sie das Signal übertönen, das der Ritualmord von Tisza-Eszlár für die ganze Nation bedeutet! Meine Parteifreunde und ich, wir werden die Aufmerksamkeit der ganzen Welt auf Tisza-Eszlár lenken, und wir werden nicht eher ruhen, als bis der hebräische Parasit, der sich aus der Wüste in die abendländische Zivilisation eingeschlichen hat, vom gesunden Volkskörper abgerissen und in das soziale und politische Nichts der versunkenen Jahrtausende zurückgeschleudert ist!

Dieser Teil der Rede Ónodys ließ die Empörung auf den Bänken der Liberalen wieder in Gelächter umschlagen, während ihm seine Anhänger demonstrativ Beifall spendeten. Und von der Woge dieses Geknatters getragen, begann Ónody von neuem:

Das ungarische Volk hätte keine Vertretung in diesem Haus, würden nicht wir, die Radikalnationalen von der Freiheitspartei, seine Belange wahrnehmen! Was hier redet und agiert, Mehrheiten bildet und regiert, hat nur Klassen- und Kasteninteressen im Auge; wir allein, von der Freiheitspartei, kämpfen für das Wohl der ganzen Nation! Ich stehe für den letzten kleinen, aber wundervollen Bauern in meinen Dörfern ebenso hier wie für das gesamte Magyarenvolk aller Stände und seine herrliche

Geschichte! Und die Nation wird das auch bald begriffen haben!

Hier gab es wieder Zwischenrufe von allen Seiten: Der Gernegroß! Er betet seinen Wunschtraum her! Die demagogische Trompete! Die Freiheitspartei hat die Vaterlandsliebe gepachtet und alles außerhalb ihres kleinen Klüngels rekrutiert sich aus Hochverrätern! Die Freiheitspartei hat auch den Stein der Weisen gefunden, während alle übrige Welt in Albernheit versinkt! Und wieder scholl Gelächter auf. Aber Ónody beschloß, den Tumult überschreiend, seine Rede:

Gerade an der Tragödie von Tisza-Eszlár wird das Volk begreifen lernen, wo seine wahren Retter stehn! Denn wir, die Radikalnationalen, fordern nicht nur den Prozeß gegen die Mörder von Tisza-Eszlár, in denen das gesamte Judentum auf der Anklagebank sitzen und justifiziert werden wird! Wir fordern die Generalbereinigung zwischen uns und dem Erzfeind! Wir fordern die Überprüfung aller Fälle von verschwundenen Christenkindern, wir fordern die Suspendierung aller jüdischen Gerichtspersonen, wir fordern für heute die Verhaftung aller reichen Juden, der Häupter der Weltverschwörung, und die Einziehung ihres Vermögens, und wir fordern für morgen die Ausweisung der volksfremden und mörderischen Eindringlinge allsamt! Wir fordern, daß Volksvertretung und Regierung nun nicht mehr ablassen, bis das ganze jüdische Problem ausgemerzt ist, und zwar muß das in so unnachsichtigem Elan geschehen, daß damit auch ein Beitrag für die Neugeburt der ungarischen Größe geleistet wird! Ungarn erwache!

Ónody schloß in der Tat mit diesem Ruf, der für die politischen Kämpfe kommender Jahrzehnte damit geboren war. Im übrigen umlärmten auch diesen Ruf Gelächter und Beifall und die Glocke des Präsidenten.

Als der Sturm sich gelegt hatte, erhob sich Doktor Károly Eötvös, Rechtsanwalt und Schriftsteller und einer der führenden Liberalen. Auch er trug einen kurzen schwarzen Vollbart, doch während bei Ónody die Schnurrbartenden unterhalb der Mundwinkel wieder nach oben gewichst waren, verlor sich bei Doktor Eötvös der Schnurrbart in der Gesichtsumrahmung. Schon dieser kleine Unterschied konnte ein Anzeichen dafür sein, wie sich hier Vitaliät und Geistigkeit gegenüberstanden. Und Doktor Eötvös, der von seinem Platz aus redete, tat es auch im alltäglichen Tonfall. Er sagte:

Baron Ónody weiß nicht, ob gemordet worden ist, und wenn, weiß er nicht von wem und aus welchen Motiven gemordet worden ist. Der einzigartige Fall liegt vor, daß ein Reichstagsabgeordneter um die Anordnung einer Untersuchung appelliert und in der Begründung seines Appells die denkbar äußersten Ergebnisse dieser Untersuchung bereits vorwegnimmt. Doch was sage ich – mehr als diese denkbar äußersten Ergebnisse. Denn daß das mittelalterliche Schauermärchen vom Ritualmord, das hundert-, das tausendmal widerlegt worden ist, neuerdings aufgewärmt wird, das konnte nur in einer Interpellation vom Niveau jener des Abgeordneten Ónody geschehen. Bewahre der Himmel Ungarn vor der Bloßstellung, daß die Augen der Welt sich tatsächlich auf diese provinzielle Albernheit richten sollten. Oder handelt es sich weniger um eine provinzielle Albernheit und mehr um ein wohlüberlegtes politisches Manöver? Ich kann nicht entscheiden, wo bei Baron Ónody die Dämonie des Spießers aufhört und wo bei ihm die Taktik des Politikers einsetzt, die zu erkennen glaubt, daß er mit einem ganz großen, ganz schauerlichen, ganz unverantwortlichen Antisemitenrummel seiner schmächtigen Partei vielleicht Zulauf schaffen könnte. Aber das ist hier vorläufig nicht wesentlich. Erreicht es Baron Ónody, daß man mit der gewissenlosen Verfolgung unschuldiger Menschen politische Geschäfte betreibt, dann werden wir die Aufmerksamkeit der Welt wahrhaftig auf diesen unerhörten Skandal lenken, und es wird sich erweisen, wer recht behält, die Wahrheit oder die Lüge, der Geist oder die Ruchlosigkeit. Sie sind gewarnt, Baron Ónody.

Auch die Rede von Doktor Eötvös war mit Zwischenrufen begleitet worden, vor allem von seiten Ónodys selbst, der die ›provinzielle Albernheit‹ so wenig wie den ›dämonischen Spießer‹ auf sich sitzen lassen wollte. Nun schwoll von den Bänken seiner Anhänger ein Sturm auf, der teils in der Anschuldigung: Judensöldlinge! – gipfelte, teils in dem rhythmisch wiederholten: Ungarn erwache!

Der Präsident schwang wieder seine Glocke, dann bemerkte Justizminister Pauler: Ich werde mich für den Fall von Tisza-Eszlár interessieren.

Damit hatte der nämliche eingebildete Inhalt, der nur in den einkleidenden Worten vorhanden war, zuerst im Mund des Tempeldieners, da er seine junge Frau belehrte, dann im Mund des kleinen Samu, als er seinen wilden Spuk erfand, dann in den Mündern der Bäuerinnen, die erlebnisgierig böswillig waren, dann in Protokollen und Berichten und schließlich in der Interpellation einer politischen Fraktion, – damit hatte dieser Inhalt hinaufgefunden bis in den Mund eines Ministers, der schon vor Parlamentsstenographen und Pressevertretern sprach, für ein 20-Millionen-Volk, für Annalen und vor Europa.

Dennoch hätte auch das nichts zur Folge haben müssen, wäre nicht ein hartnäckiger, stoßkräftiger und unbeirrbarer Mann gewesen, der dafür sorgte, daß sich das neue, enorm erweiterte Beziehungsnetz um den Fall von Tisza-Eszlár mit entsprechenden Kräften auflud, nämlich Baron Géza von Ónody.

Baron Ónody kehrte zu ungeduldig nach Tisza-Eszlár zurück, um noch in der Lage zu sein, den Ablauf der Dinge im staatlichen Schaltwerk abzuwarten.

Nur die Zeitungsnachricht über seine Interpellation wartete er ab, dann ließ er wieder anspannen, diesmal gleich fünf Pferde, seidig glänzende Rappen, von denen drei unmittelbar vor dem Wagen und zwei an der Tete liefen. In solcher Herrschaftlichkeit, aber auch mit den Büchern im Wagen, dem historischen Material, das Staatsanwalt Both anzuerkennen abgelehnt hatte, fuhr Ónody zum Kreisgericht nach Nyiregyháza.

Dort stürzte er, mit zwei Scharteken unterm Arm, in den Amtsraum des Gerichtspräsidenten, bei dem gerade Staatsanwaltsubstitut Egressy-Nagy anwesend war. Das verhinderte aber nicht, daß es zwischen Ónody und Korniß zu einer Auseinandersetzung kam, die um so rücksichtsloser verlief, als sich beide seit Jahrzehnten kannten und in vertrauter Beziehung zueinander standen.

Ist, fragte Ónody nach der rasch abgetanen Begrüßung, die Untersuchung nun angeordnet?

Korniß lächelte überlegen, in seine buschigen weißen Bartkoteletten greifend. Wenn Du interpellierst, sagte er, dann sind das Deine politischen Geschäfte; ich aber bin Richter –

Doch hier unterbrach ihn Ónody schon heftig: Ich verwahre mich! Mit Politik haben meine Schritte nicht mehr zu tun, als daß die Angelegenheit das Szabolcser Komitat, meinen Wahlbezirk, betrifft! Unter keinen Umständen aber werde ich dulden, daß Du den jüdischen Mördern –!

Mörder! unterbrach nun auch Korniß gereizt. Nicht einmal

der Stuhlrichter kam zu einem anderen Ergebnis, als daß die Tisza-Eszlárer, wenn diese malträtierte Esther nicht einfach ausgerückt ist, die Theiß eben besser mit ihren Stangen hätten absuchen sollen!

Weil er von den Juden bestochen ist! schrie Ónody.

Korniß schüttelte in einer Art verzagter Ermattung den Kopf. Wie ein erwachsener Mensch nur so daherreden kann! bekümmerte er sich. Wie er die ganze Welt nur auf den Irrsinnspunkt zusammendenken kann, den er gerade als blinden Fleck im Auge trägt! Du bist, wandte er sich wieder an Ónody, – bestenfalls ein Phantast.

Nicht ich bin ein Phantast, gab Ónody selbstbewußt zurück, sondern Du und Deinesgleichen, Ihr seid verblendet. Seit Jahrtausenden pirscht sich das jüdische Verbrecherpack durch die Gassen der Menschheit, aber Ihr wollt es nicht wahrhaben, in Eurer Musterschülerhaltung, Eurer fahrlässigen Gutgläubigkeit, Eurer leisetreterischen Feigheit oder Eurer Ignoranz, was allsamt Ihr mit einem Wust von Pseudowissen bemäntelt!

Nun bekam Korniß einen roten Kopf. Er mußte an sich halten, als er Ónody erwiderte, aber er bezähmte sich mehr in der Tonstärke als im Ausdruck. Wenn Du von Ignoranz und Pseudowissen redest, ging er auf den Vorwurf ein, dann kann ich Dich damit nur auf Dich selbst verweisen, und zwar mit einer Verwunderung, daß ich um Deinet- und Deiner Mitmenschen willen wünschte, Du könntest sie mir nachempfinden. Jedoch ich will Dir keinen Vortrag über Engstirnigkeit, Banausenturn und geistige Frivolität halten; wenden wir uns praktischeren Zusammenhängen zu. Ist Dir bereits bekannt, daß von seiten Deines Tisza-Eszlárer Nachbarn Moritz Lichtmann eine Schadenersatzklage gegen Dich eingelaufen ist?

Ónody war überrascht, dann brach er wütend los: Dieser aufgeblasene Dreckskerl, dieser speckige Läusehund, dieses Pharisäeraas … Er konnte sich über die Ungeheuerlichkeit, daß ein

Jude es gewagt hatte, gegen ihn Klage zu erheben, nicht fassen. Korniß aber wartete das Ende seiner Schimpferei nicht ab.

Es war Dir also noch nicht bekannt, sagte er, doch ist es auch nicht wichtig. Die Sache fiel mir nur unter anderem ein. Von einigen Deiner Parteigenossen, gleichfalls Gutsbesitzern, weiß die ganze Welt, daß sie alle Juden am liebsten massakriert sähen, weil sie, zufolge ihrer Vorliebe für Karten, Budapester Nachtlokale und Zigeunermusik, bis über die Ohren an sie verschuldet sind. Du bist nicht verschuldet, aber sollte Dein Grimm, wie der gegen diesen Anrainer Moritz Lichtmann beispielsweise, nicht auch in Konkurrenzumständen wurzeln? Dieser Lichtmann soll Dir bei Viehverkäufen schon sehr unangenehm geworden sein.

Ob mir das Schwein Lichtmann Konkurrenz macht oder nicht, brauste Ónody auf, darum geht es hier nicht! Ich stehe in nationaler Verantwortung vor Dir, und Deine Haltung beweist nur wieder, wie not diese Verantwortung tut! Da! – Ónody warf seine beiden Scharteken auf den Tisch, in deren einer er zu blättern begann. Da steht es, rief er, schwarz auf weiß zu lesen, was für Vampire, von uns geduldet, zwischen uns hausen!

Er gab ein Bild erregter Hast ab, als könnte er es nicht erwarten, den beweiskräftigen Wissensstoff zutage zu fördern. In Wahrheit ergoß sich nun auch sein ganzer Haß gegen Lichtmann in seinen heftig hetzerischen Versuch, die verbrecherische Art des Judentums aus dem Buch zu beweisen.

Da! rief er, mit dem Handrücken auf eine aufgeschlagene Stelle klopfend, dann nahm er das Buch hoch und las vor: ›Ritualmord in Valréas. Hier wurde einem zweijährigen Mädchen, nachdem man es ans Kreuz geschlagen hatte, unter entsetzlichen Verstümmelungen das Blut abgezogen. Dank dem energischen Zugriff konnten einige Juden überführt werden. Auf die Frage, was sie mit dem Mord hätten bezwecken wollen, gestand der Angeklagte Burcelas: Denn, wenn uns auch Jahweh unsere Tempel genommen hat, so hat er uns dennoch einen Ersatz hierfür gelassen, der die Seele noch mehr erleuchtet, nämlich das Vergießen des Blutes der Gojim vor dem Angesicht Jahwehs auf einem trockenen Stein.‹

Mit Ónodys Wendung zu seinem Buch war Kornìß von fast spöttischer Ruhe geworden. Und wann, fragte er jetzt, soll dieser angebliche Ritualmord geschehen sein?

Am 26. März 1247, zitierte Ónody aus der Druckerschwärze.

Zu einer Zeit also, fügte Kornìß an, da es auch noch die Erörterung gab, ob die Frauenzimmer überhaupt Menschen wären; da man Dissertationen über die Frage schrieb, ob den Juden in der Wüste die Kleider nachgewachsen seien, und da man auch noch ein Stück ägyptischer Finsternis als Reliquie aufbewahrte. Ganz zu schweigen davon, daß selbst die höchstgradigen Foltern des dreizehnten Jahrhunderts gewiß nicht ausgereicht haben, Geständnisse von so hymnischem Charakter, wie das Zitat ihn zeigt, zu erpressen. Damit will ich sagen, Ónody, daß nicht nur Dein Autor, sondern schon der alte aus dem dreizehnten Jahrhundert – den ich sogar kenne, es ist ein obskurer Thomas Cantipratanus – mit Eifer die Sache nach seinem Sinn umgestaltet und ausgeschmückt hat.

Ónody sah für einen Augenblick zwiespältig drein, dann fiel er in seine Heftigkeit zurück. Wenn Du damit sagen willst, überstürzte er die Worte, daß die Kampfschriften gegen die Ritualmorde lediglich von Laienmönchen stammten, dann verweise ich Dich auf die päpstlichen Bullen gegen die jüdische Mordunterwelt.

Auf diese, sagte Kornìß gelassen, indem er um seinen Tisch herumging, hättest Du besser nicht verwiesen. Er öffnete eine Lade und nahm ein geheftetes Manuskript heraus. Darin blätternd, erklärte er: Ich bin über die Materie, die Du da an mich heranbringst, genau unterrichtet, weil ich sie – das ist nun schon mehr als vierzig Jahre her – in meiner Doktorarbeit mitbehandelt habe. Nach Deiner Interpellation im Reichstag suchte ich das

Manuskript wieder heraus. Nicht weil ich voraussah, daß Du mit Pamphleten zu mir kommen würdest – so exakt arbeitete meine Phantasie nicht –, wohl aber weil ich dachte, daß der uralte Nonsens möglicherweise nun doch wieder aktueller werden könnte, als man geneigt ist anzunehmen. Doch nun zu den päpstlichen Bullen; und damit ich Deinem Ritualmord von 1247 möglichst in die Nähe komme, sei die des vierten Innocenz vom 25. September 1253 zitiert. Darin heißt es: ›Da die Juden um unsere Verteidigung und Hilfe und um die Milde der christlichen Lehre bitten, verfügen wir, den Spuren unserer Vorgänger seligen An, der Päpste Calixt, Eugen, Alexander, Clemens, Cölestin, Innocenz, Honorius und Gregor folgend, um der Schlechtigkeit und Habgier der bösen Menschen zu begegnen, daß niemand die Juden beschuldige, sie gebrauchten bei ihrem Ritus Menschenblut, weil ihnen ja im Alten vorgeschrieben ist, sich – von Menschenblut ganz zu schweigen – jeglichen Blutes zu enthalten.‹ – Damit hast Du, beschloß Korniß, in einer Bulle gleich neun Päpste, die Deine Auffassung als absurd bloßstellen, und zwar taten sie das vor mehr als sechshundert Jahren schon.

Das kann ich jetzt nicht überprüfen, wich Ónody aus, aber – er blätterte wieder in seinem Buch – schon einer der Nachfolger des vierten Innocenz, der vierte Sixtus, mußte selbst über einen Ritualmord verhandeln lassen, über den Mord an dem Knaben Simon in Trient im Jahre 1475, und Sixtus' IV. Nachfolger, Sixtus V., sprach den ermordeten Knaben, als Religionsopfer, heilig.

Korniß lächelte. Du hast Pech. Auch mit diesem Fall habe ich mich beschäftigt, und Du kannst, was ich Dir zu sagen habe, vertrauensvoll als ganze Wahrheit annehmen. Wenn Du einen Zusammenhang zwischen der Heiligsprechung des Knaben und dem Umstand herstellst, daß er einem Ritualmord zum Opfer gefallen sei, dann muß ich Dich dahin berichtigen, daß Sixtus IV. die Heiligsprechung nach dem ersten Prozeß ablehnte. Und im zweiten Prozeß, den der Papst durch den Bischof von Ventimiglia durchführen ließ, wurden alle angeklagten Juden freigesprochen, weil der Christ Zanesus sich als Mörder bekannte. Die Heiligsprechung des Knaben aber erfolgte durch Sixtus V., weil sich an seinem Grab angeblich Wunder zeigten. Damit will ich Dir dartun, wie zuverlässig Schriften sind, die sich auf Quellen von vor einem halben Jahrtausend stützen. Aber auch dann, wenn die Quellen unverfälscht und vollständig angeführt wären, müßten sie nicht mehr beweisen als die Akten der Hexenprozesse über die Existenz von Hexen.

Korniß schüttelte den Kopf, so wenig verstand er die Unumgänglichkeit der Auseinandersetzung, in die er hier gezogen wurde. Ónody aber machte den Eindruck eines Stieres, der, gegen ein rotes Tuch anrennend, dieses mit einemmal nicht mehr vorhanden findet und darüber ebenso verdutzt wie ärgerlich ist. Er nahm sein zweites Buch vom Tisch.

Schön, murrte er unwirsch, soll das das Mittelalter gewesen sein; aber das Jahr 1840, das ist unser Jahrhundert, die Zeit der Aufklärung, in der wir selbst schon lebten! Und er las wieder: ›Ritualmord in Damaskus an dem Kapuzinerpater Thomas und seinem Diener Ibrahim Amara. Vor dem Sherif-Pascha Geständnisse des jüdischen Barbiers Suleiman, der Rabbiner Moses Saloniki und Moses Abuel-Afieh, der Gebrüder David, Isaak und Aaron Harari, deren Onkel Joseph Harari und Joseph Laniado und des Dieners Murad-el-al …‹

Gerade dieser Fall, unterbrach Korniß, war der Anlaß, daß ich mich mit der Frage beschäftigte und meine Schrift verfaßte. Dazu möge Dir genügen, daß von den sechzehn Angeklagten des Prozesses von Damaskus zwei unter den angewandten Torturen starben, noch im Jahr 1840, daß man Dutzenden Familien die Kinder wegtrieb, mit Massenmorddrohungen, und daß die Überlebenden nach der Intervention Englands, Frankreichs und Österreichs, obgleich unter ihnen die reichsten Juden von

Damaskus waren, deren Vermögen verfallen gewesen wäre, freigesprochen werden mußten.

Ónody, aus einer Stellung in die andere verdrängt, schnappte nach Luft. Er war es gewohnt, ein überschaubares, idyllisch und wirkungsvoll nach Hell und Dunkel geschiedenes Weltbild zu besitzen, und nichts lag ihm ferner – denn das war unbequem –, als nach dem Wenn und Aber einer Angelegenheit zu fragen und sie von zwei Seiten her anzusehen. Gut, keuchte er jetzt, das Mittelalter ist zeitlich und Damaskus liegt örtlich fern; aber Ungarn! Ungarn! Hier hast Du's: ›Ritualmord 1791! Todesurteile gegen Juden der Pérer Kirchengemeinde im Szilágyer Komitat wegen Ermordung eines christlichen Knaben!‹

Allein nun wurde auch Korniß heftig. Die sachliche Unhaltbarkeit von Ónodys Zitat empörte ihn. Und das, rief er, hat Dein verbrecherischer Gewährsmann nicht verzeichnet, daß eben in diesem Fall die höheren Instanzen den Freispruch entschieden und gegen die amtlichen Funktionäre der ersten Instanz wegen der Verübung von Torturen und anderen Erpressungsmitteln die fiskalische Aktion einleiteten! Es ist immer das gleiche; und wie die rasende Hetze sich in Dir nun neuerdings verkörpert, bist Du auch das Anschauungsbild für die Zustände in der Vergangenheit! Jedoch es ist eine Schande, wenn sich ein Mann Deiner gesellschaftlichen und politischen Stellung zum Herold, zum Agitator derart verlogener Machwerke und ihrer Ziele hergibt! Du magst, Ónody, über Deinen Anrainer Moritz Lichtmann in Tisza-Eszlár denken, wie immer Du willst; aber Du kannst doch nicht so verantwortungslos sein, das nackte Gift solcher Schmähschriften in die Gesellschaft hineinzutragen!

Da der Gerichtspräsident sich nun aufrichtig und rückhaltslos erregt zeigte – und dies in der Gegenwart des Staatsanwaltsubstituten Egressy-Nagy, dessen Anwesenheit in der Hitzigkeit von beiden Streitenden bisher nicht berücksichtigt worden war –, zog Ónody sich in seinem Denken wütend aufs allgemeine zurück.

Warum, begehrte er mit dem Brustton der Überzeugung auf, willst Du um alles in der Welt keine jüdischen Mörder wahrhaben!?

Es liegt mir fern, schrie nun auch Korniß, das Vorkommen von jüdischen Mördern zu leugnen! Aber ihr Motiv ist dann eben Raubgier, oder sie handeln im Affekt, oder aus sexueller Perversität, wie sich das bei allen Rassen findet! Wogegen ich mich wehre, das ist die Hirnverbranntheit, daß sie aus religiösen Gründen morden sollten!

Aber nun ist doch, beharrte Ónody auf seinem Fall, diese Esther Solymosi einmal verschwunden, und es ist bald sechs Wochen her! Findest Du es in Ordnung, daß in einem zivilisierten Staat wie Ungarn, dessen Bevölkerung ihre Steuern in der Erwartung zahlt, daß ihr der Staat Sicherheit und Hilfe gewähre, – findest Du es in Ordnung, daß die Behörden sich über das Verschwinden eines jungen Mädchens einfach mit einem Achselzucken hinwegsetzen?

Es handelt sich nicht um ein Achselzucken, stellte Korniß fest, sondern um die Grenzen unserer Wirksamkeit. Wir sind keine Hellseher und keine Zauberer. Wieviele ungarische Mädchen sind schon aus ihren Dienstverhältnissen oder ihren Elternhäusern weggelaufen! Ein Teil wurde ausgeforscht, der andere nicht. Denn wir sind nicht allmächtig, und wünschten wir auch, jeden Fall befriedigend zu lösen, so bleiben wir doch an die Unvollkommenheit unserer Einrichtungen gebunden. Wie soll ich Dir diese Esther Solymosi, die sich wahrscheinlich in der Theiß ertränkt hat, herschaffen? Das geht über meine organisatorischen Möglichkeiten und hängt im Erfolg vielleicht bloß von einem Zufall ab. Ein Wahnsinn aber bleibt die Annahme, daß die Juden von Tisza-Eszlár, Bauern, Handwerker und Geschäftsleute, die Ihr selbst seit Jahrzehnten besser kennt als ich, diese blutarme, barfüßige vierzehnjährige Bauernmagd ermordet haben sollen! Aus welchem Grund und zu welchem Nutzen denn?

Immerhin aber – und dabei schlug Ónody seine Faust auf den

Tisch – bleibt das noch zu klären! Deshalb begreife ich nicht, warum Du Dich gegen nichts so sträubst wie gegen die Anordnung einer Untersuchung.

Korniß war sichtlich gequält. Er fingerte durch seine weißen Bartkoteletten und blickte, an seinem Schreibtisch lehnend, ratlos vor sich hin. Ich habe, sagte er, keinen Untersuchungsrichter zur Verfügung. Der eine ist krank und der andere ist auf Urlaub. In diesem Fall müßte ich einen Gerichtsrat oder den Bezirksrichter mit dem Fall betrauen; allein ich lehne es ab, mich lächerlich zu machen.

In diesem Augenblick mischte sich der Staatsanwaltsubstitut Egressy-Nagy ins Gespräch, der bisher angeregt und bescheiden der Auseinandersetzung zugehört hatte. Er war ein Mann Mitte der Dreißig, und es lag ihm in seiner beruflichen Stellung nahe, zu einem Mittelweg zu neigen. Er wandte ein, über seinen schwarzen, in Spitzen ausgezogenen Schnurrbart streichend: Möglicherweise könnte der Minister tatsächlich finden, daß wir dem Fall zu wenig Aufmerksamkeit widmen; was verschlägt es schon, wenn in Abwesenheit der ordnungsgemäß dazu bestellten Herren beispielsweise der Ersatzmann Vizenotar Bary die Untersuchung übernimmt?

Die Betrauung Barys, antwortete Korniß unmittelbar, wäre ungesetzlich.

Nur dann, machte Egressy-Nagy geltend, wenn Sie, Herr Präsident, dem Fall irgendeine Wichtigkeit zubilligten.

Das tue ich bei Gott nicht, entgegnete Korniß in Gedanken.

Dann steht, knüpfte Egressy-Nagy an, der Betrauung Barys ja nichts im Weg.

Aber der ganze Mensch, blieb Korniß in seiner Nachdenklichkeit, ist noch keine dreiundzwanzig Jahre alt.

Was macht das aus, blieb Egressy-Nagy weiterhin auf seiner Linie, da wir ohnehin überzeugt sind, daß es sich nur um Gerede handelt?

Sei's denn, entschied Korniß gequält, sagen Sie dem Amtsdiener, er soll mir Bary schicken.

Egressy-Nagy ging, mit einer Verbeugung auch gegen Ónody. Dieser und Korniß warteten in wortlosem Nebeneinanderstehn. Dann trat Bary ein.

Er wirkte in der Tat noch als sehr jung und hatte den Auftrag des Amtsdieners, zu Korniß zu kommen, fürs erste in der Besorgnis aufgenommen, daß ihm wieder ein Lapsus unterlaufen sei. Deshalb hielt er sich auch in geziemend bescheidener Entfernung vom Tisch des Präsidenten und nahm, als man ihn dazu eingeladen hatte, nur auf der äußersten Kante eines Stuhls Platz. Er war hoch gewachsen, aber das brachte, in Verbindung mit seiner Magerkeit, seine ärmliche Kleidung nur noch mehr zum Ausdruck. Die abgewetzte, zur Unförmigkeit durchgesessene graue Hose fiel ihm in vielen Falten auf das grobe Schuhwerk herab, während die Ärmel an seinem spiegelnden blauen Lüsterröcklein wieder zu kurz erschienen. Zu dieser Ärmlichkeit und Unterernährtheit paßte auch das Gehaben Barys, das nichts als Gedrücktheit und ängstlich dienernden Eifer verriet. In überraschendem, geradezu krankhaft anmutendem Gegensatz dazu aber stand sein Gesicht. Denn dieses keineswegs unschöne Gesicht mit der ausgeprägten Hakennase, dem blonden Flaumbart über der Oberlippe und den glitzernd hellen Augen hinter dem blechgefaßten Kneifer erschien gerötet und glänzend und in einer eigentümlichen Aufgerissenheit der Züge lebensvoll, als fieberte der Mann oder als glühte er von einem besonderen, ihn wohlig stimmenden Daseinsgefühl. Dieser hektische Glanz in seinem Gesicht wurde noch gesteigert durch sein dauerndes Lächeln, in dem seine breiten Mundwinkel von Speichel naß erschienen und einzelne blonde Bartsträhnen krallig über das weiße Gebiß herabhingen; und auch seine wässerig blau durch die Kneifergläser blitzenden Augen fügten sich diesen vor innerem Leben brennenden und aufgerissenen Zügen entsprechend ein. Dergestalt konnte man sehr wohl schon beim ersten Eindruck urteilen, daß man es in diesem Bary mit einem ärmlichen, unsicheren und subalternen Menschen zu tun habe, der aber gleichwohl in seiner Spannkraft unerwartete Möglichkeiten in sich tragen mochte.

Hören Sie, sagte Korniß nicht ohne Hemmung, da ist dieser Fall von der verschwundenen Esther Solymosi in Tisza-Eszlár. Weil der Justizminister offenbar auf eine Untersuchung dringen wird, betraue ich Sie damit. Aber ich verweise Sie mit allem Nachdruck auf besondere Genauigkeit und Sorgfalt, denn Ihre Betrauung ist in Wahrheit ungesetzlich; Sie springen nur für die abwesenden Untersuchungsrichter ein. Tun Sie mithin, bitte, alles, das in Sie gesetzte Vertrauen zu rechtfertigen.

Daraufhin buckelte Bary voll Bescheidenheit und begeisterter Liebedienerei: Herr Präsident können sich auf mich verlassen; ich werde alle Kräfte dransetzen …

Ónody aber konnte vor Befriedigung nicht an sich halten. Er mischte sich ein, indem er Bary leutselig auf die Schulter klopfte: Niemand zweifelt daran! Endlich eine junge Kraft! Sie können dann gleich in meinem Wagen mitkommen.

Und draußen sagte er bereits, ihm die beiden Bücher überreichend: Ihre Karriere beginnt!

Hernach fuhren nicht nur Ónody und Bary nach Tisza-Eszlár, sondern, in einem zweiten Gefährt, auch der Sicherheitskommissär Kálmán Péczely und sein Protokollführer Recsky, und zu seiten der Wagen ritt ein Aufgebot von Panduren.

Verglichen mit der verständigen und zurückhaltenden Schreiberart, in der Dorf-, Stuhl- Kreisrichter bisher den Fall behandelt hatten, wohnte diesem Aufzug nun ein kriegerischer Schwung inne, der den Eindruck erweckte, Korniß hätte, nicht zu Unrecht zögernd, mit seinem Wort ein verhängnisvolles Kräftespiel entfesselt. Jedenfalls war, was sich vollzog, nicht nur nach dem Herzen Ónodys, sondern auch nach dem Barys. Er ließ sich auch, Vor Bereitschaft, Eifer und Ungeduld glühend, auf der mehrstündigen Fahrt gern von dem feudalen Baron und Reichstagsabgeordneten in seine Aufgabe einführen. Der innerliche Vorgang, mit dem Bary sich auf diese Aufgabe einstellte, war ebenso stürmisch wie oberflächlich. Dabei konnte Bary nicht einmal als besonderer Antisemit bezeichnet werden.

Heftiger als seine Abneigung gegen die Juden bewegte ihn das berufliche Erlebnis. Daß er nun in einer ›cause célèbre‹, wie ihm sein mächtiger Gönner erklärte, in einer die Nation betreffenden und gewiß bald Europa beschäftigenden Sache die Macht besaß, über ein ganzes Dorf und Dutzende Familien herzufallen, das berauschte ihn – gleich dem Anblick der Pandureneskorte, die ihm jetzt zu Gebote stand – auf napoleonische Art. Kaum wunderzunehmen, daß ihm da auch die Indizien gegen die Juden, die er kannte und durch Ónody neuerdings erläutert bekam, nicht fragürdig, sondern hoffnungsvoll, wenn nicht schon entscheidend erschienen.

Solcherart ging der Wandel in allem weit über die Skrupel des Gerichtspräsidenten hinaus, die sich auf Förmlichkeiten bezogen hatten. Mit Bary, der seinem Ehrgeiz endlich die Arena geöffnet fand, der seinen Fuß bewußt auf die gesellschaftliche Stufenleiter setzte und sich so begeistert in das dramatische Erlebnis seiner Jugend versetzt sah, daß ihm die Opfer, die auf der anderen Seite dafür fallen mochten, überhaupt nichts wogen, – mit diesem Bary war einfach der Bock zum Gärtner gemacht, und dies außerdem unter der Schirmherrschaft des spießerischen Dämonen Ónody und mit den passionierten Menschenjägern Péczely und Recsky zur Seite. Denn in diesen beiden fuhr, zum geringen Unterschied von Barys hitziger Herzlosigkeit, die kalte Erbarmungslosigkeit nach Tisza-Eszlár; bei Péczely in einem etwa Fünfzigjährigen, der in dieser Zeit der Barttrachten, die alle Männerköpfe mit einem Ornament bekleidete, in seiner Glattrasiertheit und mit dem mönchisch hageren, fast geistigen Gesicht wie ein ob seiner Verkommenheit relegierter Priester anmuten konnte, und bei Recsky, dem Dreißigjährigen mit dem aufgezwirbelten Bärtchen und der pomadisierten Frisur, in einem Mann, der seine Opfer zwar als nervenschwacher, darum aber nicht weniger satanischer Kommis berühren sollte.

Und Wagen und Reiter dröhnten in einer gewaltigen Staubwolke nach Tisza-Eszlár hinein, wo sie, am späten Nachmittag, vor dem Haus des Dorfrichters anhielten. Den Bauern gab ihr Einzug sofort das Bild eines großen Ereignisses ab, und den Juden, neunundvierzig Tage nach Esthers Verschwinden, das Bild einer großen Bedrohung. Die Veränderung, die man damit in der Welt empfand, kündigte sich auch sofort in Barys Handlungen an. Er ließ, unmittelbar nach seinem Eintreffen, den kleinen Samu und die Weiber, die um seine Geschichte wußten, in die Amtsstube von Farkas holen. Während sich dann die Dörfler – von den Juden, die man bereits offen beschimpfte, nur die Scharf und der und jener – vor dem Haus und um die vorgefahrenen Wagen versammelten, kam es drinnen zu einem Verhör, das ungeachtet der aufgepflanzten Panduren, die die Menschen wie in einem Pferch hielten, eher als Tohuwabohu bezeichnet werden mußte.

Der kleine Samu, den man brutal vom Haus fortgeholt und in den Wirbel zwischen all die Erwachsenen versetzt hatte, litt zwar hinter seinem großäugigen, weißen Kindergesicht schrecklich an Angst und Einsamkeit, aber er blieb auch der Prügel eingedenk und wollte nichts mehr erzählt haben. Demgegenüber überboten sich die Weiber, die Sós, die Pásztor, die Bátori, die Csordás, die Csuga und alle anderen, kreischend in ihren Beteuerungen. Auf diese Weise kam, nach viel Lärm und langem Hinundher, ein Protokoll zustande, unter das Bary selbst die Bemerkung setzen mußte, daß es, da ein Verhör mit dem Viereinhalbjährigen nicht möglich gewesen sei, das zusammengefaßte Ergebnis eines Gesprächs darstelle, in dem der kleine Samu Scharf seine Angaben ›mit anderen vermischt‹ gemacht habe. Dessenungeachtet legte das Protokoll dem kleinen Samu folgendes Geständnis in den Mund:

›Vater rief die Esther herein, und sie kam in die Wohnung. Der Vater stopfte ihr ein weißes Linnen in den Mund, dann wuschen sie sie in der Mulde und ein großer Jude schnitt sie mit einem langen Messer so in den Hals, daß ihr der Kopf herabfiel. Der Jude hatte nur einen einzigen Schnitt an der Esther gemacht. Moritz faßte den Kopf, ein kleiner Jude aber hielt einen Teller und in diesen floß rotes Blut. Dann faßte man die Esther an und trug sie durch den Hausflur zum Tempel hin. Sie hatten sie an den Händen, den Füßen und am Kopf gefaßt, unter ihnen war auch Moritz. Ich ging bis ans Tempeltor mit, dort aber sperrte Moritz die Tür zu. Es waren ihrer viele dabei.‹

So die jetzige und gerichtsprotokollarisch als endgültig festgelegte Gestalt von Samus Spukgeschichte, die aber dem Vizenotar Bary, der es nach stundenlangem, bohrendem Fragen endlich soweit gebracht hatte, durchaus genügte, nun Scharf, seine Frau, Moritz und den neuen Schächter von Tisza-Eszlár, den langbärtigen Salomon Schwarz, in das Dorfrichterhaus holen zu lassen. Sie warteten alle am Rande der Menge, die sich auf der Straße, in der es bereits dämmerte, versammelt hatte, die Scharf in Verzweiflung, Salomon Schwarz in Verantwortungsgefühl und Furchtlosigkeit.

In dieser Haltung trat er auch vor Bary, dem gegenüber er, obgleich Ónody ihn einige Male mit Gebrüll unterbrach, alle Schuld als Widersinn von sich wies. Scharf bekundete seine Verzweiflung über Samus Geschwätz, und die junge Rózsika weinte fassungslos. Die Verhörenden aber, Bary, Péczely und Recsky, und mitten unter ihnen Ónody, die hinter ihren Tischen auch immer wieder miteinander tuschelten, waren sich bald einig geworden, daß der schwache Punkt auf der Seite der Juden in dem vierzehnjährigen Moritz gegeben sei. Und zwar nicht, weil sie um den Gegensatz zwischen Moritz und seiner Umgebung gewußt hätten – der sollte ihnen erst später zustatten kommen –, sondern einfach, weil der Vierzehnjährige vernehmungsfähig war und am ehesten zu beugen sein mußte. Deshalb hatte Bary auch schon großen Wert auf die Belastung von Moritz in den Aussagen seines kleinen Bruders gelegt.

Nun ließ er das Weibsvolk durch die Panduren hinaustreiben und Scharf und Schwarz, zur Präventivhaft, gefesselt ins Gemeindeamt abführen. Farkas, der der bisherigen Amtshandlung mit einem schwermütigen Groll in den Augen und mit unwirsch gesträubtem Schnurrbart gefolgt war, empfand den Gang mit den Gefangenen durch die Menge draußen, die auch in der hereingebrochenen Nacht beisammenblieb, als den schändlichsten Augenblick seines Dorfrichterlebens.

Bary aber stieß nun unter der qualmenden Petroleumlampe wie ein Habicht auf Moritz herab. Er faßte, um den Tisch herumkommend, den zitternd und weinerlich Dastehenden von ganz nahe ins Auge. Sein glitzernder Blick rückte hinter dem Kneifer hin und her, wie er ihn einmal auf das eine Auge von Moritz und dann wieder auf das andere konzentrierte. Dabei schrie er aus dem weit offenen, speichelnassen und bartüberkrallten Mund: So gesteh doch schon, daß Ihr die Esther umgebracht habt!

Aber Moritz, mit zwei riesigen Panduren neben sich, von denen der eine bereits mit der rasselnden Kettenfessel spielte, blieb fest. Es war von ihm nichts anderes herauszubekommen, als was ihm von jenem ersten April bekannt war und was der Wahrheit entsprach. Er erklärte immer wieder, Esther nie nennen gehört zu haben und über ihr Verschwinden nichts zu wissen. Auch über die Abendzusammenkunft im Tempel konnte Moritz nichts anderes aussagen, als was er über sie erfahren hatte, nämlich daß es sich um die Beilegung eines Streites der Branntweinhändler Rosenberg und Süßmann gehandelt habe.

Um diese Zusammenkunft kreisten Barys Gedanken am engsten, weil es in den vier Jahren, die Scharf den Posten eines Synagogendieners bekleidete, nie vorgekommen war, daß abends im Tempel Licht gebrannt hatte. In Barys Phantasie, für die allein schon das Datum von Esthers Verschwinden ausreichte, ein Ritualverbrechen unzweifelhaft zu machen, fiel diese nächtlich erhellte Synagoge in zwingender Weise mit dem Mordgeschehen zusammen. Dem widersprachen zwar die Darstellung des kleinen Samu und der Todesschrei, der mittags gehört worden war, dafür aber ordneten sich besonders gut die drei Wächter ein, die der alte Fekete mit seiner Laterne angeleuchtet hatte. Im übrigen begrüßte diese Kombination auch Ónody, weil er dann Lichtmann unter den Hauptbeteiligten hatte, und der mittägliche Schrei konnte auch ausgestoßen worden sein, als man das Opfer überfallen hatte, vor seiner Knebelung und Fesselung. Man würde Esther dann eben bis zu ihrer Ermordung abends gefangengehalten haben, vielleicht in dem unterirdischen Frauenbad.

Allein es war aus Moritz für alle diese Annahmen nichts Bestätigendes herauszupressen, woraufhin die Amtshandlung eine seltsame Wendung nahm. Der Sicherheitskommissär Péczely bat Bary, nach Nyiregyháza zurückkehren zu dürfen, und der Protokollführer Recsky meldete sich mit dem Bemerken krank, daß er sich Péczely anschließen wolle. Beides genehmigte Bary ohne Umstände. Er schrieb nur einen Brief an Staatsanwalt Both, dem er mitteilte, daß er den schwer belasteten Moritz Scharf in die Untersuchungshaft nach Nyiregyháza überstellen lasse. Warum einzig und allein nur ihn, darüber schwieg der zum Untersuchungsrichter aufgestiegene Vizenotar sich aus.

Der aufschreiende Moritz wurde in Ketten gelegt und von zwei Panduren in die Nacht, in Péczelys Wagen hinausgestoßen. Während dieses Vorgangs bemühten sich die wenigen Juden, die es gewagt hatten, neben der feindseligen Ansammlung der Dörfler auszuharren, um Scharfs junge Frau, die, den kleinen Samu an der Hand, mit schreiendem Weinen die Sperre der Panduren durchbrechen und den Abtransport von Moritz verhindern wollte. Sie hatte ihren Hader mit diesem Stiefsohn nicht vergessen, aber er dauerte sie jetzt als das gefesselte Kind, von brutalen Bütteln in die Nacht und ein unbekanntes Schicksal hinaus entführt werden sollte, und noch heftiger bewegte sie der Schrecken, der dann auch neben ihr ausgesprochen wurde. Als der Wagen, den reitende Panduren flankierten, mit dem jammernden Moritz abfuhr und sich ein lastendes Schweigen über die Bauernansammlung legte, sagte in der starr dem Gefährt nachblickenden Judengruppe der Klempner Einhorn: Der Moritz, der Scharf und der Schwarz, das sind nur die ersten; sie kommen über uns alle.

Tatsächlich wurde dies durch die Absonderung von Moritz bereits vorbereitet. Denn während Ónody, sehr befriedigt über die Ankurbelung der Dinge, Bary jetzt zu einem Abendimbiß und einer Flasche Wein nach Klein-Gotthaus lud, fuhren Péczely und Recsky mit Moritz nicht nach Nyiregyháza, sondern in das auf dem Weg gelegene Nagyfalu, in Péczelys Haus. Diese Abschwenkung nach einem nichtamtlichen Ort überkam Moritz sofort mit neuem Schrecken. So bedrückend für ihn die Vorstellung des Gerichts in Nyiregyháza, der Schergen dort und eines langen Ganges mit Kerkerzellen auch gewesen war, so verstand er nun – im Anblick von Péczelys nächtlich düsterem Anwesen – doch sogleich, daß ihm hier eine finstere und gefährliche, eine lichtscheue und verbrecherische Willkür drohte, vor der ihn die amtliche Ordnung, und wäre sie noch so hart gewesen, bewahrt hätte. Er brach auch wieder in jammerndes Flehen und Bitten aus, als er durch die enge Gartenpforte gestoßen wurde; und auf dem kleinen Weg nachher, der nicht ins Gebäude, sondern nach einem in der Gartentiefe gelegenen Treibhaus führte, legte sich das Grauen wie ein erdrückender Ring um sein Herz.

Die Panduren pufften ihn in den Monddämmer und das Schattengewirre des halbleeren Glashauses hinein, in dem mehr an Gerät und Gartenmöbeln herumstand, als daß es Vegetation enthalten hätte. Moritz bebten, während er ratlos wartete, die Knie. Dann kam ein Knecht mit zwei bereits entzündeten Petroleumlampen, die er auf zwei Tische unweit der schmalen Stirnwand stellte. Der Knecht brachte auch in zwei hohen Flaschen, die wie Lampenzylinder aussahen, Schnaps und Gläser, überdies Tinte, Papier und Schreibfeder. Und Péczely und Recsky sowohl wie auch der Pandurenführer, den sie mit Vay anredeten, machten es sich auf den Gartenstühlen, die sie an die Tische heranzogen, bequem. Während Moritz sich mit je einem Panduren zur Seite – der dritte faßte vor der Tür draußen Posto – an der Stirnwand gegenüber den Tischen aufstellen mußte, knöpften Péczely und Vay, ihre Pistolen und Krummsäbel ablegend, die Waffenröcke auf und Recsky sein Sakko. Hernach begannen sie sich aus den Schnapsflaschen zu bedienen.

Endlich sagte Péczely fast begütigend: Nun denn, Moritz, wenn Du alles gestehst, kannst Du sofort wieder nach Hause.

Aber ich weiß von nichts, klagte Moritz, seine angstweiten Augen auf den Sicherheitskommissär richtend.

Da schlug dessen Gebaren urplötzlich um; er sprang hoch, hieb dröhnend die Faust auf den Tisch und schrie: Verfluchter Lügenbengel! Wie lange, glaubst Du, daß wir Dein Theater noch mitmachen?

Und da einer der Panduren nach der Karbatsche in seinem Stiefel griff, wies Péczely mit hochgeworfener Hand ihn an: Gib ihm!

Der Pandur schlug, indem er mit dem Arm vor dem Gesicht die Riemenpeitsche bis hinter die linke Schulter ausschwang, so heftig zu, quer über die Brust von Moritz, daß dieser mit einem Aufschrei gegen die Wand taumelte. Dort brach er in die Knie nieder; und flehentlich die Hände, an denen die Kette klirrte, vor das keuchende, tränen- und schweißnasse Gesicht hebend, bat er um Erbarmen.

Aber Péczely ordnete nur an: Auf die Beine wieder mit ihm! Worauf nun der andere Pandur Moritz ins Haar griff und ihn daran hochriß. In die Stille dahinter, in der nur das Schluchzen des gequälten Knaben hörbar war, fragte Recsky, blaß und ein wenig atemlos, aber mit fiebrigen Augen: Was machen wir mit ihm?

Die Antwort gab der zurückgelehnte Vay, der eben seine Pfeife anfachte. Werfen wir ihn in die Theiß, sagte er mit einer Fistelstimme, die in einem befremdlichen Mißverhältnis zu seiner gestiefelten, langen und schweren Gestalt stand.

Nein! schrie Moritz entsetzt auf, wobei er wieder die Hände mit der klirrenden Fessel hob.

Wir können ihn auch, murrte Péczely versonnen, lebendig begraben. Nun ging das Wimmern von Moritz in ein heiser brüllendes, irr und stoßweise hervorbrechendes Weinen über.

Stopft ihm das Maul! schrie Recsky aufgeregt, dem das Röhren auf die Nerven fiel. Die Panduren faßten jeder an ein Ohr von

Moritz, das sie umdrehten, als wollten sie es ihm aus dem Kopf winden. Daraufhin preßte er Zähne und Lippen so krampfhaft zusammen, daß das Weinen nur noch als ein atemlos stoßweises, knurrendes Stöhnen vom Gaumen und aus der Nase her klang.

Schleift ihn, befahl Péczely ungerührt, in die Grube am Zaun. Dort soll er noch, ehe wir ihn einscharren, eine Stunde Bedenkzeit haben. Und kaum, daß es gesprochen war, warf der eine Pandur Moritz mit einem fürchterlichen Schlag in den Nacken nach vorn zu Boden. Sein Gesicht schlug schmerzhaft auf dem gestampften Boden auf, im gleichen Augenblick fühlte er sich an den Knöcheln nach hinten hochgerissen und weggezerrt. Er schrie vor Schmerz und Entsetzen wie ein Tier, doch mußte er nun, während sie ihn über die Schwelle in die Nacht hinausschleppten, die kettenbeschwerten Hände vors Gesicht pressen, damit ihm nicht von diesem die Haut abgeschunden würde. In seiner Not versuchte er, sich auf die Schulter herumzudrehen; jedoch einer der Büttel trat ihm sofort mit dem schweren Stiefel ins Kreuz. Mit all dem geriet Moritz in ein Wirrsal der Furcht, des Elends und der Schmerzen, das ihn dem Irrsinn nahebrachte. Aber nun warfen sie ihn, über Erdflächen, Rasen und Gestrüpp an den Zaun gelangt, erst in die Grube.

Die Grube, die bis zur Einrichtung der Mistbeete zur Kompostaufnahme gedient hatte, war immerhin so tief, daß Moritz in seinem Grauen wie in ein Grab hinabstürzte. In Wahrheit konnten ihn die Panduren, die sich am Rande niederließen, jederzeit mit zwei Griffen wieder herausholen. Aber sie herrschten ihn an, daß er mit dem Gesicht nach oben liegenbleiben und die Augen offenhalten müsse, widrigenfalls sie ihn durch Anspeien aus seinem Schlaf wecken würden. Sie holten ihre Pfeifen hervor, und später brachte einer aus dem Haus auch Wein, den sie abwechselnd aus dem großen, irdenen Krug tranken.

Moritz aber lag, zu schweigen von den körperlichen Schmerzen, in denen sein Leib an vielen Stellen gleichsam brannte, in einer Not unten, die er nie in seinem Leben zu fassen vermocht hätte. Er starrte in den Mondhimmel hinauf, an dem zwischen den ziehenden Wolken nur wenige Sterne standen, und meinte zu vergehn vor Angst. Voll Unbegreifen sah er sein junges Leben in das schwarze Grab gemündet; der finstere Himmelsraum darüber, mit dem nun so seltsam wirklichen Mond, den Wolken und den Sternen, erschien ihm als der unendliche Raum einer unendlichen Erbarmungslosigkeit, und er konnte es auch nicht mehr fassen, daß zwischen seiner Grabestiefe und dem leeren und unbarmherzigen Raum Land lag, mit Häusern und Dörfern, mit Straßen und Städten und zahllosen Menschen. In dieser Sekunde bat Moritz auch allen für ihn Verlorenen, seinem Vater, seiner Stiefmutter und den Juden im Dorf, die ihm nun unwiederbringlich fern und entzogen erschienen, voll brennender Reue das Leidwesen ab, das er ihnen verursacht hatte. Aber er war sich bewußt, daß ihm nun nichts mehr zu Trost oder Hilfe gereichen konnte, und in dieser schauerlichen Verlassenheit dachte er sich sein junges Gehirn wund, wie er sich aus seiner Lage zu retten vermöchte und was er den Männern würde sagen können. In dieser ungeheuren Beklemmung, in der er in einer ganz fremden und neuen Gedankenwelt, wie in einem Delirium dalag, dachte er auch an die Esther, an das verschwundene Mädchen … und wie er dabei auch menschlicher, warmherziger und besinnlicher empfand als je zuvor, fragte er sich selbst um ihr Ergehen und Verschwinden. War sie bloß fortgelaufen und mit Zigeunern davongezogen, oder hatte sie eine Qual auf sich gehabt, die sie in eine Einsamkeit, ähnlich der seinen jetzt, in die Theiß und in den Tod trieb? Es war Moritz, als sei seine Seele nie so weit gewesen wie in dieser todesbänglichen Stunde. Vorübergehend hatte er in seinem deliranten Denken auch ein Gefühl, als wäre er nun in eine seltsame Verwandtschaft zu jener unbekannten, verschwundenen Esther getreten; er gedachte, in einer für ihn neuen Weise, des vielen Unglücks und der Schmerzen auf Erden, des

Schicksals, nach dem er bisher nie gefragt hatte; und da war ihm auch, als sei, wie in einem Fluch, die Qual, die über jener Esther gewesen sein mochte, nun auf ihn übergegangen. Aber dann wurde Moritz, wie er vergehend in der Grube lag, sich wieder selbst der Nächste, und er betete in den Mondhimmel hinauf, das verschwundene Mädchen möchte heimgekehrt sein. Schon diese Vorstellung aber, die er fiebrig faßte, rief ihm so sehr vor Augen, wie das einem Wunder gleichkäme, daß er daran verzweifelte, und die Hoffnungslosigkeit warf ihn der Todesangst wieder an die eisige Brust. Lebendig begraben würden sie ihn, hatte der Sicherheitskommissär erklärt, in einer Stunde, vielleicht schon in einer halben Stunde, jede Minute konnten sie kommen; aber dann würde er ihnen eher alles sagen, was sie von ihm wollten; er wußte nur nicht, was. Und so war es Moritz wieder – er glaubte in seiner jüdischen Nichtigkeit, wie er sie empfand, an die Drohung –, als müßte ihm das Gehirn brechen und das Herz absterben vor Pein …

Ein Ruf kam über den Garten. Die Panduren tranken eilig ihren Wein aus, dann faßten sie in die Grube hinab und rissen Moritz auf die Beine. Er mußte vor ihnen her ins Glashaus zurück. Die warme Luft dort hing jetzt voll Pfeifenqualm, die Männer muteten aufgeräumter an, und der Sicherheitskommissär hielt ein großes Blatt Papier in der Hand. Moritz flatterte, als er wieder vor den Tischen stand, vor Angst die Unterlippe.

Hör mal, Moritz, sagte der Pandurenhauptmann mit der Fistelstimme, wobei er nun ein wenig lallte, Du kannst dem Herrn Sicherheitskommissär auch beichten. Er ist nicht nur ein hoher Offizier, sondern auch Kaplan, Priester.

Aber ich bin ja kein Christ, stammelte Moritz.

Das macht nichts, belehrte ihn Vay, vor einem Priester kann jeder beichten, und der Priester darf davon nichts weitersagen. Du kannst also in jeder Hinsicht beruhigt sein.

Aber ich weiß nicht, keuchte Moritz mit einem scheuen Seitenblick auf die Panduren, wie ich, was Sie wissen müssen, am besten aussagen kann.

Das ist nun ganz einfach, nahm Péczely das Wort. Während Du in Deiner schönen Grube gelegen hast, ist ein reitender Bote aus Tisza-Eszlár mit dem Geständnis Deiner Glaubensgenossen eingetroffen. Und zwar haben alle gestanden, hörst Du! Das wirst Du auch, da Du nicht dumm bist, verstehen. Denn die Esther ist einmal verschwunden, daher muß sie auch jemand ermordet haben. Und wer das war und wie das zuging, das wissen wir jetzt ganz genau. Übrigens ist dabei heraus, daß Deinem Vater nichts passieren wird. Du mußt also nur bestätigen, was der traurigen Wirklichkeit entspricht und was die anderen bereits zugegeben haben. Tust Du's, gehst Du überdies sofort frei.

Ja? hauchte Moritz halb hoffnungsvoll, halb ungläubig.

Während wir Dich andernfalls, knurrte Péczely, in das Grab einschaufeln, das Du bereits kennst.

Oh, flehte Moritz, ich will alles sagen, aber Sie müssen mir helfen dabei.

Nun denn, begann Péczely, während Recsky, die Feder eintauchend, sich daran machte, das Protokoll abzufassen, – die Esther Solymosi kam an jenem Samstag, dem ersten April, gegen Mittag auf ihrem Heimweg aus Eszlár-Altdorf in Euer Haus.

Ja, nickte Moritz, wobei ihm die Stimme erstickte, wie er schluckte.

Recsky schrieb eifrig mit kratzender Feder, und Péczely verhörte weiter. Er legte, auf den bisherigen Akten und der Personsbeschreibung Esthers fußend, wie sie in der Kurrende des Stuhlrichters gegeben war, dem zitternden Vierzehnjährigen Satz für Satz die Aussagen in den Mund, die das Bild aufbauten, das die Untersuchungsbehörde von dem angenommenen Mordgeschehen bislang zu besitzen glaubte. Moritz erleichterte es dabei, daß seine Angehörigen von allem ausgenommen blieben und daß sich – weil das schon Ónodys und Barys Ritualmordanschauungen entsprach – die Hauptschuld auf jene Juden verlagerte, die damals in der Gemeinde ortsfremd gewesen waren. Ja, Moritz kam Péczely sogar insofern zu Hilfe, als in der Not seiner Phantasie der Einfall kam, den Auftritt mit dem Sabbathleuchter, den es an jenem Samstag zwischen ihm und seinem Vater gegeben hatte, so umzudichten, daß die verschwundene Esther organisch hineinverwoben wurde.

Das protokollarisch erfaßte Geständnis lautete dann:

›Esther Solymosi kam Samstag, den ersten April, gegen zwölf Uhr mittags auf ihrem Heimweg aus Eszlár-Altdorf, nachdem sie der Hausierer Wollner durchs Fenster gerufen hatte, in unser Haus. Man rief sie herein, damit sie den Leuchter vom Tisch nehme. Sie trug ihr gelbes Kopftuch, mit irgend etwas darin, an das linke Handgelenk gebunden. Um Hals und Schultern hatte sie ein grau- und schwarzgestreiftes Tuch mit Fransen geschlungen. Ihre Kleidung war ein graubraunes, geblümtes Jäckchen, eine schwarz- und rotgestreifte Schürze und ein geblümter blauer Rock. Sie ging barfuß. Daß das Mädchen Esther Solymosi hieß, weiß ich aus der Anrede meines Vaters, der sie Esther nannte. Die Dienstgeberin des Mädchens war Frau Bátori, denn die Mutter fragte sie, bei wem sie wohne, und sie antwortete mit Namen, daß sie bei Frau Bátori wohne. Von Gesicht sah die Esther fast so aus wie ihre Schwester Sophie Solymosi. Sie stellte den Leuchter, den sie vom Tisch fortnahm, auf den Chiffon hinauf, weil es mein Vater ihr so hieß. Als sie vom Stuhl herunterstieg, nahm der Hausierer Wollner sie bei der Hand und führte sie in den Tempel hinüber. Dort warf er sie zu Boden. Esther Solymosi begann zu schreien, aber die bereits anwesenden Schächter aus Téglás und Tarczal drückten sie nieder, und der von Tisza-Lök gekommene derzeitige Tisza-Eszlár Schächter Salomon Schwarz schnitt ihr den Hals ab, wobei er das Blut in einem roten, irdenen Teller auffing. Als der Teller vollgeflossen war, goß er das Blut in einen Topf.

Ich war bei dem Vorgang nicht anwesend, sondern habe von außen durch das Schlüsselloch der Tempeltür zugesehen. Mein Vater war auch nicht anwesend, er hielt sich in unserem Haus auf. Die Tempeltür war hinter dem hineingeführten Mädchen von innen versperrt worden. Im Tempel waren außer den oben Erwähnten zugegen der Geldverleiher Lazar Weinstein, der Lehrer Jakob Römer, der Klempner Mayer Einhorn, der frühere Kantor Emanuel Taub, der Wagnermeister Wolf Wertheimer, der Schneider Samuel Lustig, der Schreiner Adolf Junger, der Uhrmacher Siegfried Krakauer und der Bauer Moses Großberg. Das Mädchen war, ehe ihm der Schächter den Schnitt beibrachte, durch den Hausierer Wollner entkleidet worden; als die Tote sich nicht mehr regte, band man ihr mit einem Tuch den Hals zu, und Wollner kleidete sie auch wieder an. Nach dem Vorfall kehrte ich zu meinen Eltern ins Haus zurück. Ich erzählte ihnen, daß man das Mädchen umgebracht habe. Da verboten sie mir, gegenüber irgend jemand davon zu sprechen. Diese meine Aussagen habe ich ohne jeden Zwang gemacht.‹

Als Moritz das Protokoll unterzeichnet hatte, erklärte ihm Péczely, daß er nun noch warten müsse, bis der Herr Untersuchungsrichter käme. Doch wurde ihm zur Beruhigung sogleich die Fessel abgenommen, und er durfte sich auf ein umgestülptes Faß setzen. Zu Bary, von dem man wußte, daß er dienstlich in Tisza-Eszlár geblieben war, schickte Péczely einen reitenden Boten, dem er auch einige Zeilen mitgab. Es hieß darin, daß der Untersuchungsrichter, der allein für Verhöre zuständig war, unbedingt noch während der Nacht kommen möge, damit die Angelegenheit nicht vielleicht eine andere Wendung nehme.

Der Pandur mit der Botschaft fand Bary nicht bei Farkas, sondern in Klein-Gotthaus. Ónody stellte sofort ein Gespann zur Verfügung, und Bary verhörte Moritz nach Mitternacht noch einmal. Das ist, sagte er dann, mit dem von ihm gezeichneten Protokoll in den Händen, die Posaune des Jüngsten Gerichts für die Juden. Das ergibt eine Anklageschrift, so voll Dynamit, daß das ganze ungarische Judenmagazin damit in die Luft gesprengt werden kann. Morgen früh, wandte er sich an Péczely, erhalten Sie den Haftbefehl für die ganze Tisza-Eszlár Judengemeinde. Aber was geschieht mit dem Moritz weiter?

Péczely hatte darüber bereits nachgedacht. Den geben wir, sagte er, wohl am besten dem Komitatskastellan in Obhut. Schutzhaft, mit einem Wort. Und als Moritz, der blaß und verschreckt diese Gespräche mitanhörte, aufweinte, sagte Péczely zu ihm: Dich jetzt heimzuschicken wäre doch eine Gefahr für Dich. Die Juden würden Dich, nach dem, was Du angegeben hast, totschlagen.

Zeitig am anderen Morgen fuhren zwei Wagen, von vier reitenden Panduren begleitet, aus Nagyfalu nach Nyiregyháza.

Im ersten saß Bary, im zweiten, sehr freundlich sich gebend, fuhren Péczely und Recsky mit Moritz. Er trug keine Fessel, man hatte ihn ausgiebig frühstücken lassen, und seine Begleiter erklärten ihm angelegentlich, daß er die Heimkehr, zumindest für den Augenblick, nun selbst nicht mehr wünschen könnte. Im übrigen versprachen sie ihm ein Wohlleben, aus dem er, nach kurzem schon, nur widerwillig scheiden werde.

Moritz konnte keine Vorstellung fassen; er blieb ohne Vertrauen, scheu und verzagt, und das so sehr, daß er sich der Begierde, die Seinen zu verlassen, nicht einmal erinnerte. Vielmehr hatte er ein Daseinsgefühl, wie es ein Mensch haben müßte, der aus der Wirklichkeit in eine Traumwelt versetzt wird, die sich dann aber in aller Fremdnis und Unübersehbarkeit hartnäckig und immer wieder sich fortsetzend als neue Wirklichkeit erweist. Nur das reichliche Frühstück, das man ihm vorgesetzt hatte, die Freundlichkeit seiner gestern noch so grausamen Begleiter und die Morgensonne, die ihn verheißungsvoller als die nächtliche Grube umgab, richteten Moritz etwas auf. Seine Brust aber blieb vom Schrecken über das plötzlich hereingebrochene, unfaßliche Geschehen erfüllt, von der Sorge um seine Angehörigen und der Angst vor der eigenen Zukunft. Diese verließ ihn um so weniger, als sein Verstand die Zusammenhänge, in die er geraten war, noch für lange nicht durchdringen sollte.

Das wäre auch einem reiferen Gehirn schwer gefallen. Denn was sich in Nyiregyháza nun anbahnte, im Gerichtsgebäude, in kleinbürgerlicher Umwelt und Kerkernachbarschaft, war phantastisch und sollte, den Menschen Moritz selbst verändernd, oder in sein wahres fragwürdiges Wesen zurückholend, mit der Zeit wahrhaftig in eine ebenso unheimliche wie behexende Traumwelt führen. Den Anfang davon bildete, daß Moritz, der sich aus einem schwerbelasteten Mitschuldigen durch ein ihm anbefohlenes Geständnis in den unschuldigen Hauptbelastungszeugen verwandelt hatte, in der Weise seiner Freiheit und jeder Berührungsmöglichkeit mit der Welt beraubt wurde, daß ihn, nach kurzen Besprechungen, denen er nicht beiwohnen konnte – er saß die Zeit über mit klopfendem Herzen in Recskys Amtsstube –, der Komitatskastellan, der Gefängniswärter des Kreisgerichts, in seine Obhut und Pflege, das heißt in private Gefangenschaft übernahm.

Dieser Kastellan, Árpád Henter mit Namen, ein Witwer nahe den Sechzig, untersetzt feist, mit Glatze und buschigem Bismarckbart, war auch der richtige Mann für den außerordentlichen Auftrag. Beschränkt, brutal und subaltern auf der einen Seite, hatte er ein Bedürfnis nach Geltung, glanzvollem Umgang und genießerischem Lebenszuschnitt auf der anderen, weshalb er auch nicht ohne Phantasie, Geduld und Bonhomie war; und noch mehr als seine Natur kamen die Umstände um ihn der neuerwachsenen Aufgabe entgegen. Seine Dienstwohnung, im Gerichtsgebäude gelegen, war geräumig, sie bestand aus mehreren, mit einfältiger Üppigkeit eingerichteten Gemächern, die gleichwohl vergitterte Fenster hatten, und die Wirtschaft wurde ihm durch eine Nichte geführt, ein alterndes Mädchen, in dem Moritz auf mehr als ein bloß fürsorgliches Wesen treffen sollte. Sie hieß Sarolta, war zart und nicht größer als Moritz, schwarzhaarig, mit einem fast hübschen schwarzäugigen Gesicht, und sie wehrte sich mit ihren achtunddreißig Jahren gegen das Vertrocknen. In der Ergänzung dazu sollte Moritz später auch finden, daß sie der jungen Frau seines Vaters, seiner Stiefmutter, gleiche. Für den Augenblick freilich begegnete er der sanft Gefühlvollen, die sofort einen Gefallen an ihm fand und für das erste gemeinsame Mittagessen einen Kuchen buk, nur scheu und ratlos.

Bary ging indessen daran, den geschaffenen Zustand rechtlich zu untermauern. Fürs erste holte er die Zustimmung der Königlichen Staatsanwaltschaft ein. Er besprach sich mit Both, dem er darlegte, daß Moritz selbst weder heimkehren wolle noch könne, da auch seine Eltern verhaftet sein würden und ihm überdies von seiten der Judenschaft Verfolgung drohe. Both, der die Angelegenheit für eine solche von Tagen hielt, weil er seine eigenen Gedanken über sie hatte und voraussah, daß er die Anklage nie erheben würde, stimmte zu. Daraufhin fertigte Bary einen Bericht an den Komitatsvizegespan aus, der sich auch seinerseits – ›auf Grund der exzeptionellen Lage‹ – für einverstanden erklärte. Die Kosten des Lebensunterhalts von Moritz, die nach den Bestimmungen die Verwaltungsbehörde hätte tragen müssen, übernahm schließlich ein Graf Palffy, der monatlich vierzig Gulden spendete.

So war sich die Untersuchungsbehörde des Hauptbelastungszeugen fürs nächste sicher, und Bary stellte den Haftbefehl gegen die gesamte jüdische Gemeinde von Tisza-Eszlár aus, mit Ausnahme der Vergreisten und Kinder. Daneben gab er das Material, das seine Untersuchung bisher zutage gefördert hatte, entgegen aller forensischen Praxis an die antisemitischen Blätter ›Függetlenség‹ und ›Magyar Állam‹. Sie brachten auch sofort, und zwar Tag für Tag nun, Artikel über die von den Juden ermordete Christenjungfrau Esther Solymosi, wobei sie, unter anderem, auch ein Rezept für die Zubereitung von Mazzes mit Menschenblut veröffentlichten. Und am 27. Mai, siebenundfünfzig Tage nach dem Verschwinden Esthers, ritt der Pandurenhauptmann Vay mit einer Schwadron nach Tisza-Eszlár. Die Landstraße lag noch lang nach dem Vorüberflug der schwarzen Kavalkade unter einer weit hingezogenen Staubwolke, und in Tisza-Eszlár ergab sich ein Bild, ähnlich dem von Brueghels Bethlehemitischem Kindermord.

Vay hielt, zuerst in Ófalu und dann in Ujfalu, auf seinem Pferd wie ein Turm in der großen Menschenhatz. In die Bügel gestemmt aufrecht, voll sattem Behagen und mit einem dünnen Lächeln sah er zu, wie seine Leute vor den Häusern absaßen, hineinstürzten, die Juden – Männer und Frauen – in Ketten herausbrachten, wieder aufsaßen und, die Karbatschen schwingend, die Gefangenen, die wehklagten und protestierten, zu einem wachsenden Rudel zusammentrieben. Zurück blieben lediglich die Kinder, die schrien, und Vergreiste, die auf die Knie in den Staub fielen und ihre weißen Haare rauften.

Die Gefangenen aus Ófalu wurden nach Ujfalu gebracht, wo schon das andere Rudel, in Ketten beisammenstehend, ihrer wartete, und zuletzt holte man Scharf und Schwarz aus dem Gemeindehaus. Hier hatte Farkas, der in ratloser Aufregung zwischen den Gruppen hin und wider gelaufen war, endlich die Gelegenheit, an Vay heranzukommen. Er mußte sich durch das dichte Geschwärme der Dörfler hindurchdrängen, die, zum kleineren Teil bedrückt und besorgt, zum überwiegend größeren aber gierig gaffend und Verwünschungen ausstoßend, der großen Menschenjagd beiwohnten.

Herr Hauptmann, rief Farkas mit erhobenen Armen, das sind doch meine Juden! Ich kenne sie seit Jahrzehnten! Was sollen die verbrochen haben? Sie leben im besten Frieden unter uns –

Indes kam Vay nicht dazu, irgend etwas Abweisendes kalt und geringschätzig vom Pferd herunterzusagen; das Geschrei der Bátori stach aus der Menge: Die Scharf ist noch nicht geholt! Soll die verschont bleiben? Etwa ihrer hübschen Fratze wegen?

Und während sofort Lärm aufscholl und die Menge sich nach dem Haus des Tempeldieners herumwandte, gab Vay schon die entsprechende Weisung. Das brachte die Dörfler, während in der traurigen Herde der Gefangenen auch Scharf seines Abtransportes wartete, in die Nähe der Synagoge.

Panduren holten die weinende Rózsika, die ihren Säugling auf dem Arm trug und den verschreckten Samu an der Hand führte, aus dem Haus. Die Bankerte, erklärte einer dabei, bleiben da! Dies versetzte Scharfs junge Frau, die mit den Augen eines getretenen Tieres in die Menge blickte, in völlige Ratlosigkeit. Da trat ihre Nachbarin, die Bäuerin Lengyel, auf sie zu. Lassen Sie, sagte sie, die Kinder bei mir. Sie nahm der Weinenden den Säugling vom Arm und Samu an die Hand.

Gerade diese Handlung der Menschlichkeit aber, in der das frühere gute Einvernehmen zwischen den Bauern und den Juden in den Schreckenstag herüberreichte, wurde zum Signal für den heftigsten Ausbruch.

Was nimmt sie sich der Bälge noch an!? rief die Bäuerin Cseres hetzerisch über die Köpfe der Umstehenden hinweg.

Der Mörderbrut! ergänzte die Bátori. Sie gehören alle vertilgt!

Was müssen wir sie unter uns haben!? schürte die Pásztor weiter.

Wir brauchen sie nicht! rief die Csordás. Weg mit allen! gellte es aus der Kehle der Antal.

Zwar wandte sich der Mann der Lengyel gegen die Leute: Schämt Ihr Euch nicht, auch über die Kinder noch herzufallen!, und der Bauer Kovács fügte hinzu: Ihr seid eine wilde Horde geworden!, aber das gab den Zusammengerotteten und immer mehr zur Masse Zusammenwachsenden nur ein neues Stichwort. Mit Grund sind wir zu einer wilden Horde geworden! griff die Bäuerin Csuga ein, und eine andere: Es war höchste Zeit!

Das sieht man ja, gab der junge Verebes seine Art folgerichtigen Denkens zum besten, sonst lägen sie doch jetzt nicht alle in Ketten!

Der alte Rózsa, voll Welt- und Menschenkenntnis, versuchte, wie immer, mäßigend zu wirken. Das paßt Euch, lachte er spöttisch, damit Ihr Euch das Schuldenzahlen erspart! Aber auch das goß nur neues Öl ins Feuer.

Die Mehrzahl der Angesammelten begehrte auf: Wir haben

keine Schulden! Gleichzeitig schrien andere, für die das nicht galt: Diebe sind sie, Räuber, Leuteschinder! Und der Bauer Horváth, auch einer der Verschuldeten, reizte die Leute mit einem neuen Hinweis auf: Wieso haben sie, gerade sie, das Geld!?

Sie arbeiten nicht, rief der alte Fekete, sie betrügen nur!

Der Großberg, warf Kovács ein, ist Bauer wie wir, und der Klein und andere sind es auch!

Und der Scharf ist Taglöhner und Flickschuster, und andere sind Handwerker, fügte der Mann der Lengyel an, die mit den Kindern weggegangen war.

Aber sie stecken alle zusammen! hetzte nun die Cseres wieder.

Sie sind unser Unglück! übersteigerte sie die Csuga.

Und es kommen ihrer immer mehr! klagte der Bauer Horváth. Aus Polen, aus Galizien! Warum?

Weil sie, antwortete ihm der junge Verebes, aus Rußland hinausgeworfen werden! Und das mit Grund! setzte die Siposs hinzu.

Weil die Leute dort auch Wilde sind! versuchte der alte Rózsa sie abzutun.

Aber nun schrie, während die Witwe Solymosi zu der Menge stieß, die Bátori schrill: Nein! Weil sie eine Pest sind, die ausgetrieben werden muß!

Warum, setzte die Solymosi mit groß gerollten Augen fort, sind sie uns schon so unheimlich!? Und während die Menge einfiel: Austreiben, austreiben, austreiben!, kam auch die Solymosi ins Schreien: Weil sie Mörder sind, Kindermörder!

In diesem Augenblick stürzte Farkas heran, der es aufgegeben hatte, mit Vay zu verhandeln. Leute, beschwor er die Masse, um des Himmels willen, nehmt doch Vernunft an!

Aber die Witwe Solymosi fiel nun erst ganz ihrem Schmerz und ihrer Erregung anheim. Vernunft, rief sie heiser, um des Himmels willen!? Das Blut meiner Estherka schreit zum Himmel!

Farkas wand sich wie in Qualen. Es ist schrecklich, Frau Solymosi, beteuerte er ihr, aber kein Mensch weiß bis heute –

Doch da unterbrach ihn die Trauernde schon wild: Kein Mensch!? Gott weiß es und die ganze Welt! Und die Bátori schrie: Alles ist aufgedeckt! Deshalb sind ja die Panduren da und holen die Mörder!

Damit brach die Menge los: Alle sind Mörder! Und gleichsam getragen von dieser Woge der Einmütigkeit, warf die Solymosi ekstatisch beide Arme hoch: Sie haben auch Jesus Christus ans Kreuz geschlagen!

Unseren Herrgott! lärmte die Masse zustimmend. Ans Kreuz! Alle sind Mörder!

Die Solymosi, aufbrennend in religiösem Wahn, wies groß auf die Synagoge: Das ist kein Bethaus! Das ist ein Schlächterhaus! Ein Bluthaus!

Und während die Menge es berauscht aufnahm: Bluthaus! Bluthaus!, tobte die Bátori los: Anzünden! Nie wieder darf ein Christenkind gemordet werden!

Farkas schrie außer sich: Ist denn der Wahnsinn über Euch ausgebrochen!?

Aber die Masse stürmte schon über ihn hinweg auf die Synagoge zu: Anzünden, anzünden, anzünden!

Währenddessen wallte der triste Zug der Juden, insgesamt ihrer zweiundsiebzig, Männer und Frauen, alle in Ketten, schon in Hitze und Drangsal und in einen Staubschleier gehüllt, auf der Landstraße hin. Versäumten sich welche, dann schlugen die Panduren, die zu beiden Seiten des Zuges ritten, mit ihren Karbatschen nach den Zurückbleibenden. Dabei lachten sie: Immer lustig! Dennoch kam es zu einer großen Stockung, als eine Frau sich schmerzlich umwandte und die Rauchwolke des brennenden Tempels am Himmel heraufwachsen sah.

Es brennt! schrie sie, worauf es alle herumriß. Unsere Häuser brennen! schrien nun auch andere. Die Synagoge brennt!

Viele warfen die Arme hoch, so daß das Kettengeklirr durch den ganzen Zug ging, und andere stürzten nieder und streuten Staub in ihr Haar. Ein allgemeines Schreien und Wehklagen hob an, in das sich das Gebrüll der Panduren mischte, die von ihren Pferden herab mit den Peitschen dreinschlugen. Weiter, Judenpack! Vorwärts!

Wir reiten Euch, schrie Vay, die Gedärme aus dem Leib!

Da fing, auf der Höhe der Wirrnis, Salomon Schwarz zu singen an: Segne uns, Gott unser Herr, Gott unserer Völker, segne uns mit dem dreifachen Segen, der geschrieben steht in der Thora durch Moses, deinen Knecht, und gesprochen ward von Aharon und seinen Söhnen, den Priestern, deinem geheiligten Stamme, daß er in allen seinen Aussprüchen in Erfüllung gehe.

Einzelne fielen ein, dann mehrere, und der Zug wälzte sich, unter der Rauchwolke, die am Himmel stand, weiter.

Am Spätnachmittag des gleichen Tages noch, nach der Einlieferung der Juden, gab es in Nyiregyháza eine Demonstration. Von den Zeitungsartikeln aufgestachelt und von Gesinnungsgenossen Ónodys dazu organisiert, zogen die Leute mit dem Geschrei: Ungarn erwache! Nieder mit den Juden! vor das Gerichtsgebäude.

Der Lärm davon drang auch in die Privatwohnung Boths, der mit Ónody und Bary, die ihn aufgesucht hatten, in eine heftige Auseinandersetzung verwickelt war. Die beiden saßen, während er erregt im Raum auf und nieder ging. Das, rief er, habt Ihr ja nun erreicht: die Massenseele ist zum Kochen gebracht! Aber es gibt keine Grundlage für die Erhebung einer Anklage!

Und das umfassende Geständnis des Moritz? warf Ónody hin.

Dieses Geständnis, entgegnete Both, ist nach seinem Inhalt und seinem Zustandekommen ein Rätsel.

Bary befleißigte sich großer Gemessenheit. Er fragte ruhig: Greifen Sie, Herr Staatsanwalt, damit die Praxis der Untersuchung an?

Ich rede von einem Rätsel, erklärte Both nicht ohne Geringschätzigkeit, wenngleich auch die Schutzhaft des Moritz ungesetzlich ist. Und seit wann wird aus einem Hauptbeschuldigten auf Grund einer eigenen Darstellung ein Kronzeuge?

Wir haben es eben, wurde Bary bemüht sachlich, mit dem Blutvergießermysterium dieser Mörderrasse zu tun, an der Moritz zwar psychopathologisch, aber nicht kriminologisch teil hat.

Both warf die Hände in die Luft: Blutmysterium, Mörderrasse, Psychopathologie, Kriminologie! Sie hätten Schundromanschriftsteller werden sollen, aber nicht Gerichtsperson!

Du läßt Dich wohl zu weit hinreißen, mahnte Ónody drohend, während Bary, der schon einen besseren Anzug trug, sich dunkel verfärbte. Er wuchs gleichsam in die Höhe, indem er mit betonter Förmlichkeit erklärte: Herr Staatsanwalt, mir geht es um das Recht und den Schutz der Nation, während Sie –

Während ich, unterbrach ihn Both mit heftiger Gebärde, der letzte Mensch mit intaktem Verstand in Nyiregyháza zu sein scheine!

Damit geben Sie auf Ihre Art zu, sagte Bary mit fein triumphierender Ironie, daß Sie mit Ihrer Ansicht, was auch längst offenkundig ist, alleinstehn. Auch Staatsanwaltsubstitut Egressy-Nagy, der nicht zaudern wird, Ihre Stelle einzunehmen, ist nicht Ihrer Ansicht. Womit ich es für gegeben erachte, mich zu empfehlen.

Er schüttelte Ónody lang und lebhaft die Hand, machte eine knappe Verbeugung gegen Both und verließ sehr aufrecht und im Gefühl eines guten Abgangs den Raum. Dadurch aber wurde der Weg nur frei für die weitaus rücksichtslosere Erörterung zwischen den beiden Zurückbleibenden.

Dich hat, scheint's, ein toller Hund gebissen, knurrte Ónody unwillig.

Mich? Both wurde wild. Ihr seid doch die Tollhäusler, wenn Ihr nicht Verbrecher seid!

Ónody ließ das hingehn. Wie kannst Du Dich nur, fragte er in seinem Unverstand, wegen der jüdischen Dreckkerle so zerreißen?

Ich zerreiße mich nicht wegen der Juden, entgegnete ihm Both erlebt pathetisch, sondern für das Recht, die Menschenwürde, die Volksehre, für die Wahrheit!

Doch nun verfiel Ónody in die Stierwut des ungeduldig gewordenen Beschränkten: Also darüber magst Du denken, wie Du willst! Die Nation wird sich nicht wegen der Judenvorliebe des Herrn Staatsanwalts Both die Schlafmütze wieder überziehen lassen, in der ihr der Jude den Hals abschneidet! Erhebst Du die Anklage nicht, setze ich morgen in Budapest das Parlament hinter den Oberstaatsanwalt Kozma!

Both hielt erschreckt inne, dann brach er verzweifelt und fast flehend aus: Ónody, Du bist ins Delirium, in den Veitstanz geraten! Wenn Du den Kozma herzitierst, bin ich verloren!

Ah, spöttelte Ónody mit überlegen breitem Lächeln, bist Du doch nicht so sattelfest mit Recht und Volksehre?

Das bin ich! erwiderte Both in schreiender Heftigkeit, wie sich ihm Überzeugung und eigene Bedrängnis darin mischten. Das bin ich, so wahr Vernunft Vernunft ist! Aber du hast meine Spielschulden nicht bezahlt und ein anderer auch nicht; so habe ich Unterschleife begehn müssen, die noch nicht gutgemacht sind! Vielleicht begreifst Du jetzt, warum Kozma, dessen Auftreten unweigerlich mit einer Kassenrevision verbunden wäre, meine Vernichtung ist!

Ónody stutzte. Darauf war er nicht vorbereitet, und das neue Hindernis ärgerte ihn. Aber er fand sich nicht in der Lage, seinen Fanatismus irgendwelchen Umständen unterzuordnen. Nach einer kurzen Pause sagte er halb verstockt und halb ausweichend: Darauf kann jetzt keine Rücksicht genommen werden; und es wird auch nicht so ausgemacht sein.

Es ist! Es ist! beharrte Both in seiner Not.

Dann erheb' die Anklage! forderte Ónody.

Du kannst mich doch nicht zerstampfen! schrie Both nun in äußerster Verzweiflung. Du kannst mich doch nicht dem Irrsinn ausliefern, daß ich wegen eines persönlichen Fehltritts zu Fall kommen soll, bloß weil Ihr aus der ungarischen Justiz ein verbrecherisches Narrenhaus machen wollt!

Allein Ónody schob alles von sich: Was ich kann und nicht kann, weiß ich nicht. Ich muß handeln. Und nichts wird mich davon abhalten.

Er verließ Both gleichfalls, der in einen Stuhl niederbrach.

Anderen Tags interpellierte Ónodys Parteifreund Istóczy im Parlament um das Eingreifen der Budapester Oberstaatsanwaltschaft, und der Justizminister Pauler sagte dieses Eingreifen zu. Staatsanwalt Both erschoß sich. An seine Stelle trat Staatsanwaltsubstitut Egressy-Nagy, der auch die Anklage erhob. Zur gleichen Zeit übernahm der jüdische Rechtsanwalt Dr. Heumann in Nyiregyháza die Verteidigung der Juden von Tisza-Eszlár. Er tat es auf die flehentlichen Bitten von Frau Lichtmann hin, die von den Panduren ihrer weißen Haare wegen nicht mitverhaftet worden war, und entgegen den Vorstellungen seiner Frau, die ihn, Unheil ahnend, davon abbringen wollte.

FANATISMUS IN JEDER FORM

In der antisemitischen Presse wurde der Selbstmord des Staatsanwalts Both dahin ausgelegt, daß er sich von den Juden hätte bestechen lassen, die Anklage nicht zu erheben, und daß er dabei ertappt worden sei.

Doch handelte es sich längst nicht mehr um die Lokalzeitungen und die provinziellen Hetzblätter allein. Neben ›Függetlenség‹, ›Nyirvidék‹ und ›Magyar Állam‹ brachten nun auch schon der ›Grenzbote‹ und ›Budapesti Hirlap‹ ihren täglichen Artikel, und zwar unter Balkenletternüberschriften wie ›Ritualmord in Tisza-Eszlár‹, ›Opfertod der Esther Solymosi‹, ›Christenmädchen von Juden geschlachtet‹ und ›Untersuchungsrichter Bary führt entscheidenden Schlag gegen den jüdischen Weltfeind‹. Aber die hochgehende Brandung schwoll auch schon über die Grenzen Ungarns hinaus.

In Berlin ließ der Antisemitenführer Ruppel in zehntausenden Exemplaren ein ›Extrablatt‹ vertreiben, das die Überschrift trug: ›Die Verhandlungen über das von Juden zu rituellen Zwecken geschlachtete Christenmädchen im ungarischen Reichstag‹, und in der Einleitung hieß es: ›Ein die ganze Christenheit aufs äußerste empörendes, todwürdiges jüdisches Kapitalverbrechen wurde in Ungarn begangen, das ganz dazu angetan ist, den seit Jahrhunderten genährten Verdacht, daß die Israeliten zu rituellen Zwecken Christenkinder schlachten, zur Gewißheit zu machen.‹

Doch blieb es nicht bei den Flugblättern. ›Das Geheimnis von Tisza-Eszlár‹ wurde zur stehenden Rubrik in der ›Kreuzzeitung‹, der ›Germania‹, der ›Post‹ und anderen großen Zeitungen. Wie Bary die ungarischen Gazetten mit seinem Untersuchungsmaterial versorgte, so schrieb Ónody ausführliche Artikelbriefe an das ›Deutsche Tageblatt‹. ›Tisza-Eszlár‹, hieß die Parole, ›muß auf Jahrhunderte hinaus für das Schicksal des Judentums entscheidend werden!‹

Demzufolge griff das Wüten auch auf große öffentliche Versammlungen über. Im ›Sozialen Reichsverein‹ erklärte der Berliner Antisemitenführer Henrici unter anderem: ›Der kleine Ort in Ungarn ist zum Wendepunkt für die ganze Antisemitenbewegung geworden; er wird vielleicht zum Ende für Israel werden!‹ (Rufe: Das walte Gott!) Im christlichsozialen Vereinshaus des Hofpredigers Stöcker führte Henrici in einer anderen Rede aus: ›Es hat lange kein Jude gebaumelt! Aber in Tisza-Eszlár wird vielleicht ein größerer Galgen vonnöten sein, um eine ganze Kollektion aus dem Stamme Israel daran baumeln zu lassen! (Bravo!) Denn solcherlei Tatsachen stehn ja nicht vereinzelt da. (Hört! Hört!) Auch hier Berlin kann das passieren, was in Ungarn ans Licht gezogen worden ist! Aber mag es nun ums Biegen oder Brechen gehn, wir weichen und wanken nicht, bis wir den Fuß vom Nacken heruntergestoßen, bis wir die Juden mit ihrem blutigen Schächtermesser niedergeworfen haben in den Staub, in den sie gehören! (Ungewöhnlicher Beifall für Doktor Henrici.) Wir stehn ein für Recht und Menschlichkeit gegen die Barbarei, deshalb stimmen Sie in meinen Ruf ein: Die Menschlichkeit hoch!‹ Die Versammlung, der fünfhundert Berliner Bürger beiwohnten, schloß mit dem Deutschlandlied, und es folgten ihr weitere Veranstaltungen. Unter anderem hielt ein Doktor von Kirn im ›Verein christlich-deutscher Gerechtigkeit‹ einen Vortrag über das Thema: ›Kann man die Gesamtheit des Judentums für das Verbrechen von Tisza-Eszlár verantwortlich machen?‹, und er kam zu einem bejahenden Schluß.

Die Ausstrahlung des Geschehnisses von Tisza-Eszlár begann ganz Europa zu durchdringen, und noch während des Sommers 1882 erschien auch ein Buch über den Fall. Als Verfasser zeichnete ein Angehöriger des ungarischen Ritterstandes, Georg von Marcziányi, und der Titel der 52 Seiten starken Broschüre, die aus Artikeln des ›Függetlenség‹ zusammengestellt war, lautete: ›Esther Solymosi, oder der jüdisch-rituelle Jungfrauenmord in Tisza-Eszlár‹. In dieser Darstellung nun war die Ermordung Esthers bereits zu folgender Gestalt gediehen:

›Am Sonnabend des jüdischen Osterfestes, gegen ein Uhr mittags, nach Beendigung des Gottesdienstes, als die Gläubigen bereits nach Hause gegangen waren, blieben außer dem Tempeldiener Joseph Scharf und dem Schächter Salomon Schwarz nur noch einige Tisza-Eszlárer Juden, mehrere fremde Schächter und ein fremder, aus Galizien zugereister jüdischer Bettler in der Synagoge zurück. Joseph Scharf wies seinen Sohn Moritz und dessen kleinen Bruder Samu aus dem Tempel. Die beiden aber entfernten sich nicht gänzlich, sondern blieben in einer Hofecke, wo der Vater sie nicht sehen konnte, zurück. Vater Scharf ging nun ebenfalls aus dem Tempel heraus und verfügte sich in sein Wohnhaus, von dessen Fenster aus er die Richtung, aus der Esther Solymosi kommen mußte, übersehen konnte. Als er das Mädchen, das in der einen Hand ein gelb- und weißgestreiftes Tuch trug, kommen sah, trat er vor die Haustür. Er bat Esther, sie möge hineinkommen und die Güte haben, die Mittagsschüssel vom Herd ins Zimmer zu tragen, da für die Juden eben Sabbath sei. Esther kam diesem Wunsch auf das willigste nach, sie trat ein, legte in der Vorhalle auf die neben der Küchentür stehende Bank ihr Bündel und wollte ihren Auftrag ausführen. In diesem Augenblick packte sie Vater Scharf von rückwärts und band ihr mit raschem Griff die Hände nach hinten, während seine Frau das Mädchen knebelte, wobei ihr der Bettler aus Galizien behilflich war. Alle drei zogen nun das Mädchen ganz aus und stießen es über die nahegelegene Treppe in das unterirdische Frauenbad hinab. Dort wurde Esther von der ebenfalls bis aufs Hemd entkleideten Frau des Tempeldieners und dem galizischen Bettler am ganzen Körper gewaschen, wonach man ihr auch die Haare auflöste und die Bänder und den Kamm, den sie darin getragen hatte, entfernte. Nach der Waschung trockneten die drei ihr Opfer mit einem großen Tuch ab, und in das gleiche Tuch eingewickelt ließen sie die an Händen und Füßen Gefesselte bis zum Anbruch der Dämmerung im Frauenbad liegen. Erst nach dem Dunkelwerden trugen sie Esther in die Synagoge hinüber. Nachdem hier das Tuch von Esthers Körper entfernt war, wand man ihr ein sogenanntes rituelles Andachtstuch um die Augen und das Haar, um sie dann auf den bereitstehenden rituellen Tisch zu schnallen. Die Frau des Scharf trug nun ein Wasserschaff herbei und vollzog an den Füßen des Opfers noch eine Waschung. Dann erst trat der Schächter Salomon Schwarz an das Opfer heran und schächtete es mit einem langgezogenen Schnitt durch den Hals. Das herausquellende Blut wurde von den in Andachtstücher gehüllten Anwesenden, die jeder einen Betriemen an den linken Oberarm geschnallt hatten, in bereitgehaltene Teller aufgefangen und in ein größeres Gefäß übergeschüttet. Als die erste heftige Blutung vorüber war, ergriffen Schwarz, die Frau des Tempeldieners und der galizische Bettler den Rumpf des Opfers und hielten ihn, um die vollständige Verblutung zu beschleunigen, mit dem Kopf nach unten gegen das große Gefäß, wobei laute Gebete gesprochen wurden.‹

Die schaurigen Bilder dieser Schilderung brannten sich in unzählige Gehirne ein, und der ›Grenzbote‹ in seiner Besprechung des Buches: ›Alle Ströme des weiten Ungarlandes werden mit ihrem Wasser die Spuren des Mordes von Tisza-Eszlár nicht wegzuspülen vermögen.‹ Eine der Folgen dieser Buchbesprechung war, daß dem Verteidiger Doktor Heumann durch den Janhagel, der mit Ungarn-erwache-Geschrei die Straße füllte, die Fenster eingeworfen wurden, daß seine Frau beim Fleischer nichts mehr zu kaufen bekam, daß man seine Kinder von der Schule jagte und daß ihn seine Angestellten verließen. Am 28. Juni endlich sah er keine andere Möglichkeit mehr, als von der

Verteidigung zurückzutreten. Er tat es mit einer schriftlichen Eingabe an das Kreisgericht, und zwar weniger, weil ihm sein Auftrag Leiden und Nachteile und die gesellschaftliche Ächtung gebracht hatte, als weil er einsehen hatte müssen, daß er seinen Klienten nicht zu helfen vermochte.

Auf diese Weise waren die eingekerkerten Juden nun auch ohne Verteidigung, und Bary tat alles, diesen Zustand möglichst lang zu erhalten. Er verwehrte es den Gefangenen, zur Namhaftmachung eines neuen Anwalts mit ihren Angehörigen zu sprechen. Im übrigen ließ er sich nächtlicherweile die Zellen öffnen, um auch die aus dem Schlaf Gerissenen stundenlang zu verhören. Diese Handlungsweise brachte ihn, weil sie von der Einwilligung des öffentlichen Anklägers abhängig gewesen wäre, sogar mit Staatsanwaltsubstitut Egressy-Nagy in Gegensatz, doch nur mit der Folge, daß die antisemitische Presse jetzt auch gegen Egressy-Nagy als bestochenem Judenknecht Stellung nahm. Sie tat es so lange, bis die Oberstaatsanwaltschaft in Budapest sich genötigt sah, Egressy-Nagy, weil durch den Konflikt zwischen Untersuchungs- und Anklagebehörde die Objektivität des Verfahrens nicht mehr gewährleistet erschien, seiner Funktion im Prozeß von Tisza-Eszlár zu entheben. Natürlich erblickte die antisemitische Presse in dieser Enthebung einen Beweis für ihre Anschuldigungen. Nachfolger Egressy-Nagys – und zwar sowohl im Amt wie auch als Zielscheibe der Verleumdungen – wurde Staatsanwalt Emerich Havas. Bary aber genoß großes Ansehen und täglich sich mehrenden Ruhm, ja es gab Vereinigungen, die ihm silberne Pokale spendeten.

Jedenfalls gedieh die öffentliche Erörterung des Falles von Tisza-Eszlár zu solcher Heftigkeit, daß das ganze Land unter Pogromstimmung geriet. Das besonders deshalb, weil die antisemitischen Blätter nicht erlahmten, Tag für Tag von einer durch ganz Ungarn verzweigten Ritualmordorganisation zu schreiben, deren Drahtzieher in den reichen Budapester Juden zu suchen seien. Tatsächlich mußte der Ministerpräsident Tisza einen Landurlaub abbrechen, um den Justizminister daran zu verhindern, daß er eine Verhaftungsrazzia gegen die wohlhabenden Vertreter des Judentums durchführe.

Um diese Zeit fanden sich drei Abgesandte der Alliance Israélite Universelle bei Doktor Eötvös ein. Sie ersuchten ihn, womöglich nicht allein, sondern im Verein mit noch anderen Herren die Verteidigung der Tisza-Eszlárer Juden zu übernehmen, für welchen Zweck sie auch hinreichende Geldmittel in Aussicht stellten. Diese Mittel, schlug Eötvös vor, sollten in erster Linie zur Aufklärung der Öffentlichkeit verwendet werden, durch Einholung von Gutachten ausländischer Universitäten und hochgestellter Persönlichkeiten über die Unhaltbarkeit der Ritualmordlüge; ebenso wichtig aber wäre es, eine hohe Belohnung für die Auffindung der Leiche der verschwundenen Esther Solymosi auszusetzen, weil nur an ihr der endgültige Beweis für den wahren Stand der Dinge zu erbringen wäre.

Die Abgesandten der Alliance Israélite Universelle erklärten sich gern mit allem einverstanden; für Eötvös aber war die Übernahme der Verteidigung, so wenig er innerlich daran zweifelte, daß er sich dieser Pflicht nicht würde entziehen können, eine mehrfach schwierige Angelegenheit. Denn mit seinem Hinzutritt begann die Tragödie von Tisza-Eszlár wahrhaftig in die große Politik zu wirken, zu schweigen davon, daß das jetzt auch, in einem besonderen Zusammenhang, sein Privatleben betraf. Aber er fühlte die Aufgabe vor sich, die für sein Wirken entscheidender sein würde als alles andere, und fuhr, nach einem unmittelbar gefaßten Entschluß, nach Nyiregyháza, um sowohl den Sachverhalt an Ort und Stelle zu prüfen als auch dort seine Entscheidung zu treffen.

In diesen Tagen, es war nun schon Hochsommer, hatte sich auch Moritz bereits in seine seltsame Gefangenschaft eingelebt. Er trug gute Kleidung – Lackhalbstiefel, eine schwarze Hose mit dekorativer Verschnürung unterhalb des Gürtels und ein weißes, weitärmeliges Hemd mit Krawatte –; er aß keine koschere Kost mehr und erhielt durch die römisch-katholischen Lehrer Johann Lászlo und Imre Orsovszky regelmäßig Unterricht, wobei man ihn auch über das aufklärte, was ein Ritualmord sei. Diese Aufklärung unterstützte noch der ›Függetlenség‹, den Moritz täglich las. Seine Spaziergänge machte er in Begleitung eines Gerichtssoldaten, eines Heiducken; und mit seinen Pflegeleuten, dem Kastellan Henter und seiner Nichte Sarolta, fuhr er immer wieder in einem Wagen, dem zwei Braune vorgespannt waren, nach dem Badeort Sóstó, wo man bei Zigeunermusik im Freien aß. Lediglich jeder Verkehr, soweit er nicht den mit vornehmen Herren und Damen, die ihn begönnerten, betraf, war ihm untersagt, auch der mit nächsten Anverwandten. Und Moritz, über das Geschick seiner Angehörigen fälschlich beruhigt, hatte sich in seine Lage gefunden, wobei ihm jeder Tag, der verging, mit neuen Annehmlichkeiten weiterhalf.

Die Wendung aber, die im Leben von Doktor Károly Eötvös mit der Übernahme der Verteidigung der Tisza-Eszlárer Juden eintrat, offenbarte sich dramatisch, als er nach zweitägigem Aufenthalt in Nyiregyháza nach Budapest zurückkehrte. Da er verspätet ankam, mußte er sich geradewegs vom Bahnhof in das Haus seines künftigen Schwiegervaters begeben, des Parteiführers und Ministers a. D. Baron von Mocsáry, wo man ihn zum Abendessen und einer wichtigen politischen Aussprache erwartete.

Der Hausherr, ein hoher Sechziger mit zweigeteiltem, langem weißem Vollbart, besprach den Gegenstand schon mit jedem der noch miteingeladenen Gäste, sowie sie kamen. Fürs erste war er dabei mit seinem Parteifreund, dem Professor Csondas, in dem großen Salon allein. Der Raum ging mit einer sehr breiten Glastür auf einen geräumigen Balkon hinaus, vor dem Baumwipfel aufragten und über dem es schon stark dämmerte. Im Salon brannten auch bereits alle Wandkandelaber.

Csondas, mit weißem Gelehrtenkopf und rasiert, rauchte sitzend eine Zigarre, während Mocsáry, in großer innerer Beteiligung, aufgestanden war.

Die Lage, sagte er, war nie so günstig. Vierzig Mitglieder der Regierungspartei sind bereit, in den Block der nationalen Opposition überzutreten. Das ergibt endlich die Gelegenheit, den entscheidenden Schlag gegen Habsburg zu führen und Ungarn aus einer österreichischen Kolonie zu einem selbständigen Staat zu machen!

Und wenn die Freiheitspartei nicht mittut? gab Csondas zu bedenken. Sie ist das Zünglein an der Waage.

Aber Mocsáry war nicht zu beirren. Sie wird! rief er. Sie wünscht den Sturz Tiszas wie wir. Und damit der richtige Motor in alles eingebaut ist, trete ich die Parteiführerschaft an Eötvös ab. Er besitzt neben Format und Popularität auch den Feuergeist und die Energie, mit der er die große Koalition zusammenschmieden wird.

Gerade da setzt mein Zweifel ein, bemerkte Csondas. Die Freiheitspartei ist und bleibt die Partei der Ónodys, denen Eötvös erst neulich wieder, als es um die Interpellation Istóczys in der Tisza-Eszlárer Affäre ging, entsetzlich heimgeleuchtet hat.

Lieber Professor! Mocsáry blieb vor dem Sitzenden stehn. Es macht einen Unterschied, ob wir uns gegen eine alberne Interpellation kehren oder das höchste Ziel der Nation verfolgen.

Ich verstehe, pflichtete Csondas bei, aber ob die Ónodys Eötvös als Koalitionsführer akzeptieren werden?

In diesem Augenblick trat Doktor Balogh ein, Anwalt, Parlamentarier und gleichfalls Parteifreund Mocsárys. Mit der Ruhe, die seiner weltmännischen Haltung entsprach, tat er nach der Begrüßung eine Äußerung, von der er voraussah, daß sie wie eine Bombe wirken würde.

Eötvös, sagte er, ist in der Ritualmordsache nach Nyiregyháza gefahren.

Daraufhin machte Csondas eine heftige Gebärde, die verriet, daß für ihn Befürchtetes eingetroffen sei, während Mocsáry sich rückhaltslos bestürzt zeigte. Nicht möglich! rief er. Und Csondas fügte hinzu: Das Exempel für meine Besorgnis.

Mocsáry aber erklärte nun aufgebracht: Eötvös ist doch nicht wahnsinnig! Und schließlich ist da auch noch mein Einfluß.

Er erhielt keine Antwort; in der Pause traten seine Tochter Borbála und der Honvédgeneral Arvai ein.

Mama, sagte Borbála, die ein Abendkleid trug, wird die Herren bald zum Essen bitten. Sie war achtundzwanzig Jahre alt, dunkelhaarig, mit grauen Augen, und besaß in ihrer schlichten Versonnenheit das Wesen einer gereiften Dame. Károly, fügte sie entschuldigend noch hinzu, kommt wieder zur letzten Minute.

Wußtest Du, fragte Mocsáry, mühsam seine Aufgebrachtheit dämpfend, daß er nach Nyiregyháza gefahren ist?

Nein, entgegnete Borbála, ohne das Gewicht der Frage zu ermessen, wir haben uns seit vorvorgestern nicht gesehen.

Jedoch nun mengte sich der Honvédgeneral mit einer neuen Nachricht ein. Jetzt war ich schon begierig, sagte er, nicht ohne sich von dem, woran er dachte, unterhalten zu zeigen, den großen Helden der Abendzeitung gleich vor mir zu haben; aber augenscheinlich ist er schon unabkömmlich.

Von wem redest Du? fragte Mocsáry mürrisch.

Na, von Deinem künftigen Schwiegersohn, von Eötvös, entgegnete Arvai lachend.

Was steht in der Zeitung? fragte Csondas.

Da sind also, begann Arvai unberührt, die Journalisten mit ihrem Telegraphen wieder einmal fixer gewesen als die zunächst Betroffenen. Eötvös hat vor dem Gerichtshof von Nyiregyháza die Verteidigung der Juden übernommen.

Danach setzte es bei Mocsáry einen wütenden Ausbruch. Der alte, weißbärtige Herr schlug sich vor die Stirn. Undenkbar! rief er. Hat er denn keine Vernunft mehr im Leib!?

Borbála verließ bestürzt den Salon; sie ging besorgt ins Vorzimmer, um gerade zur Begrüßung von Doktor Eötvös zurechtzukommen.

Vater ist in höchster Erregung, sagte sie ihm. Er wird von Dir verlangen, daß Du die Verteidigung zurücklegst.

Nur so lange, erwiderte Eötvös, während er ablegte, als er die Sache nicht im rechten Licht sieht.

Im Salon aber kam es sogleich zu einer Auseinandersetzung. Mocsáry wartete kaum das Ende der Begrüßung ab. Ich bin konsterniert, Doktor Eötvös! rief er. Ist Ihnen denn nicht bewußt, daß Sie mit der Einmengung in diese Judenaffäre den Block gegen Tisza sprengen?

Den Block, antwortete Eötvös selbstbewußt, kann ich morgen wieder leimen, aber unschuldig gehenkte Juden kann ich nicht wieder lebendig machen.

Da zeigte Mocsáry sich bekümmert und leidenschaftlich zugleich. Ich bin, beteuerte er, weiß Gott, kein Antisemit. Aber für die Freiheit Ungarns opfere ich auch zehntausend Juden!

Auf einem Schlachtfeld, möglich, gab Eötvös ruhig zu, aber nicht durch Justizmord.

Arvai warf ein: Wie steht denn der Wiener Hof zu der Sache?

Dem Kaiser, gab Csondas Auskunft, wird laufend berichtet. Elisabeth ist natürlich für die Juden.

Und Tisza, fügte Balogh hinzu, verhandelt mit Rothschild über eine Anleihe.

Ein Grund mehr, rief nun Mocsáry, gegen die Juden zu sein!

Sie sind doch, versuchte Csondas beruhigend zu wirken, Historiker genug, Doktor Eötvös, um zu wissen, daß die Probleme im Leben der Nation nicht ohne Rücksichtslosigkeit zu lösen sind.

In unserem Fall, wurde Eötvös sehr ernst, müßten Sie sagen: nicht ohne Barbarei. Tisza-Eszlár ist ein europäischer Fall geworden. Wir haben nur die Wahl –

Im Geist Kossuths zu handeln, unterbrach ihn Mocsáry heftig, oder als Verräter an Ungarn!

Nein, blieb Eötvös fest, sondern ob wir als Hunnennachkommen gelten wollen oder als zivilisierte Nation.

Ich verbitte mir derartige Unterstellungen! Diesen Zornesausbruch Mocsárys begleitete jedoch schon ein Rauschen aus der Straße herauf. Das Rauschen wandelte sich in Gelärme von Stimmen und Marschtritten, und als man hinhörte, unterschied man auch bald das Massengeschrei. Rasch näherkommend, tönte es aus der Straße herauf: Ungarn erwache! Ungarn erwache! Hoch Ónody! Nieder mit den Juden! Nieder mit Eötvös!

Eötvös trat auf den Balkon hinaus und sagte zu den Herren, die ihm folgten: Da. Wollen Sie sich der Bestialität der Straße anschließen oder auf der Höhe der europäischen Gesittung bleiben?

Aber Mocsáry entgegnete ihm in letzter Stärke: Nicht das ist hier die Frage, sondern daß Sie bereits diese Demonstration zu verantworten haben, daß man schon gegen Sie rast und daß damit das Heil des Landes fällt. Ich fordere Sie auf, Doktor Eötvös, diese Verteidigung zurückzulegen!

Das kann ich, blieb Eötvös bestimmt, weder als Mensch noch als Christ, und auch nicht als Ungar!

Mocsáry, außer sich, warf die Hände in die Luft. Er trat in den Salon zurück. Dann fürchte ich, sagte er abgespannt, daß sich unsere Wege trennen werden, was ich sehr bedauern würde.

Die Herren folgten ihm, um ihn zu beruhigen.

Währenddessen blieben Eötvös und Borbála, von Fackeln, die man unten trug, angeleuchtet, auf dem nun nächtlichen Balkon zurück.

Und was soll nun werden? fragte Borbála Mocsáry, indem sie sich an Eötvös heranhob.

Das liegt, entgegnete er, in die Demonstration hinabstarrend, nicht mehr an uns. Ich habe keine Wahl. Aber sofern ich an die sänftigende und entsühnende Kraft des Gerechten glaube, muß es, und sieht im Augenblick alles auch trüb und verworren aus, nicht schlimm werden.

Er folgte Borbála in den Salon, wenn auch nur, um sich für diesen Abend zu verabschieden.

In der gleichen Stunde aber stand Baron von Ónody, in Magnatenuniform, auf dem Rednerpodium des antisemitischen Weltkongresses in Dresden. Die Wand hinter ihm war mit Topfpalmen und einem ganzen Wald von Tannenreisern festlich ausgestaltet, und vor dem vielen dunklen Grün hing, zwischen den gipsweißen Büsten der Kaiser von Deutschland und Österreich und des Königs von Sachsen, das Bild Esther Solymosis, das von Ónody mitgebracht worden war.

Allerdings hatte dieses Bild eine eigene Entstehungsgeschichte. So wenig wahrscheinlich es war, daß ein Maler sich gefunden haben sollte, der gerade den Weg zu der kleinen Esther in das weltvergessene Theißdorf Eszlár gefunden hätte, so wenig konnte füglich angenommen werden, daß das Bild tatsächlich Esther Solymosi darstellte. Dies war auch nicht der Fall. Sondern Ónody hatte das Bild bei dem Maler Abrányi in Nyiregyháza bestellt, der sich nicht wenig über die Zumutung amüsierte, ein Porträt auf Grund einer Kurrende und von Gerichtsakten herstellen zu sollen. Doch war er, angesichts des winkenden Honorars, in seinen zynischen Alkoholzuständen bald zu dem Unternehmen entschlossen gewesen. Zum Modell hatte ihm dabei Ludowika Marossek gedient, eines der wenigen öffentlichen Mädchen von Nyiregyháza, und der Erfolg war durchaus zu Ónodys Zufriedenheit ausgefallen.

Nun hing die Prostituierte zwischen den Kaiserbüsten, und Ónody führte, unter dem Vorsitz des preußischen Hofpredigers Stöcker, mit erhobener Stimme aus:

Dieses Bild wird, solange die Christenheit und die auf ihren Postulaten beruhende Zivilisation bestehn werden, stets ein

Symbol bleiben des fanatischen Rassenhasses Judas, ein Symbol des frevelhaften jüdischen Attentats auf den Genius der Humanität und Aufklärung des neunzehnten Jahrhunderts und gleichzeitig ein Mene Tekel Upharsin für die Völker der Christenheit, auf daß sie nie vergessen mögen die in der Gestalt des jüdischen Rassenfanatismus drohend über ihnen schwebende Gefahr, ein Mene Tekel Upharsin, das ihnen stets zurufen wird, sie mögen zur Erkenntnis kommen, daß es Pflicht der Selbsterhaltung ist, Vorkehrungen zu treffen, um das im Finsteren schleichende heimtückische Gespenst zu bannen und unschädlich zu machen, das sie mit tausendfachen Polypenarmen umschlossen hält, um sie auszusaugen und zu erwürgen ...

Und nachdem Ónody, unter dem wilden Beifall der Versammelten aus vielen Ländern, mit einer knappen Verbeugung abgetreten war, führte der Vorsitzende, Hofprediger Stöcker, die Kundgebung zu dem entsprechenden Abschluß:

Verehrte Herren aus aller Welt! ' glaube kaum, den wahrhaft aufrüttelnden Ausführungen meines geschätzten Vorredners Sinnvolleres hinzufügen zu können, als daß ich, erstens, eine Sammelspende für die Mutter des bedauernswerten Opfers anrege und, zweitens, die Herausgabe eines energischen Manifestes vorschlage, das an die Regierungen und Völker der durch das Judentum gefährdeten Staaten gerichtet werden soll. Ungarn, von der jüdischen Mordgier bedroht, gibt uns ein leuchtendes Beispiel ...

Mit Eötvös, neben dem noch der Reichstagsabgeordnete Doktor Horánsky und der ehemalige Abgeordnete Doktor Funták die Verteidigung übernahmen, trat Bary die maßgebliche Kraft entgegen.

Das erste, was die neuen Männer bei der Oberstaatsanwaltschaft durchsetzten, war die Enthaftung aller nicht namentlich Beschuldigten. Auf diese Weise kehrten, nach mehrmonatiger Einkerkerung, achtundfünfzig jüdische Männer und Frauen nach Tisza-Eszlár zurück, wo sie zwar, als Geächtete, von der Mehrheit der Bevölkerung gemieden wurden, immerhin aber die Freiheit besaßen, während der Untersuchungsbehörde nur noch vierzehn Opfer verblieben. Das waren jetzt die des Mordes Beschuldigten, die Kantoren Schwarz, Braun und Buxbaum und der in der Zwischenzeit gleichfalls verhaftete Hausierer Wollner, und die der Beihilfe Beschuldigten, der Tempeldiener Scharf, der Schächter Taub, der Lehrer Römer, der Wagnermeister Wertheimer, der Uhrmacher Krakauer, der Klempner Einhorn, der Schreiner Junger, der Schneider Lustig, der Bauer Großberg und der Geldverleiher Weinstein. Moritz Lichtmann war mithin, zum besonderen Leidwesen Ónodys, auch in die Freiheit heimgekehrt.

Selbst die Freilassung von Moritz ordnete, nach einer Eingabe des Doktor Eötvös, die Oberstaatsanwaltschaft an, doch wurde die Anordnung dadurch umgangen, daß Henter seinen Schützling in die Privatwohnung mitnahm, die er sich eben einrichtete. Auch ließ er ihn jetzt nur noch in der Begleitung Saroltas spazieren gehn, die den rasch aufschießenden Jungen mit einer insgeheim erotischen Zärtlichkeit bemutterte und zu der er eine Neigung gewonnen hatte, die gleichfalls von diesem Element nicht ganz frei war.

Gegen Bary selbst aber traten die Verteidiger nicht mehr auf. Als Dr. Heumann es getan hatte, war von Korniß die Ansicht vertreten worden, daß er die Fäden der Untersuchung durch einen Personenwechsel nicht verwirren dürfe. Dadurch war der ungesetzlich betraute junge Vizenotar auch dann noch der bestimmende Mann des Verfahrens geblieben, als es sich schon um einen der schwerwiegendsten Gerichtsfälle des Jahrhunderts gehandelt hatte. Und zur Zeit wäre ein Auftreten gegen Bary das Signal für ein Kesseltreiben der antisemitischen Presse gewesen, das die Nation in die Nähe von bürgerkriegsähnlichen Zuständen hätte bringen können.

Einer Kampagne dieser Presse fiel augenblicklich auch der dritte mit der Angelegenheit von Tisza-Eszlár befaßte Staatsanwalt, Doktor Emerich Havas, zum Opfer. Da ihm der Gefängniswächter Karancsay gestanden hatte, daß bei den inhaftierten Juden zur Hervorbringung von Geständnissen, wenn auch erfolglos, die Folter angewandt worden sei, tobten die antisemitischen Zeitungen so lange, bis Karancsay, obgleich er seine Angaben auch anderen Gerichtspersonen gegenüber gemacht hatte, sein Geständnis zurückzog und die Behauptung aufstellte, er wäre durch Drohungen des Staatsanwalts zu seinen Aussagen verleitet worden. Havas, dem auch die Anwerbung falscher Zeugen vorgeworfen wurde, blieb nichts anderes übrig, als beim Justizminister die strafgerichtliche Untersuchung gegen sich zu beantragen. Sie fand vor dem Gerichtshof von Nyiregyháza statt, der bei den Antisemiten in hohem Ansehen stand, und führte zur völligen Ehrenrettung von Havas.

Dennoch sah Oberstaatsanwalt Kozma sich veranlaßt, damit das Verfahren im Tisza-Eszlárer Fall in keiner Weise anfechtbar erscheine, Havas durch den Oberstaatsanwaltsubstituten Eduard von Szeyffert zu ersetzen, mit dem nun der vierte Ankläger in dieses Verfahren und in die Kreuzfeuer der öffentlichen Meinungsbildung eintrat. Wie es um diese bestellt war, das sollte übrigens nun auch Kozma kennenlernen, wobei es ihn nicht schützte, daß er zu den höchsten Beamten des Landes gehörte. Zum Anlaß dafür genügte seine unverkennbare Energie, mit der er, ehe er die Betrauung Szeyfferts vornahm, den Fall selbst überprüfte. Er reiste zu diesem Zweck nach Nyiregyháza, und weil Bary sonderbarerweise gerade an diesem Tag mit sämtlichen Akten nach Tisza-Eszlár gefahren war, um neue Zeugen zu verhören, fuhr Kozma ihm auch dorthin nach. Soviel Entschlossenheit ging den antisemitischen Zeitungen zu weit. Sie verdächtigten auch den Oberstaatsanwalt Kozma der Bestechlichkeit, in der er es unternommen hätte, den Gang der Untersuchung zu beeinflussen. Dieser Feldzug nahm, wie in jedem Fall, schließlich solche Heftigkeit an, daß Kozma sich seine Ehrenhaftigkeit öffentlich durch den berühmtesten Schriftsteller des Landes, durch Jókai, der auch Präsident des Journalistenvereins war, bestätigen lassen mußte.

Wie nämlich die antisemitische Öffentlichkeit einfach auf dem Standpunkt beharrte, daß sich die gesamte Judenschaft Europas, da sie für die Eingekerkerten Partei ergriffe, mitschuldig fühle, so zieh sie auch jede Person, die bloß nach Sachlichkeit und Vorurteilslosigkeit trachtete, der Judenknechtschaft, der Korrumpiertheit und Volksfeindlichkeit. Jedermann, der ein Wort für die Eingekerkerten äußerte, wurde automatisch zum Helfershelfer von Mördern gestempelt, und das galt natürlich besonders für die beruflich mit dem Fall befaßten Verteidiger. Ihnen gegenüber steigerte sich die Verleumdungswut um so mehr, als gerade durch den Wechsel von dem bescheidenen Provinzadvokaten Doktor Heumann zu den drei Reichstagsabgeordneten Eötvös, Horánsky und Funták das Bestreben der Antisemiten, das Anklagemonopol zu behalten und die Inhaftierten zu isolieren, eine schwere Niederlage erlitten hatte. Ja noch mehr:

die Sucht der antisemitischen Öffentlichkeit, die Aufmerksamkeit der ganzen Welt auf Tisza-Eszlár zu lenken, führte in zunehmendem Maß zu einer ihr selbst nachteiligen Entwicklung, weil im gleichen Grad die Überwachung und die Kontrollschärfe sich steigerten. Diese Entfaltung der Dinge trieb die Leidenschaften zur Siedehitze.

Bekämpfte man alle drei Verteidiger gemeinsam mit dem Argument, daß die Juden von Tisza-Eszlár, wären sie unschuldig, nicht eines solchen Aufwandes von hochgestellten Persönlichkeiten bedürften, die selbstverständlich, was wieder gegen die Verhafteten und die gesamte Judenheit spräche, auch angemessen teuer wären, dann richteten sich die Hauptangriffe gegen die aktiven Politiker Horánsky und Eötvös. Der Weg, den man dabei gegen Horánsky einschlug, war der, daß man ihn fürs erste um sein Mandat zu bringen suchte. Um seine Popularität in seinem Wahlkreis zu erschüttern, verteilte man in der Stadt Gran Flugblätter, die zum Pogrom aufforderten und Horánsky als jüdischen Antichristen bezeichneten. Das dauerte, bis er sich gezwungen sah, eine öffentliche Erklärung an seine Graner Wähler zu richten. Darin hieß es:

›Die Tisza-Eszlárer Angelegenheit war bereits zu der Zeit, als ich, im vollen Bewußtsein der Undankbarkeit dieser Aufgabe, die Verteidigung übernahm, weit über die Grenzen eines einfachen Rechtsfalls hinausgediehen und hatte teils durch das Zusammentreffen mit der in den Nachbarstaaten aufgetauchten Judenfrage, teils durch die Übertreibungen und falschen Darstellungen in einem bestimmten Sektor der Presse eine gesellschaftliche und politische Wichtigkeit erlangt, angesichts deren kein objektiv und gerecht Denkender leugnen konnte, daß in die konstitutiven Elemente der Streitsache ein fremder Stoff gemengt worden sei, den die Strafwissenschaft nicht kennt und den man die Judenfrage nennt. Wir haben jene widernatürliche und unter allen Umständen tiefbetrübliche Erscheinung erlebt, daß ein Teil der Presse und der Gesellschaft die Regierung zu den reaktionärsten Schritten aneiferte und Verfügungen von ihr forderte, die nur auf Kosten der Humanität und der allgemeinen Freiheit verwirklicht werden können. Wir haben es erlebt, daß man blindlings jede Verhaftung billigte und jene gerichtlichen Schritte pries, die Material für den Haß gegen eine Konfession und Volksminderheit zu liefern schienen und jedes Anzeichen bekämpfte, das der Anfachung des Hasses nicht günstig war. Wir haben es erlebt, daß das Justizministerium untätig zusah, nicht dem Gang der Rechtspflege, denn in diese einzugreifen war es nicht befugt, sondern dem Umstand, daß die Untersuchung im Verein mit der Presse und der Gesellschaft gepflogen und Schritt um Schritt verworrener gestaltet und mit rechtsfremden Einflüssen vergiftet wurde. So stand die Sache, als ich zur Übernahme der Verteidigung aufgefordert wurde und aus Gründen der Menschenwürde dem Ruf folgte. Ich tat diesen Schritt, obgleich ich erkannte, wie die Leidenschaften schon solche Wogen warfen, daß auch die Kardinalgarantie der persönlichen Freiheit nichts gegen Verdächtigung und Ehrabschneidung vermögen werde.‹

Ungeachtet dieser Botschaft gingen die Verleumdungen weiter, die Horánsky, so wie noch jeden mit der Verteidigung der Tisza-Eszlárer Juden Beschäftigten, der Bestechlichkeit und der Anwerbung falscher Zeugen bezichtigten. Da aber der Angegriffene sich nicht beugte, folgten den Verleumdungen Tätlichkeiten und schließlich, in Vertretung des Herausgebers des ›Függetlenség‹, eine Forderung auf Pistolen durch Baron Ónody. Das Duell wurde vermieden, doch trat Horánsky, der ewigen Anfeindungen müde, verbittert und abgehetzt, von der Verteidigung endlich zurück.

Zum Duell, und zwar durch den Herausgeber des ›Függetlenség‹, den Abgeordneten Verhovay selbst, wurde auch Eötvös gefordert. Die Vorgeschichte bestand dabei darin, daß dieses Blatt, nachdem Bary aus technischen Gründen und um dem

Gegner eine Beschwer anzutun, die Übersiedlung von Eötvös nach Nyiregyháza verlangt hatte, so lange behauptete, der berühmte Parlamentarier sei nur deshalb in das Provinznest gezogen, um besser zur Bearbeitung und Bestechung der Zeugen zu gelangen, bis Eötvös im ›Egyetértés‹, der Zeitung, an der er mitwirkte, die amtliche Aufforderung Barys abdrucken ließ, und daß er die hernach aufgestellte Behauptung des ›Függetlenség‹, der veröffentlichte Bescheid sei apokryph, mit der nachstehenden Erklärung beantwortet hatte:

›Der auf die Gründe meiner Übersiedlung sich beziehende Artikel des ›Függetlenség‹ ist bis zum letzten Wort eine niederträchtige Verleumdung. Den Bescheid des Untersuchungsrichters, der vom 15. datiert, von Vizenotar Bary gezeichnet und mit dem Siegel des Gerichtshofes versehen ist, und in dem ich aufgefordert wurde, entweder persönlich meinen ständigen Aufenthalt in Nyiregyháza zu nehmen oder einen Stellvertreter namhaft zu machen, habe ich am 16. vormittags zehn Uhr erhalten und darauf unter 34167 sofort über das Budapester Telegraphenamt dahin beantwortet, daß ich vom 17. an in Nyiregyháza im Hotel ›Europa‹, vom 18. an aber im Bad Sóstó wohnen werde. Dies ist die Wahrheit, die ›Egyertértés‹ und nach ihm auch andere Blätter richtig veröffentlichten. ›Függetlenség‹ und jedermann, der Entgegengesetztes behauptet, sei er Reporter, sei er Untersuchungsrichter, hat einfach gelogen.‹

Die Folge dieser Erklärung war dann die Zweikampfforderung Verhovays. Eötvös lehnte sie, wie alle Forderungen, von denen noch mehr an ihn herangetragen wurden, mit der Begründung ab, daß seine Person vorerst dem Fall von Tisza-Eszlár gehöre, den geistige Waffen entscheiden würden.

Darüber hinaus verwandelte sich den Antisemiten auch der Erfolg gegen Doktor Horánsky in einen Mißerfolg, denn an seine Stelle traten zwei neue Verteidiger, Doktor Székely und Doktor Friedmann, und auch Doktor Heumann übernahm die Verteidigung wieder. Er tat es nun sogar mit der Zustimmung seiner schwer in Mitleidenschaft gezogenen Frau, weil sie zu der Überzeugung gekommen war, daß er sich nicht nur für eine gerechte, sondern auch erfolgreiche Sache einsetze.

Diese Ansicht nämlich verbreitete sich, trotz der systematischen Irreführung und Verhetzung von Hunderttausenden, mit der Zeit in der Öffentlichkeit so sehr, daß selbst die Judengegner unsicher wurden. Das widerfuhr ihnen freilich nicht in der gesitteten Anwandlung, in der sie an der Schuld der gefangengehaltenen Juden zu zweifeln begonnen hätten, sondern es geschah nur in dem gesteigerten Haß, in dem sie, gewissermaßen schon zur eigenen Rechtfertigung, die Verurteilung der Juden um jeden Preis zu erreichen suchten. Dies bekam auch der Oberstaatsanwaltsubstitut von Szeyffert zu spüren.

Als seine Gesinnung ruchbar geworden war, in der er die Anerkennung des Ritualmordverdachts für unter seiner Würde und Bildungsstufe erachtete, es aber gerade um der Furchtbarkeit dieser Verdächtigung willen als seine unumgängliche Pflicht begriff, daß er nicht, wie in ähnlich liegenden Prozessen, die Anklage fallen lassen dürfe, sondern daß er selbst durch ein möglichst umfängliches, genaues und streng sachliches Verfahren der Öffentlichkeit die Grundlage für einen gerechten Richtspruch und die Möglichkeit vermehrter Aufklärung liefern müsse, warf der Antisemitismus seine Geschütze auch gegen ihn herum.

Nachdem die üblichen Anwürfe von der Bestechlichkeit und Judenhörigkeit zu keinem Ziel geführt hatten, strengte man sich an, das Ansehen Szeyfferts bei den lokalen Nyiregyházaer Behörden zu untergraben. Man streute die Nachricht aus und hielt in Zeitungen und Konventikeln hartnäckig an ihr fest, daß, da man höherenorts mit seiner Amtsführung nicht zufrieden sei, seine Enthebung unmittelbar bevorstehe. Aber auch diese Spiegelfechterei führte zu keinem Erfolg. Eines Tages brachte der halbamtliche ›Nemzet‹ die Note:

›Die Rückberufung des Oberstaatsanwaltsubstituten Szeyffert wird von einigen Blättern, denen das Verhalten der Königlichen Anwaltschaft nicht zusagt, schon seit einiger Zeit erwähnt. Dank einer aus der kompetentesten Quelle geschöpften Information können wir mitteilen, daß diese Nachricht nicht wahr ist. Die Rückberufung Szeyfferts ist kompetentenorts nie in Betracht gezogen worden.‹

Und da Szeyffert gegen die antisemitischen Blätter, die ihn unentwegt der Korrumpiertheit bezichtigten, überdies mit Presseklagen einschritt, wurde man auch ihm gegenüber tätlich. Man wählte zum Schauplatz des Insults das Theater von Nyiregyháza, um einen öffentlichen Skandal hervorzurufen, von dem man hoffte, daß er für den hohen Beamten nicht tragbar sein würde. Doch vereitelte Szeyffert durch seine besonnene Haltung, in der er das Theater verließ, auch dies.

Wie Eötvös um der hohen Aufgabe willen, die er sich gestellt fühlte, den Makel der Feigheit auf sich nahm, so ließ Szeyffert den Schimpf einer öffentlichen Prügelszene über sich ergehn, um den Gegnern seiner Sache, die er als eine der Menschheit verstand, nicht das Feld zu räumen.

Bary und der ganze Untersuchungsapparat um ihn hatten es jetzt mit Männern zu tun, deren Entschlossenheit, weil sie aus dem Geist kam, der Stärke des Vernichtungswillens zumindest ebenbürtig war. Den entscheidenden Schlag aber erlitt Bary durch einen Eingriff des Schicksals selbst: am 79. Tag nach dem Verschwinden Esthers wurde in der Gemarkung Tisza-Dada, unterhalb Tisza-Eszlár, ihre Leiche von der Strömung der Theiß ans Land getragen.

BEHÖRDLICHE MORITAT

Esthers Leiche, die die längste Zeit in Gestrüpp oder Wurzelwerk unter Wasser hängengeblieben sein mußte, trieb in der Abenddämmerung als unbestimmbares, fahles Bündel stromabwärts auf ein Floß zu, das mit Holz nach Szolnok unterwegs war.

Die fünfzehn Flößer auf dem Fahrzeug, unter ihnen auch der Verwalter und Kassier, ein Jude namens Hersko, gedachten gerade für die kommende Nacht anzulegen, als sie des Bündels gewahr wurden. Es trieb an den hinteren Floßrand heran, verschwand darunter, tauchte kurz danach vor dem vorderen Floßrand wieder auf und trieb in der Strömung rasch seitwärts, als wehte es der Wind vor sich her, ans rechte Ufer, wo es in den Weiden hängenblieb.

Nachdem die Flößer angelegt hatten und nach der Stelle zurückgegangen waren, erkannten sie, daß es sich um eine Leiche handelte. Es schlug ihnen von dem stark in Verwesung übergegangenen Körper schon auf einige Entfernung ein unerträglicher Geruch entgegen. Dennoch trugen sie die Leiche, die eines Kindes oder jungen Mädchens, ein Stück vom Wasser weg, um sie zu begraben, weil ihnen das ein Aberglaube so gebot. Dadurch wurden auch Bauersleute, die in der Nähe auf einem Acker gearbeitet hatten, auf die Gruppe und ihr Tun aufmerksam.

Man stand, während zwei Flößer Spaten holten, mit der Hand vor Mund und Nase im Kreis und schaute scheu auf die Tote. Das lange Im-Wasser-Liegen hatte ihr sämtliche Haare vom Kopf gelöst, auch die Zehen- und Fingernägel fehlten bereits, was durch die rosig zutage liegenden Nagelbetten ein gepflegtes Aussehen vortäuschte, doch war es nach der bäuerlichen Kleidung offensichtlich, daß es sich um ein Dorfmädchen handelte. An das linke Handgelenk der Toten war ein dunkles Tuch gebunden, in dem eine klumpige Masse stak.

Die Flößer hoben eine zwei Klafter tiefe Grube aus, die sie, nachdem sie die Leiche hineingebettet hatten, wieder zuschaufelten. Hernach kehrten sie zu ihrem Anlege- und Lagerplatz zurück. Daß sie eine Belohnung von fünftausend Gulden, die für die Auffindung der Leiche ausgesetzt war, verdient hatten, konnte ihnen nicht in den Sinn kommen, da jene Ausschreibung bisher nicht bis zu ihnen gedrungen war.

Durch einen Flurschützen aber, der bei dem Einscharren der Leiche später gleichfalls zugegen gewesen war, kam die Nachricht am gleichen Abend noch in die umliegenden Dörfer und zu Ohren der Behörden. Bei diesen freilich warf sich sofort die Vermutung auf, daß die Tote die verschwundene Esther Solymosi sein könnte, und der Stuhlrichter von Tisza-Dada schickte auch sogleich einen berittenen Boten zu Bary nach Nyiregyháza.

Der Pandur fand den jungen, berühmt gewordenen Untersuchungsrichter, der jetzt einen kurzen Vollbart trug, einen goldenen Kneifer, seidene Krawatten und Anzüge nach modischem Schnitt, in einer aufgeräumten Gesellschaft im Kasino. Als er ihm, etwas seitab vom Trubel und unter den Klängen der Zigeunermusik, Meldung erstattet hatte, stand Bary, mit offenem Mund und glotzenden Augen, wie vor den Kopf geschlagen da.

Dann fragte er heftig – genau das gleiche, das in Tisza-Eszlár auch Ónody fragte, als man ihm von der Leiche berichtete –: Hat sie Wunden?

Der Pandur hob die Achseln. Davon, sagte er, ist nichts verlautet. Aber anscheinend nicht, denn das wäre wohl aufgefallen.

Dann kann es auch nicht die Esther sein, entgegnete Bary wütend, aber nicht erleichtert, wobei auch diese seine Bemerkung mit der Ónodys in Tisza-Eszlár sinnvoll zusammenfiel. Und sie faßten auch beide den gleichen Entschluß, nämlich in der Nacht noch zur Leichenfundstelle zu fahren. Ein Unterschied bestand lediglich darin, daß Ónody mit seinem Kutscher fuhr, während Bary sogleich den Bezirksarzt Dr. Kis, den Sicherheitskommissär Péczely und den Pandurenhauptmann Vay mit einem Reitergefolge mitnahm.

Als Wagen und Eskorte aus Nyiregyháza an der Theiß eintrafen, stand Ónodys Kutsche schon dort. Er selbst redete, im Licht der Wagenlaternen lebhaft Gebärden machend, auf die Flößer ein, die sich weigerten, das Grab noch einmal zu öffnen. Nun befahl es ihnen freilich Bary, indem er ihnen erklärte, daß sie sich mit der Beerdigung der Toten, ehe sie behördlich überprüft gewesen sei, eines Vergehens schuldig gemacht hätten. Er verbot ihnen auch sofort, weil er sie vielleicht als Zeugen brauchen würde, wie er sagte, am Morgen mit dem Floß weiterzufahren.

Gegenüber Ónody hatte er allerdings, wie dieser ihm gegenüber nicht anders, eine Miene des schlechten Gewissens. Er fragte ihn auch sogleich voll Spannung, ob er Esther Solymosi gekannt habe, was dieser aber verneinen mußte.

Auch unter den Leuten aus der Gegend, die sich trotz der nachtschlafenden Zeit neugierig zu der Amtshandlung eingefunden hatten, war niemand, der um Esther gewußt hätte. Damit verschob sich die Entscheidung auf den kommenden Tag, an dem große Agnoszierung abgehalten werden sollte, doch war es auch jetzt schon beispiellos aufregend, die Leiche zu besichtigen, da man ja eine Personsbeschreibung besaß und die ungemein erleichternde Sensation bevorstehn konnte, daß die Tote sich als eine Person erwiese, deren Nichtidentität mit der Verschwundenen schon beim ersten Anblick offenkundig sein würde.

In Wahrheit konnten Ónody und Bary kaum atmen vor Ungeduld und Besorgnis, und als die Leiche bloßgelegt und durch Übergießen mit Wasser von der Erde gereinigt war, standen sie eine Weile betreten und wortlos über den Lichtscheinen der gesenkten Laternen. Schon der erste Eindruck schien keinen

Zweifel darüber zu lassen, daß man es mit der Leiche Esther Solymosis zu tun habe.

Da war das Harrastuch der Personsbeschreibung, grau und schwarz gestreift und mit Fransen, das Jäckchen aus braunem Kattun, die rot und schwarz gestreifte Schürze mit Falbel und der weiß geblümte blaue Barchentrock. Da war, an das linke Handgelenk gebunden, das Kopftuch – allerdings nicht gelb, wie es irrtümlich in der Kurrende und den nach ihr eingerichteten Geständnissen geheißen hatte, sondern schwarz und geblümt –, und es fand sich auch, zu einem Klumpen zusammengesintert, in dem Kopftuch die blaue Farbe, die Esther bei dem Krämer Kohlmayer eingekauft hatte.

Vor allem aber war da die Narbe am rechten Fuß, die von dem Tritt der Kuh herrührte, und der Gerichtsarzt Dr. Kis kam zu dem Urteil, daß es sich um die Leiche eines etwa vierzehnjährigen, noch wenig entwickelten Mädchens handle.

Bary und Ónody standen zerschmettert da. Zwar hatte die weitgediehene Verwesung das Gesicht fast bis zur Unkenntlichkeit entstellt und das Fehlen aller Behaarung gab dem Kopf überdies ein armselig und verwirrend schreckhaftes Aussehen, doch deuteten alle übrigen Anzeichen in selbstverständlich lückenloser Kette darauf hin, daß ein gebirgiges und weltweites Geschehen, das man von dieser Toten aus zum Wuchern gebracht hatte, in nicht zu hemmenden Kaskaden und alles erledigend in sie wieder zurückstürzte.

Sowohl Bary wie auch Ónody hatten, in ihre Heimstätten zurückgekehrt, eine schlaflose Nacht. Jedem stand eine Bloßstellung vor der ganzen Welt und bis in die Knochen bevor, die den einen als Politiker und den anderen als Richter ein für allemal unmöglich machen mußte. Diese Not steigerte, in der elementar unlogischen Weise, wie es bei Temperamenten ihrer Art nicht anders denkbar war, natürlich auch neuerdings ihren Haß gegen die Juden. Und aus diesem Haß gebar sich bei Bary auch die Idee, die weiterhelfen mußte – um jeden Preis.

Er fand sich am nächsten Morgen mit einem Gesicht wie aus Kupfer und mit gewaltig verstärktem Pandurenaufgebot wieder an der Theiß ein. Das vergrößerte Aufgebot war nun auch dringend nötig, denn so weit der Blick unter dem weiten Gluthimmel in die flimmernde Pußta schweifte, kamen die Menschen, ungarisches Landvolk und Juden, zu Fuß und in Wagen, in kleinen Gruppen und in Scharen, aus den umliegenden Dörfern nach der Leichenfundstelle. Jetzt wußten die Flößer auch bereits um die fünftausend Gulden, es gab Auseinandersetzungen zwischen ihnen, wer die Leiche zuerst gesehen, wer sie geborgen und begraben hätte, und sie waren sich schon um der enormen Belohnung willen einig, daß an ein Weiterfahren nicht zu denken sei.

Das Geld, das will sagen die Aussicht auf ungeahnten Reichtum, mischte sich auch verwirrend in die schwere Erschütterung, mit der die Witwe Solymosi, gemeinsam mit der Bátori, von Dorfrichter Farkas im Wagen zur Agnoszierung gebracht wurde. Der Ruf zu dieser Leichenbeschauung hätte in keinem seltsameren Augenblick auf die Mutter der Toten treffen können. Denn am Vorabend, kurz bevor die Nachricht von der aufgefundenen Leiche auch Tisza-Eszlár erreicht hatte, waren dort zwei reichsdeutsche Herren eingetroffen, ein Preuße und ein Sachse, die, mangels eines entsprechenden Gasthofs, beim Bürgermeister Quartier gefunden hatten. Sie waren noch am Abend bei der Witwe Solymosi zu Besuch gewesen.

Dabei hatten sie sie nicht mehr in der Armut angetroffen, die sie nach Ónodys Schilderung erwartet hatten. Hinter der elenden Küche von früher, die nun gleichfalls mit Gardinen und neuem Hausrat schmuck und anheimelnd eingerichtet war, empfing die weitgereisten Herren eine gute Stube mit ländlicher Behaglichkeit, und Frau Solymosi, gepflegter als je und in dunkler Trauertracht, ließ ihren Besuchern durch die Magd, von der sie nun bedient wurde, auch Wein vorsetzen.

Ich weiß nicht, erklärte sie dabei, ob ich es als einen Hohn des Teufels oder als einen Trost Gottes aufnehmen soll: seit dem schrecklichen Ende meines Kindes geht es mir gut, ja besser als je vorher. Alles schickt mir Spenden. Der Wein ist vom Pfarrer.

Die beiden Herren hoben ihr Glas. Auf Ihr Wohl, liebe Frau, sagte der Sachse. Natürlich will der liebe Gott Sie trösten. Deshalb hat er auch uns zu Ihnen geführt.

Und das von Dresden her, fiel der Preuße ein, nachdem er getrunken hatte. Weite Reise! Aber wir kommen auf Beschluß des antijüdischen Weltkongresses.

Der eine Sammlung für Sie veranstaltet hat, ergänzte der Sachse.

Und nicht bloß aus Mildtätigkeit, fand – getreu der hohen Mission – der Preuße es nötig einzufügen, sondern mehr noch als Beweis der entschlossenen Solidarität der arischen Rasse gegen den jüdischen Weltfeind!

Das lag für Frau Solymosi ein wenig hoch, aber den ›jüdischen Weltfeind‹ verstand sie, und auch das von der Sammlung hatte sie aufgenommen. Die Herren kommen aus Deutschland? sagte sie gedehnt, verwundert und mit einem Lächeln, das etwas glasig in ihren harten Zügen aufging. Hier schien sich ja Gottes Mitleid mit ihr in einer über alles Bisherige hinausgehenden Wohltat bestätigen zu wollen.

Wir bringen Ihnen, sagte der Sachse, achtzehntausend Mark aus Deutschland.

Frau Solymosi wich vom Tisch, an dem sie gestanden hatte, bis an einen Wandschrank zurück. Achtzehntausend Mark …, wiederholte sie. Das war weit mehr Geld, als ihre Phantasie jemals würde fassen können. Aber sie begriff das Geld auch nur mittelbar als Geld. Das Geld war nur der irdische Ausdruck für eine höhere Beziehung. Vor ihren Augen ging eine Vision des geöffneten Himmels auf, aus dessen ungeheurem Glanz ihr Esther in dem weißen Kleid, das sie im Traum gesehen hatte, und aus dem Kreis der Seligen mit kindlich begütigender Gebärde herabwinkte ...

So weit war alles in der Gläubigkeit vor sich gegangen, aus der die Witwe Solymosi ihren Trost zog. Doch hatte sich dann Farkas eingefunden, und mit ihm war die gräßlich unerträgliche Wirklichkeit in die himmlische Stunde eingebrochen. Denn obzwar Farkas noch nichts Näheres um die aufgefundene Tote gewußt hatte, als daß es sich um ein etwa vierzehnjähriges Mädchen handeln sollte, das einen Beutel an das linke Handgelenk gebunden trug, war er, vom Gerücht darin unterstützt und von seinem mehrfachen Wunsch verleitet, übereifrig genug gewesen, die Leiche schon mit Sicherheit als die Esthers hinzustellen.

Das hatte bei Frau Solymosi eine schreiende Gegenwirkung ausgelöst.

Die Störung ihres religiösen Wahns, der ihr auch schon das schreckliche Ende ihres Kindes mit schönen Bildern überdeckt hatte, überkam sie mit einem Grauen, als flechte sich eine phantomisch fremdartige, unterweltlich dämonische Verfolgung auch in ihr Geschick.

Meine Estherka, schrie sie mit hochgeworfenen Armen, ist nicht in der Theiß umgekommen! Die Juden haben sie im Tempel geschlachtet!

Farkas indessen hatte an seiner Überzeugung festgehalten: Nein, Frau Solymosi, der Esther ist gewiß kein Leid angetan worden; sie ist ertrunken. Und obgleich noch ohne Weisung – die erhielt er erst am Morgen –, war er dabei geblieben, daß Frau Solymosi die Leiche besichtigen müsse; das würde ja auch ihre Seele entlasten.

So war dies zu einem sehr erregten, im Hinblick auf das beiderseitige Menschliche phantastischen Disput geworden, währenddessen sich die Herren aus Deutschland vorerst überrascht und dann aufgebracht angesehen hatten. Eine Selbstmörderin? Hier schien ja eine Irreführung der Weltöffentlichkeit vorzuliegen! Jedenfalls hatten sie die Auszahlung der Spende bis zur endgültigen Klarstellung des Sachverhalts hinausgeschoben und waren, sehr förmlich sich verabschiedend, in ihr Quartier zurückgekehrt, um den weiteren Verlauf der Dinge abzuwarten.

Dieser weitere Verlauf drückte sich auch darin aus, daß auf Karren und zu Fuß viele der Tisza-Eszlárer Gemeinde, soweit sie ihre Arbeit in Feld und Haus hatten verlassen können, ebenfalls angewandert kamen, und vor allem pilgerten die Juden, und nicht nur die von Tisza-Eszlár, zu der einstweiligen Grabstelle, die für sie von so außerordentlicher Bedeutung war. Die Esther ist gefunden, riefen sie einander zu, mit lebhaften Gesten querfeldein kommend, Gott hat uns nicht verlassen, es ist doch Gerechtigkeit in der Welt, wir sind gerettet! Und ähnlich dachten jetzt, wenn auch manche zu ihrer insgeheimen Überraschung, die meisten Leute aus den Dörfern. Während die Witwe Solymosi den Gedanken an einen natürlichen Tod ihres Kindes nicht mehr in ihr Gehirn aufzunehmen vermochte, fühlten sich nun viele, und berührte es sie nach den Monaten der Hetze fürs erste auch befremdlich, gleichsam erleichtert, denn daß man eine Ertrunkene aus der Theiß gezogen hatte, das ordnete sich dem Dasein, wie man es kannte, ein, indes das andere mit dem Ritualmord doch immer wie ein Angsttraum gewesen war.

Anders freilich standen Bary und Ónody, der sich auch wieder eingefunden hatte, hinter dem Grab. Ihnen handelte es sich nicht um eine tote Vierzehnjährige und nicht um die Wahrheit, sondern um eine Angelegenheit der Gesellschaftstechnik. Nicht ob Esther Solymosi sich ertränkt hatte, war maßgebend, sondern wie der Verdacht, der nun einmal in ausschlaggebender Weise auf die Juden gefallen war, weiterhin verdichtet und zu einer Wende im Volksschicksal ausgenützt werden könnte; eine Einstellung, die für sie jedes Mittel rechtfertigte. Sie hatten sich in diesem Sinn auch bereits besprochen, und Barys Entschluß stand fest.

Während die Panduren, wieder unter dem Kommando Vays und Péczelys, die stetig anwachsende Menge in weitem Kreis von dem eigentlichen Schauplatz der Agnoszierung abhielten, ließ Bary das Grab, das über Nacht oberflächlich zugeschaufelt und von Panduren bewacht worden war, abermals öffnen. Zur Seite standen ihm nun als Gerichtszeugen der erste Vizenotar des Szabolcser Komitats, der Stuhlrichter des unteren Dadaer Bezirks, der Oberstaatsanwaltsubstitut von Szeyffert, ein Adjunkt des Vizegespans und drei gerichtsmedizinische Sachverständige, unter ihnen wieder Doktor Kis. Das Protokoll führte, auf einem improvisierten Tisch, wieder Recsky, und Bary begann, nach der nochmaligen Feststellung und Ergänzung aller von Doktor Kis in der Nacht schon gesammelten Daten, mit der Einvernahme von Esthers Mutter.

Sie wehrte sich, näherzutreten, und rief ein ums andere Mal, daß die Tote nicht ihr Kind sein könne. Als sie endlich doch bemüßigt war, auf die Leiche zuzugehn, warf sie einen kurzen, schaudernden Blick nach dem haarlosen, von der Verwesung entstellten Kopf und erklärte mit heftigem Kopfschütteln, daß die Tote nicht ihr ›Seelchen‹ sei.

Zu einem ähnlichen Auftritt wie mit ihr kam es mit Esthers Dienstgeberin, der Bátori. Diese scheute schon in ihrem schlechten Gewissen davor, Esther als Leiche wiederzusehen. Als man sie schließlich herangezwungen hatte, schrie auch sie, daß die Tote nicht das liebe Täubchen, die Esther, sei.

Für Bary bedeutete das einen befriedigenden Anfang. Aber nun folgte Farkas, der, so sehr er sich in seiner Rechtschaffenheit nun selbst prüfte, beteuern mußte, daß er Esther wiedererkenne, in der Größe und Gestalt, der Gesichtsform und den schwarzen Augen.

Und von da ab schien es für die Untersuchungsbehörde, der der biedere Dorfrichter längst ein Dorn im Auge war, eine üble Wendung zu nehmen. Nach Farkas trat der junge Bauer Kovács an die Leiche heran, der Esther auch an der Kleidung wiedererkannte und an dem Beutel an ihrem linken Handgelenk. Die gleichen Bestätigungen gab der Krämer Kohlmayer, und nach ihm folgten in längerer Reihe Nachbarsleute der Witwe Solymosi, die Várkonyi, Lápossy, Gazdag und Olajos, die übereinstimmend angaben, wie sie es auch an dem bloßliegenden Gebiß, in dem kein Zahn fehlte, sähen, daß die Tote Esther Solymosi sei. Schließlich wies, in Tränen ausbrechend, die Magd Julcsa Vámosi, Esthers Freundin, noch auf die Narbe an ihrem rechten Fuß hin.

Hierauf allerdings wischte einer der Sachverständigen, um den Charakter der veränderten Hautstelle unzweifelhaft zu klären, mit einem feuchten Lappen darüber, und dies hatte zur Folge, daß sich die Lederhaut und mit ihr alle Anzeichen, die für oder gegen eine Narbe gesprochen hätten, davon lösten. Das war für Bary ein kostbares Ereignis, und ähnlich günstig wirkte sich jetzt für ihn die Aussage von Sophie Solymosi aus, die in der Menge aufgetaucht war. Sie erklärte nach eingehender Betrachtung der Leiche, daß es sich nicht um ihre Schwester handeln könne.

Damit fand Bary auch die Lage reif, um jene Wendung herbeiführen zu können, die er sich ausgedacht hatte.

Während die Juden, die vom Anfang an von der Agnoszierung ausgeschlossen worden waren, lärmend begehrten, an die Leiche herantreten zu dürfen, und den Kordon der auf sie einschlagenden Panduren zu durchbrechen versuchten, wandte Bary sich verbindlich an die übrigen Herren vom Gericht. Es zeige sich, bemerkte er, daß nur die Fernerstehenden die Leiche wiederzuerkennen wähnten, während gerade die Anverwandten und die Nahestehenden, auf deren Aussage es vornehmlich angekommen wäre, die Identität der Leiche mit der Verschwundenen strikte verneinten. Das ließe es ihm unerläßlich erscheinen, daß die Agnoszierung in Tisza-Eszlár selbst, unter der Heranziehung von möglichst vielen, die Esther Solymosi gekannt hatten, wiederholt werde.

Dem stimmten die Herren auch zu.

Aber nun spielte Bary, mit schweißüberperltem Gesicht in der Sommerhitze dastehend, erst seinen Trumpf aus. Er drehte seinen Kopf in die weite Runde, nach dem Menschengewimmel, den Wagen, die daraus hervorragten, seinen Panduren zu Pferde und herum schließlich bis zu der Gruppe der Flößer, die unweit des Grabes hinter ihm standen. Nach einem langen Blick auf sie sagte er zu den Gerichtszeugen: Aber es ist schon nach dem heutigen Ergebnis der Verdacht nicht von der Hand zu weisen, daß die Juden, die ja im Besitz von Esthers Kleidern gewesen sind, mit Hilfe der Schiffer eine falsche Leiche untergeschoben haben. Ich muß daher die Flößer in Gewahrsam nehmen.

Diese Eröffnung löste allgemein Überraschung aus. Allein, befaßte man sich einmal mit ihr, dann war ihr eine gewisse Logik nicht abzusprechen. Und selbst ein Mann wie Oberstaatsanwaltsubstitut von Szeyffert, der sich, um der Angeklagten, der Wahrheit und des Staatswohls willen, auf ein möglichst umfängliches Verfahren festgelegt hatte, konnte sich der Überlegung nicht entziehen, daß auch die Möglichkeit einer Leichenunterschiebung, ob nun im Sinn der Untersuchungsbehörde oder mit entgegengesetztem Ergebnis, restlos aufgeklärt werden müsse.

So kam es, daß zum Ende dieser Amtshandlung an der Theiß nicht nur eine zweite Agnoszierung in Tisza-Eszlár anberaumt wurde, sondern daß, unter dem gewaltigen Gelärme der angesammelten Menge, die Panduren auch die Flößer, die die Leiche Esthers aufgefunden hatten, in Ketten legten.

UM JEDEN PREIS

Die Verhaftung der Flößer machte auf die Menge einen ungemeinen, ja bestürzenden Eindruck.

Schien sie doch zu beweisen, daß man kurzsichtigere Augen und einen bedrückend unentwickelteren Verstand im Kopf hatte als die Herren von der gerichtlichen Obrigkeit. Sie verstanden offenbar ihr Geschäft, deshalb waren sie auch dazu bestellt, während man selbst hoffnungslos einfältig in den Tag hineinlebte. Sonach blieb es denn auch doch nicht wieder dabei, daß das Dasein die Einfachheit hatte, in der eine Vierzehnjährige mitunter in die Theiß ging, sondern das Grausige und Groteske des Ritualmords, das man schon nur in der Einbildung vorhanden geglaubt hatte, blieb wahr und das Leben behielt seine Unheimlichkeit und das Gefährliche, wider das man sich schützen mußte …

Die Menschen stolperten kopfschüttelnd in ihre Dörfer heim; die von Tisza-Eszlár überdies mit der Aussicht, daß sie am kommenden Tag noch einmal aufgerufen würden, ihren Verstand, ihre Lebenserfahrung und ihren Weitblick unter Beweis zu stellen. Denn man hatte es noch erfahren: die Tote wurde nun in die Leichenhalle des Friedhofs von Tisza-Lök gebracht, wo Gefängniswärter, Heiducken und Totengräber sie bewachen würden, bis man sie am zeitigen Morgen nach Tisza-Eszlár schaffen könnte, wo dann auch die nötigen Vorkehrungen getroffen sein würden.

Die nötigen Vorkehrungen; in einem Punkt sollten die Tisza-Eszlárer hierbei eine Überraschung erleben. Mitten hinein nämlich in die heftigen und schwierigen Erörterungen, in denen sie, ein aufgeregtes Gewimmel, an diesem Tag und auf den Abend zu vor ihren Häusern standen, ergab es sich, daß das Dorfleben in Volksbelustigung, in eine Art Dult oder Fastnachtspiel, umschlug. Den Grund dazu legte die Großzügigkeit Baron Ónodys, der dem außerhalb aller Regel veranstalteten Faschingsabend auch den Sinn gab.

Wie er sich, leutselig wie kaum je vorher, unter die diskutierenden Gruppen mischte und mit wegwerfenden Gebärden auseinandersetzte, jedes Kind hätte es an der Theiß sehen können, daß es sich bei der Toten – man erinnere sich bloß ihrer gepflegten rosigen Zehen- und Fingernägel – nur um ein liederliches Frauenzimmer handeln könne, um eines aus Budapest natürlich, das durch die dortigen reichen Juden einfach hergeschmuggelt worden sei, so erklärte er auch, daß, da der berühmte Untersuchungsrichter Bary mit seinem bekannten Scharfsinn alles sofort aufgedeckt habe, geziemender Anlaß sei, diesen Tag, der die Juden nun endgültig zerschmettern würde, zu feiern. Und Baron Ónody stellte in den Dorfschenken von Ófalu und Ujfalu auch die entsprechenden Mittel zur Verfügung.

Es gab, für jedermann, der kommen wollte, freien Wein und Schnaps und freien Abendtisch, und als man es sich gütlich getan hatte, kam es zur Zigeunermusik auch zum Tanz, der tief in die Nacht hinein währte: Warum auch sollte man, angesichts einer Hurenleiche aus Budapest, nicht die Freuden des Lebens genießen! Müßte das, könnte die Hure noch denken, nicht fast nach ihrem Sinn sein? Nur die Juden in ihren Häusern, zu denen das Csárdásgestampf, der Schenkenlärm und das Zigeunergefiedel hineindrangen, schauderten über den weinseligen Rumor, weil sie zu wissen glaubten, daß er noch unheilvoller sei als der überlegsame Haß.

Zwar gingen in dieser Nacht ihre Häuser, die sie ängstlich verrammelt hatten, nicht in Flammen auf; die Agnoszierung am nächsten Morgen aber, zu der man auch jene von ihnen nicht zuließ, die Esther Solymosi sehr gut gekannt hatten, nahm den erwarteten Verlauf. Sie konnte gar keinen anderen nehmen, da selbst am Morgen noch von seiten der Behörde zusätzliche Vorkehrungen getroffen wurden, nichtamtliche und gelegentliche, die auch die standhaftesten unter den Dörflern hätten irreführen müssen. Dazu gehörte beispielsweise, daß im Hof des Dorfrichterhauses, wo man die Tote auf eine ausgehängte Tür gelegt hatte, der gerichtsmedizinische Assistent Vince Juháß, der die Reinigung der Leiche überwachte, an ihr noch Veränderungen vornahm. Als er Erdreste, die in den Nasenlöchern verblieben waren, entfernen wollte, bemerkte er, daß das Nasenbein bereits eingefallen war, worauf er die Nase in eine neue Form zurechtknetete.

Als die Agnoszierung dann, und zwar mit einer großen Anzahl ausgesuchter Zeugen, am frühen Vormittag vor sich ging, zeitigte sie ein restlos eindeutiges Ergebnis. Alle traten der Reihe nach an die entkleidete Leiche, der man Brust und Bauch mit einer Matte bedeckt hatte, heran, die Mutter, die Schwester und die Bátori wieder, aber nun auch das Ehepaar Fekete, die alte Mészáros, der junge Verebes, die Mägde Tanyi, Szabó, Mihály, Varga und Clár, die Bauersleute Sós, Csordás, Antal, Siposs, Cseres und viele andere, und alle sagten mit Bestimmtheit aus: Nein, das ist nicht die Esther. Bary stand mit dem Bewußtsein dabei, die unsterbliche Gipfelfigur des ungarischen Pitaval zu werden; Ónody sah wieder das Ende von Israel am weißsonnigen Himmel sich abzeichnen, und außerhalb des Hauses schlugen die Panduren die Juden nieder, die noch den verzweifelten Mut hatten, zur Agnoszierung vordringen zu wollen.

Damit war dies hier getan; Bary übergab die Leiche den Sachverständigen zur Obduktion, und sie brachten, obgleich auch Doktor Kis unter ihnen war, am nächsten Tag in Tisza-Lök nun folgenden Befund zustande:

1. Die Leiche ist nicht das Opfer eines Erstickungstodes im Wasser. 2. Die Leiche ist höchstens zehn Tage alt. 3. Die Leiche hat nicht länger als drei bis vier Tage im Wasser gelegen. 4. Die Leiche ist die einer achtzehn- oder wahrscheinlich sogar zwanzigjähri-

gen Person. 5. Die Leiche ist nicht die einer Jungfrau, vielmehr einer Person, die einen ausschweifenden Lebenswandel geführt hat. 6. Die unmittelbare Todesursache war Blutarmut. 7. Die Form der Hände und der Füße der Leiche spricht dafür, daß die Person bei Lebzeiten sich nicht mit schwerer Arbeit beschäftigt hat. 8. Ein Fleischverlust am rechten Oberarm scheint anzudeuten, daß die Leiche mittels eines Strickes geschleppt worden ist.

Dieser letzte Punkt ergab bereits das engere Bindeglied zu den ›Tatsachen‹, die die Arbeit Barys, oder genauer die Péczelys, Vays und Recskys jetzt ans Licht brachte. Bary suchte dabei mit seinem psychologischen und physiognomischen Takt seinen Folterknechten nur die Opfer aus. Er sah sich die fünfzehn inhaftierten Flößer, die sich zur Musterung in einer Gemeinschaftszelle nebeneinander aufstellen mußten, genau auf ihre Zugehörigkeit zum Judentum oder ihre Widerstandsfähigkeit an und war mit seinem Eindruck zufrieden, daß der Floßführer und diejenigen, die die Leiche zuerst entdeckt und dann begraben hatten – die also auch von sich aus die Exponierten in der Sache waren –, zugleich als jene erschienen, die für das, was er mit ihnen vorhatte, durchaus tauglich sein mochten. Auf diese Weise bekamen Péczely und Vay mit ihren Panduren neben dem Kassier Hersko die Schiffer Smilovics, Vogel, Matej und Csepkanics in die Hände. Sie transportierten sie in der gleichen Nacht noch nach Péczelys Glashaus.

Weil die Männer aber, wie zu erwarten war, nicht gleich dem vierzehnjährigen Moritz mit einer Kompostgrube zu schrecken sein würden, wandte man ihnen gegenüber andere Mittel an. Man suchte sich, da sie überlegterweise vorerst nur einzeln vorgenommen werden sollten, den schwächlichsten und ängstlichsten aus und hing die anderen indessen, mit dem Kopf nach unten, an den Gartenbäumen auf. Der zuerst vor Péczely ins Glashaus Geführte war der Flößer Smilovics, ein magerer, blonder Mensch von dreißig Jahren. Ihm befahl der Sicherheitskommissär, daß er ihm genau in die Pupillen blicken solle, und als Smilovics es zitternd tat, hieb ihm Péczely – wobei er den Vorgang dreimal wiederholte – mit größter Wucht die Faust unters Kinn. Dem Geschlagenen, der taumelnd zusammensackte, waren die Zähne reihenweise aus den Kiefern gebrochen, und er bekam, obgleich ihm das Blut auch aus dem Mund quoll, einen Erstickungsanfall. Daraufhin befahl Péczely, daß man ihm Wasser bringe, aber gleich ein ganzes Schaff. Spül Dir den Mund aus, sagte er zu dem am Boden kauernden Smilovics, aber sauf dabei so viel, daß wir Dich nicht im Rest noch ertränken können. Und der dauernd dabei aus dem Mund blutende, an der Erde liegende und mit dem Kopf in das Schaff hineinhängende Smilovics trank, bis ihm die Augen aus dem Kopf quollen. Dann fiel er seitlich heraus aus dem Schaff und erbrach das viele Wasser wieder. Nehmt ihn hoch, befahl Péczely, damit ich ihm noch einmal ans Kinn taste und auch den restlichen Zahnsalat heraushaue. Smilovics brüllte wie ein zur Schlachtbank gezerrter Stier, zwei Panduren aber faßten an seine Schläfenlocken – denn er war wie Hersko orthodoxer Jude – und zogen ihn daran hoch, mit einer Brutalität, daß ihnen ganze Haarbüschel in den Fäusten blieben und dem Gemarterten die Kopfhaut blutete. Er gebärdete sich wie wahnsinnig vor Schmerz und Angst. Vay aber, wieder behäbig sitzend, Schnaps schlürfend und seine Pfeife schmauchend, lachte ihn an: Wir schinden Dich, bis die Sonne durch Dich hindurchscheint! Und gestehst Du auch dann noch nicht, fügte Péczely gelassen hinzu, nähen wir Dich in einen Sack ein und prügeln Dich tot wie einen räudigen Hund; aber Du wirst gestehn, das versichere ich Dir, Du kannst es Dir nur einteilen, an welcher Station. Sieh mir in die Pupille.

Doch Smilovics wiederholte den Blick in Péczelys Augen nicht mehr. Krampfhaft das Gesicht wegkehrend und das Kinn gegen die Brust pressend, beteuerte er, daß er alles gestehn wolle, was immer man von ihm verlangen würde.

Dann gebt ihm einen Schluck Schnaps, ordnete Péczely an, während er, mit einem winkenden Blick zu Recsky, hinter seinem Tisch Platz nahm. Das Verhör konnte beginnen.

Du mußt, bestimmte Péczely, wenn ich das Richtige treffe, nur nicken.

Smilovics, der sich kaum mehr auf den Füßen halten konnte, nickte eifrig.

Und Péczely baute sinnierend sein Gebäude auf, indem er jeweils nach einer erfundenen Feststellung den Blick auf den nickenden Smilovics richtete und Recsky eifrig protokollierte.

Also: bevor Ihr mit Eurem Floß an Tisza-Eszlár vorbeigekommen seid, wahrscheinlich während einer Nachtruhe, sind Juden aufgetaucht, vielleicht an der Fähre Tisza-Szent-Márton.

Smilovics nickte.

Und diese Juden, fuhr Péczely fort, haben Euch erklärt, Ihr könntet viel Geld verdienen, wenn Ihr bereit wäret, eine Leiche unter Euer Floß zu binden und unterhalb Tisza-Eszlár auszusetzen; so war es doch?

Smilovics nickte mit paralysiertem Gesichtsausdruck.

Ja, lachte Péczely, sie wiesen Euch darauf hin, daß Ihr sogar ein doppeltes Geschäft machen könntet, einmal durch sie, und dann über die fünftausend Gulden, die für die Entdeckung der Leiche ausgeschrieben seien. Das hat Euch eingeleuchtet, und das Unternehmen erschien überdies gefahrlos. Ihr bandet also die Leiche, die Euch die Juden übergaben, am rechten Oberarm unters Floß und nahmt sie mit, um in Tisza-Dada dann den Schwindel mit dem Begräbnis aufzuführen.

Smilovics nickte apathisch mechanisch, und da Péczely ihn nach denjenigen fragte, die mit den Juden verhandelt und die Leiche übernommen hätten, nannte er willenlos die Namen derer, die mit ihm nach dem Anwesen Péczelys gebracht worden waren; denn er hielt das für den kürzesten Weg, aus seiner schrecklichen Lage zu kommen.

Péczely entließ ihn nun auch aus dem Verhör; aber er befahl den Panduren, ihn zur Gegenüberstellung mit den anderen in einer Ecke bereitzuhalten. Smilovics trat darüber der Schweiß der Seelenpein aus allen Poren, aber da seine Furcht vor neuen Foltern stärker als sein Ehrgefühl war, wußte er, daß er auch in der Konfrontierung bei seinen Aussagen bleiben würde.

Das tat für die Abwicklung des Protokolls um so mehr not, als Hersko, der als nächster hereingeschleppt wurde, standhaft blieb. Er blieb es, obgleich er, mit dem Kopf nach unten abstürzend, fast das Genick gebrochen hatte, als er rücksichtslos vom Baum geschnitten worden war. Und er blieb es, wenn auch schreiend und wimmernd, weiterhin, obzwar man ihn, mit Schlägen, mit der auf die Haut geschütteten Pfeifenglut und mit Strangulierungen so lange quälte, bis er ohnmächtig wurde und Recsky aus der Hütte stürzte, um zu erbrechen.

Ein Pandur wollte Hersko einen Eimer Wasser ins Gesicht schütten, Péczely verfügte jedoch, daß er, als abschreckendes Beispiel, besser ohnmächtig hängen bliebe. In der Tat hatte das, neben dem Zustand von Smilovics, seine Wirkung. Denn bei Vogel, Matej und Csepkanics genügte nachher der Anblick und daß man Anstalten traf, sie gleichfalls anzubinden, um sie zu jedem Geständnis willfährig zu machen. Damit rundete sich, trotz der Standhaftigkeit Herskos, das Protokoll zu der Leichenschmuggelgeschichte ab, die in die Hände Barys und aus ihnen in die Welt hinausging. Die Geschichte hatte dann folgenden Inhalt:

›Jankel Smilovics, ein jüdischer Flößer, traf in der ersten Junihälfte zu Kerecseny mit seinem Freund Amsel Vogel zusammen, gleichfalls einem Juden und Flößer. Bei dieser Gelegenheit eröffnete Vogel dem Smilovics, daß viel Geld zu verdienen wäre, übernähme man es, eine Leiche bis unterhalb Tisza-Eszlár hinabzuschaffen. Der Anlaß dazu wären die bekannten Vorkommnisse in Tisza-Eszlár, wobei noch der besondere Gewinn in Aussicht stünde, daß man auch die für die Auffindung der Leiche der Esther Solymosi ausgesetzten fünftausend Gulden hinzuverdienen könnte.

Smilovics stimmte zu und weihte den Juden David Hersko ein, der dem Floß, auf dem er beschäftigt war, als Verwalter und Kassier vorstand. Danach begaben sich verabredungsgemäß Hersko, Smilovics und Vogel zur Nachtzeit an die Fähre von Tisza-Szent-Márton, wo sie auf einen Juden aus Tisza-Eszlár trafen, der mit einem Leiterwagen angekommen war und ihnen aus einer Strohschütte heraus die mit den Kleidern der Esther Solymosi angetane Leiche übergab. Sie banden den schon in Verwesung übergegangenen Körper am rechten Oberarm unter ihr Floß und brachten ihn theißabwärts bis unweit Tisza-Dada, wo sie auf eine Art, als beruhte alles auf Zufall, die Auffindung und das Begräbnis der Leiche fingierten.‹

Bei diesem Stand der Dinge blieben noch zwei Fragen offen: woher stammte die Leiche, und wer war der Jude, der sie den Flößern übergeben hatte?

Keinen Einfluß auf die Beantwortung dieser Fragen hatte, daß Salomon Schwarz um diese Zeit in einem Anfall von nervösem Heroismus ein Scheingeständnis ablegte. Bereit, das eigene Leben dafür hinzugeben, wenn er die anderen damit erlösen könnte, erzählte er Bary, als dieser wieder eines Nachts in seine Zelle kam, daß er Esther Solymosi ermordet habe. Über die näheren Umstände dabei befragt, gab er an, daß er vor dem Tempel gestanden sei, um die Mittagszeit, eben als Esther vorbeigekommen wäre. Da sie ihn nun ausgehöhnt hätte, wegen seiner langen Schläfenlocken, seines runden flachen Hutes und seines langen Kaftans, wäre er in solche Wut verfallen, daß er Esther in den leeren Tempel gezerrt und erwürgt hätte.

Die Schilderung wirkte selbst auf Bary nicht überzeugend, sie widersprach auch allen ›Fakten‹, die man bisher zusammengetragen hatte; dennoch übergab der eifrige Untersuchungsrichter, schon aus sozusagen atmosphärischen Gründen, das Scheingeständnis der Presse und es nahm seinen Weg in die Weltöffentlichkeit, wo es die Gemüter neuerdings erhitzte und jenen gefährlichsten Schaden anrichtete, der sich im Mund des Volkes in der Wendung ausdrückt: Irgend etwas werde schon daran sein ...

Was aber die zwei Fragen um die geschmuggelte Leiche anlangte, so gestaltete sich auch ihre Behandlung schon überaus aufschlußreich. Fürs erste machte es Bary den Verteidigern unmöglich, einer Agnoszierung oder der Obduktion der Leiche beizuwohnen, und er verhinderte es auch, mit der schnellen Beisetzung auf dem Friedhof zu Tisza-Lök, daß sie die Leiche überhaupt zu sehen bekamen. Und fürs zweite unterließ er es, über die Leiche eine Kurrende auszugeben, wofür auch die – von der Verteidigung festgestellte – Tatsache, daß der ganzen oberen Theiß entlang außer Esther Solymosi kein Mädchen abgängig war, nicht als Entschuldigung gelten konnte. Jedoch gab es für Bary keinerlei Kopfzerbrechen; er überließ die Beantwortung der Frage, woher die Leiche stamme, getrost der Publizistik. Und die Publizistik sprang ihm bei. Ritter Georg von Marcziányi berichtete der Berliner ›Ostend-Zeitung‹, und damit der Welt:

›Nun ist seitens des Königlichen Gerichtshofes von Nyiregyháza festgestellt worden, daß die Urheber des neuen Verbrechens – des Leichenschmuggels und der beabsichtigten Irreführung des Gerichts – über dreißig hochangesehene Juden sind, die zur Mehrzahl in Pest wohnen. Heute und gestern fanden umfangreiche Verhaftungen in diesen Kreisen statt, die vorläufig noch geheim gehalten werden. Doch werde ich gewiß in meinem nächsten Bericht in der Lage sein, die Verhafteten namentlich anzuführen. Die Fäden des neuen Verbrechens reichen bis Wien, vielleicht weiter noch. Dem Kaiser wird täglich in chiffrierten Depeschen direkt aus Nyiregyháza aus Bericht erstattet. Das Gericht hat den Verdacht gefaßt, und zwar einen sehr begründeten, daß die falsche Leiche durch einen in Pest seßhaften, sehr angesehenen jüdischen Arzt aus einem dortigen Spital nach Tisza-Eszlár geschafft worden ist. Die nächsten Enthüllungen werden als aufsehenerregend bezeichnet.‹

Aber nicht nur, um diese nächsten Entüllungen zu vervollständigen, sondern auch um das Verfahren in der Leichenschmuggelaffäre abzuschließen, mußte die zweite Frage noch beantwortet werden: welcher Tisza-Eszlárer Jude es gewesen sei, der an der Fähre von Tisza-Szent-Márton den Smilovics, Vogel und Hersko die Leiche übergeben hätte. Zu dieser Ausforschung jedoch fühlte Bary sich wieder mächtig.

Er ließ eines Mittags, wieder mit seinen schwarzen Reitern ausrückend, Smilovics und Vogel nach Tisza-Eszlár bringen und dort alle männlichen Juden im Hof des Gemeindehauses zusammentreiben. Hier mußten sie sich in einer Reihe aufstellen und die Gesichter in die Sonne heben. Er nahm indessen mit Ónody, der sich zu jeder Amtshandlung einfand, und den beiden Flößern hinter einem geschlossenen Fenster im Hausinnern Aufstellung. Die Flößer, auch von Ónody befragt, mußten die Judenriege mustern. Nach einer Weile zeigten sie dann, von Ónody angeregt und gelenkt, auf jenen Teil der Riege, wo Moritz Lichtmann stand. Sie hatten den Eindruck gewonnen, dann zur Zufriedenheit der gestrengen Herren und zur besten Vermeidung weiterer eigener Beschwerden auszusagen, wenn sie Lichtmann als jenen bezeichneten, der ihnen die Leiche übergeben hätte. Worauf Bary, mit Ónody aus dem Haus tretend, die Wiederverhaftung Lichtmanns anordnete.

Vor seinem Abtransport kam es allerdings noch zu einem Auftritt, und zwar mit Dr. Eötvös, der in Gesellschaft Dr. Heumanns an diesem Tage gleichfalls in Tisza-Eszlár weilte. Bei Dr. Eötvös war das nun oft gegeben, weil er längst erkannt hatte, daß seine Funktion im Prozeß von Tisza-Eszlár weniger die eines Verteidigers als die eines Detektivs sein müßte. Er hatte deshalb auch schon in der halbzerstörten Synagoge allein einen Lokalaugenschein vorgenommen, und wußte auch bereits, aus einem

Gespräch mit den Mägden, die dem medizinischen Assistenten Juháß bei der Waschung der ausgestellten Toten behilflich gewesen waren, daß dieser die Nase der Leiche umgeformt hatte. Jetzt jedoch kam Dr. Eötvös gerade vor das Gemeindehaus, als Lichtmann in Ketten herausgeführt wurde.

Der Gefesselte beteuerte, niemals des Nachts mit einem Wagen an der Fähre von Tisza-Szent-Márton gewesen zu sein, und Eötvös, der nach einem Gespräch mit Esthers Freundin Julcsa Vámosi herzutrat, legte gegen die Verhaftung Verwahrung ein. Es kam zu einem Wortwechsel zwischen ihm und Bary, in dem Eötvös den Besitz von Material durchblicken ließ, durch das die Untersuchungsbehörde und die Anklage, würde sie überhaupt erhoben, in der blamabelsten Weise zu Fall gebracht werden würden. Eötvös ging so weit, weil er Bary in die Schranken weisen und Lichtmann helfen wollte. Aber das brachte Ónody, wie jede aufkeimende Unsicherheit, nur in sinnlose Wut. Er fiel mit dem Geschrei, daß Eötvös, der Duellverweigerer, ein Feigling sei, über den Anwalt her und schlug mit der Reitpeitsche nach ihm. Allein Eötvös konnte sich schon deshalb mit dem Rasenden nicht weiter befassen, weil gleichzeitig offenbar wurde, daß die Bauern, die Julcsas Gespräch mit dem Verteidiger beobachtet hatten, darauf aus waren, sie zu steinigen. Die Magd kam, von einer Horde verfolgt, wie ein gehetztes Wild und mit blutender Stirn die Straße heruntergerannt, um bei Eötvös Schutz zu suchen.

Die Gegensätze zwischen den Antisemiten und dem besonneneren Teil der Bevölkerung wurden von Woche zu Woche größer und heftiger. Es handelte sich nicht mehr um einen Rechtsfall und die Frage, was an ihm Wahrheit sei, sondern um eine Art tierisch gewordener Feindschaft von Mensch gegen Mensch. Durch das ganze Land flatterten Flugzettel und wurden Plakate angeschlagen, die zu Pogromen aufforderten. Die Obergespane mehrerer Distrikte mußten Erlässe gegen Ruhestörungen herausgeben, und da und dort verhängten sie fallweise den Ausnahmezustand. Die Untersuchung aber zog sich hin, länger als ein Jahr, und auch der Krieg der Verteidigung gegen sie gestaltete sich zunehmend verworrener und schwieriger. Allein um die nochmalige Exhumierung der Leiche kämpften die Anwälte sechs Monate, vom Juni bis in den Dezember. Aber es stellte sich, in den Gutachten von drei Budapester Professoren, die von Kapazitäten wie Virchow in Berlin bestätigt wurden, auch dann noch heraus, daß der Befund der Gerichtsmediziner aus Nyiregyháza unhaltbar war, zu schweigen davon, daß die Verteidigung mittlerweile in dem einen einen Zahnarzt und dem dritten einen Bader ermittelt hatte. Auch das Parlament wurde noch wiederholt mit der Sache befaßt, zuletzt mit der Frage, ob für den Prozeß von Tisza-Eszlár der Gerichtshof nicht neu zusammenzusetzen sei. Doch lehnten das nun, und zwar in offenen Briefen, die Verteidiger selbst ab. Sie waren sich mit der Anklagebehörde darin einig, daß der Fall bis in seine letzte Verästelung durchleuchtet und öffentlich verhandelt werden müsse, damit die Öffentlichkeit zur Ruhe käme. Wie voll Lüge, Verwirrung und Terror schon alles stand, das zeigte sich auch darin, daß ausländischen Journalisten der Zutritt nach Tisza-Eszlár mit Gewalt verwehrt wurde, und daß die Budapester Oberstaatsanwaltschaft einen Geheimdetektiv nach Nyiregyháza schickte, um die Lebensumstände von Moritz zu erforschen.

Der Detektiv wurde Zeuge, wie Moritz, dem man auch Attentatsversuche der Juden vortäuschte, im Kasino aristokratischen Damen, die ihn dafür küßten, das Geständnis aufsagte, das er für die Verhandlung auswendig gelernt hatte.

ZWEITER TEIL

Im Namen der Menschenwürde

DER PROZESS

Barys Untersuchung dauerte genau dreizehn Monate, die anschließende Verhandlung, die am 19. Juni 1883 begann, sieben Wochen. Es wurden vierunddreißig Gerichtstagungen und ein Lokalaugenschein abgehalten. Während der ganzen Zeit, in der die Angeklagten, sieht man von der kurzen Unterbrechung bei Lichtmann ab, dauernd im Kerker saßen, verhörten die Behörden 138 Zeugen.

Zum Prozeßbeginn selbst wurde eine besondere Presse ins Leben gerufen. Die neuen Zeitungen ›Esther Solymosi‹, ›Szabolcs megyei közlöny‹, ›Debreczeny‹ und ›In hoc signo vinces‹ übernahmen die öffentliche Zeugenbeeinflussung. Hier ging die Wühlarbeit so weit, daß der Innenminister sich veranlaßt sah, an den zuständigen Obergespan Weisungen auszugeben. In Tisza-Eszlár selbst lief, nach Ónodys vitalem Rezept, die Zeugenbeeinflussung mit Branntwein und Mädchentanz weiter, so wie auch alle, die an dem Sturm auf die Synagoge und der anschließenden Plünderung des Scharfhauses beteiligt gewesen waren, straffrei blieben. Im übrigen war es den Leuten längst eingetrommelt, daß es nun nur noch um einen Sieg des Christentums oder um einen solchen des Judentums ginge, hinter welch patriotischer Alternative die Grundlagen des Gerichtsverfahrens fast in Vergessenheit geraten waren.

Demgegenüber kehrte sich die liberale Presse noch immer nur gegen das Motiv, das die Untersuchung den Angeklagten unterstellte, gegen die Ritualmordannahme, und nicht gegen die Behörden und ihre Praxis selbst. Es war eben wieder, wie in der Regel im Weltlauf, der Fall gegeben, daß die um den Geist, die Anständigkeit und das Menschentum Bemühten, da sie auf die

Wahrheit eingeschworen und auf die Sachlichkeit festgelegt blieben, gegenüber denen, die ihren eigennützig wilden Instinkten freie Bahn ließen, ins Hintertreffen gerieten. Das gedieh, zum Prozeßbeginn, bis in diese Form, daß Ónody und sein Reitpeitschen schwingender Anhang Wiener Pressekorrespondenten aus Nyiregyháza zur Abreise zwangen, und daß Kastellan Henter, am Vorabend der Gerichtsverhandlung, andere Pressevertreter, die Moritz hatten sprechen wollen und die er brutal aus dem Hause jagte, diesem als Abgesandte der Juden hinstellte, die ihn mit Dynamit ums Leben hätten bringen wollen.

Da dies schon der dritte Fall dieser Art war, den man Moritz vorgaukelte, und er am Morgen, als er die Wohnung verließ, zwölf Panduren, zu seinem Schutz, wie man ihm sagte, vor der Tür fand, fiel es ihm auch nicht mehr bei, an der Mordfeindschaft der Juden ihm gegenüber zu zweifeln. So gab es, wie er es verstand, für ihn kein Zurück mehr, doch war er, dreizehn Monate von seinen Angehörigen und seiner Welt abgesondert, der Vergangenheit auch in anderer Hinsicht völlig entwachsen. Er hatte sich in seine neue Umgebung, die für ihn voll Wohlleben war, so eingelebt, daß er sich eine Rückkehr in die Armut und Enge von Tisza-Eszlár gar nicht mehr vorstellen konnte, zu schweigen davon, daß man ihm, sogar gefälschte Schriftstücke heranziehend, längst die Überzeugung beigebracht hatte, der Obergespan, Graf Palffy oder der Innenminister würden für seine weitere glänzende Erziehung und Laufbahn selbst Sorge tragen. Solcherart hielt der unheimliche, gleißende und bizarre Traum, in den es Moritz versetzt hatte, noch an, und er schritt eitel, entschlossen und gefühllos in den Prozeß hinein, in dem er sich die Hauptrolle zugedacht wußte.

Was ihm dabei weiterhin half und was für ihn schwerer wog als der Anblick der Angeklagten, vor dem ihm ein wenig bangte, war das Publikum, das er dort auf sich warten wußte. In diesem Punkt besaß Moritz nicht nur genug Instinkt, sondern auch genug Erfahrung. Er sah voraus, daß der Saal von jenen vornehmen Damen besetzt sein würde, die ihm in Bad Sóstó oder im Kasino zugelächelt und zugewinkt hatten, die ihn schön gefunden und geküßt hatten, und von jenen reichen und mächtigen Herren, die ihn, leutselig, lachend und freundlich mit ihm redend, jederzeit wie einen von ihresgleichen behandelt hatten, kurz, er wußte, daß er im Gerichtssaal von jener Welt umgeben sein würde, in der jetzt sein einziger Schutz und seine ganze Zukunft beschlossen lagen. Und Moritz ging in seiner Voraussicht nicht fehl.

Der Prozeß, der in dem weiten und hellen Komitatssaal des Königlichen Gerichtshofes von Nyiregyháza durchgeführt wurde, versammelte im Publikum alles, was in der weiteren Umgebung der Stadt Rang und Namen oder zumindest die entsprechende Muße hatte, die Vertreter der Gentry von den Gütern, den städtischen Mittelstand, Großbauern und Kleinbürger, die im Sonntagsstaat erschienen, Offiziere, eigens herangeholte Radaubrüder und Journalisten aus aller Welt. Dergestalt war der Prozeß nicht nur ein gesellschaftliches Ereignis, sondern er ersetzte den Einheimischen auch Rennplatz und Parlament, Theater, Kasino und Kirchenkonzert. Deshalb blieben sie auch erpicht, das Ihre an den Vorgängen zu genießen und gemessenen, das will sagen, ungemessenen Anteil daran zu nehmen. Die Damen traten in großen Toiletten auf, die Herren in Galauniformen oder wie für den Korso geschniegelt, aber da man sich auch in einer Kleinstadt aufhielt und überdies dem Prozeß beiwohnte, der auf der wildesten und umfassendsten Woge der öffentlichen Beeinflussung, die je erhört war, hintrieb, bewegte man sich auch in einzigartiger Hemmungslosigkeit. Die Damen und Barone bezogen auch Plätze im Rücken der Juristen auf der Richterestrade, die man spöttisch die ›Königsloge‹ nannte, sie nahmen im Beratungszimmer, wurde es nicht gerade gebraucht, ihre Erfrischungen ein, und sie vergewaltigten, wie der größte Teil des übrigen Publikums, das

Verfahren in beispielloser Weise. Dauernd wurden Hoch- und Pfuirufe laut, man zischte und schrie, pfiff und trampelte mit den Füßen, man machte die Gebärde des Geldzählens oder schüttelte drohend die Fäuste, man soufflierte Zeugen ein entscheidendes Wort und hielt Angeklagte, die sich zu einer Bemerkung erheben wollten, auf ihren Sitzen fest, man bekundete sowohl der Verteidigung wie auch der Staatsanwaltschaft in jeder Miene, jeder Geste und jedem Ausruf, daß man sie verachte, und man versäumte nichts, das geeignet war, zu zeigen, wie grenzenlos man sich Herr der Lage fühle. So war dies kein Tribunal und keine Stätte der Rechtsfindung, sondern ein Jahrmarkt, und der Präsident des Gerichtshofs, v. Kornìß, konnte dem keine Abhilfe schaffen, weniger weil er zu dem rasenden Auditorium in vielfachen persönlichen und gesellschaftlichen Beziehungen stand, als weil jede Räumung des Saales die untragbare antisemitische Anklage heraufbeschworen hätte, der Gerichtshof breche hinter Türen das Recht.

Eine besonders herausfordernde Rolle spielten in diesem Publikum naheliegenderweise Leute wie Ónody, die als Reichstagsabgeordnete noch den besonderen Schutz ihrer Immunität genossen, oder Leute wie Bary, Péczely, Recsky und Vay, die für den Fernerstehenden als zum Gerichtshof gehörig erschienen. Sie hatten auch, ganz im Vordergrund der ansteigenden Bänke, Plätze bezogen, an denen jeder aufgerufene Zeuge vorüberkommen mußte, den sie dann mit zugeraunten Weisungen oder Drohungen, in Blicken, Mienen und Gebärden auch entsprechend zu beeinflussen suchten. Und solchen Männern und einem solchen Publikum standen Zeugen gegenüber, ein Dorfrichter, Bauersleute und Mägde, die aus ländlich engumzirkten Lebensumständen kamen und überdies länger als durch ein Jahr der kompaktesten Propaganda ausgesetzt gewesen waren, die das moderne Ungarn erlebt hatte. Dennoch tat der Gerichtshof alles, seine Würde zu wahren.

Präsident Korniß eröffnete die Verhandlung.

Er erhob sich von seinem Mittelplatz zwischen den beiden Votanten und sagte, unterhalb des Standbildes der Justitia und des Kaiserbilds stehend: Ich eröffne die Verhandlung, als deren Gegenstand der Gerichtshof keineswegs einen Fall von rituellem Mord als gegeben erachtet, und erteile dem Herrn Staatsanwalt zur Verlesung der Anklage das Wort.

Nun löste schon die Einschränkung, die Korniß gemacht hatte, im Publikum Unwillen aus, so daß Szeyffert sich erst Gehör verschaffen mußte. Er hob die Stimme:

Der Anklagebeschluß spricht infolge des Geständnisses von Moritz Scharf und infolge des Zusammenwirkens anderer Untersuchungsdaten den Verdacht als auf rechtlichen Grundlagen beruhend aus, daß Salomon Schwarz und seine drei Genossen Braun, Buxbaum und Wollner die Esther Solymosi mit vorbedachter Absicht gemordet haben, und daß Joseph Scharf und seine Genossen Taub, Römer, Weinstein, Einhorn, Wertheimer, Junger, Krakauer, Lustig und Großberg dem Mord Vorschub leisteten, während Lichtmann der Irreführung des Gerichts und nachträglicher Beihilfe schuldig erscheint.

Das klang für das Publikum aussichtsreicher, und der Gerichtshof konnte, nach Szeyfferts Rede, zum Verhör der Hauptzeugen übergehn, das mit der Vernehmung von Esthers Mutter begann. Der Präsident fragte sie, ob sie einen Selbstmord ihrer Tochter für möglich halte.

Mein Kind, entgegnete Frau Solymosi, die in schwarzer Seide, mit hartem Gesicht und sehr aufrecht vor der Barre stand, hat keinen Grund zum Selbstmord gehabt.

Aber das ergibt, wandte Korniß ein, noch keinen Anlaß, die Juden zu verdächtigen.

Gott, erhob Frau Solymosi die Stimme, hat es mir im Traum gezeigt!

Ehre Ihrer Gläubigkeit, setzte Korniß behutsam fort, doch

müssen Sie verstehn, daß für das Gericht ein geträumter Verdacht noch weniger wiegen muß als ein sachlich begründeter.

Da sagte Frau Solymosi im tiefsten gereizt: Finde ich auch hier kein Recht? Und plötzlich gegen die Bank der Angeklagten sich umwendend, die sich gegenüber der Richterestrade erstreckte, rief sie: Ihr Juden, gebt mir mein Kind zurück!

Das war für das Publikum ein Signal.

Bravo! lärmte der Saal hoch und die Leute trampelten mit den Füßen, während die Angeklagten aufsprangen und von den zwischen ihnen sitzenden Heiducken wieder niedergezwungen wurden. Korniß schwang die Glocke und befahl den Zeugen Moritz vor die Barre. Er trat flott und etwas nervös ein, während Frau Solymosi erhobenen Hauptes hinausging. Als Moritz an Recsky vorbeikam, sagte dieser: Jetzt gilt's, Moritz, denk an Deine Zukunft. Und Ónody bemerkte zu Frau Solymosi: So ist's recht, immer so weiter. Nachdem das Geraune des Publikums: Der Moritz, das ist der Moritz –, sich gelegt hatte, fragte ihn Korniß: Was weißt Du von der Sache?

Moritz, in Lackstiefeln, verschnürter Hose, schwarzer Jacke und mit goldbefranster Krawatte fahrig vor der Barre stehend, legte wie nach einem Startschuß mit seinem Memorieren los: Als ich Schreie hörte, lief ich zur Synagogentür, aber sie war versperrt. Daraufhin bückte ich mich ans Schlüsselloch. Da sah ich die Esther im Hemd am Boden liegen –

Tssssssss, machte das Publikum, und Moritz setzte in der abschnurrenden Art fort: – der Wollner, der Braun und der Buxbaum hielten sie fest, und Schwarz schnitt ihr mit seinem Schächtermesser den Hals ab.

Huuuuuuuuh, ging es durchs Publikum. Moritz aber beendete ohne Unterbrechung: Dann hoben die Schächter die Esther auf, der Wollner hielt eine Schüssel unter sie, in der er ihr Blut auffing. Dabei standen noch der Taub, der Römer, der Weinstein …

Doch die weitere Aufzählung der Namen, so wie auch die letzte Erwähnung des Moritz, daß er ins Haus zurückgelaufen sei, gingen jetzt in dem Sturm unter, in dem das Publikum sich austobte. Mörderbande! Bluthunde! An den Galgen mit den Bestien! schrie es durcheinander. Die arme Esther! Mit solchen Untieren leben wir Haus an Haus! Nieder mit der Judenpest! Gleichzeitig waren auch die Angeklagten außer sich geraten. Sie standen da, voll Empörung mit den Armen fuchtelnd. Lüge! schrien sie. Kein Wort ist wahr! Das haben sie ihm eingelernt! Durch den rotznasigen Buben will man uns alle zugrunde richten! Die Dreckgeburt! Der Schandkerl! Der Elternmörder! Und einige spuckten nach Moritz. Andere kehrten sich gegen die rasenden Leute: Ihr Bestien! Euch geht es nicht um das Recht, Ihr wollt den Justizmord! Das ist unmenschlich, was man hier mit uns treibt! Und Scharf rang klagend die Hände: Moritz, bist Du jemals mein Sohn gewesen!

Indessen hatte Doktor Eötvös sich erhoben. Als endlich Ruhe eintrat, wandte er sich an Korniß: Herr Präsident, die Aussage dieses Hauptbelastungszeugen hat in solcher Unweigerlichkeit den Eindruck einer eingelernten Lektion erweckt, daß ich zum Beweis dieses Tatbestandes die Wiederholung der Aussage verlangen muß.

Nach diesen Worten setzte im Publikum eine betretene Stille ein, Korniß antwortete jedoch: Ich muß diesen Antrag, der eine Unterstellung und unstatthaft ist, zurückweisen.

Bravo! Hoch Korniß! lebte daraufhin das Publikum wieder auf, und es trat erst Ruhe ein, als Moritz hinausgeleitet war und der Hauptangeklagte Salomon Schwarz vor der Barre stand. Er hörte gefaßt und in würdiger Ruhe auf die Fragen des Vorsitzenden, dann sagte er:

Im Buch der Gesetze ist zu lesen: ›Ihr sollt nicht essen irgendein Blut, weder vom Vieh noch vom Vogel, überall wo ihr wohnet; welche Seele aber würde ein Blut essen, die soll ausgerottet werden von ihrem Volk.‹ Das aber gilt nicht nur vom Blut der Tiere, sondern von jeglichem Blut, und daher ist es nichts als übler Wille und frevelhafter Irrsinn, uns zu unterstellen, daß an unseren Händen Blut könnte sein.

Schwarz hob die Hände und das Gesicht, und alle Angeklagten folgten ihm zu einem ernsten, gedehnten: Amen! Das Publikum aber brach sofort wieder los: Pharisäer! Lügenhunde! Wölfe im Schafspelz! Dann mischte sich in das Trampeln und Pfeifen die Glocke von Korniß und seine Drohung, daß er den Saal räumen lassen werde, worauf der Lärm in Gelächter überging.

Dr. Funták stand auf. Er stellte den Antrag, zum Verhör der Mitangeklagten den Zeugen Moritz Scharf mit seinem Vater zu konfrontieren. Da Korniß einwilligte und Moritz noch einmal rufen ließ, trat Scharf bittend vor die Barre.

Herr Präsident, sagte er, erlauben Sie, daß ich mit meinem Sohn unter vier Augen rede.

Korniß wies das ab. Damit Sie ihm falsche Aussagen suggerieren. Doch können Sie ja hier alles mit ihm reden.

Währenddessen war Moritz wieder eingetreten, und Scharf warf sich vor ihm, in der Stille, die sich dabei über den Saal senkte, auf die Knie.

Moritz! rief er flehend. Du bist doch mein ! Ich bin Dein leiblicher Vater! Denk – ich beschwöre Dich – an unsere vielen gemeinsamen Tage, an die Jahre, wie Du aufgewachsen bist! Wie ich Dich auf den Knien gehalten hab' und immer war zu Dir! Kind, Du kannst doch nicht Deinen Vater an den Galgen bringen! Sag doch, um Gottes Barmherzigkeit willen, die Wahrheit!

Moritz aber, der es vermied, Scharf anzuschauen, blieb in seiner Rolle. Er sagte leichthin über den Knienden hinweg: Ihnen geschieht sowieso nichts.

Ihnen –, entrüstete sich Scharf, wie redest Du mit mir? Wo hast Du das alles überhaupt her? Und alles ist Wahnsinn! Ich bin dreizehn Monate im Kerker gesessen und sitze nun hier mit all den anderen auf der Anklagebank, aber kein Wort von dem, was Du gesagt hast, ist wahr!

Ich sage Ihnen ja, wiederholte Moritz, es geschieht Ihnen nichts; ich weiß es.

Scharf sprang auf, er wandte sich heftig gegen den Richtertisch: Herr Präsident, Sie sehen, man hat ihm etwas eingelernt! Er lügt und lügt, und lügt um so leichter, als er mir zu schaden glaubt!

Sie dürfen, mahnte Korniß, den Zeugen nicht bezichtigen.

Bezichtigen! Scharf konnte kaum mehr an sich halten. Herr Präsident, vergegenwärtigen Sie sich, Ihr eigen Fleisch und Blut würde Sie durch Lügen aufs Schafott bringen!

Aber Korniß blieb unberührt. Ich wiederhole, sagte er, daß ich Ihnen, wenn Sie an den Zeugen keine sachlichen Fragen stellen, das Wort entziehen muß.

Nun fing Scharf zu klagen an: Sachlich! Sachlich! Wie soll ich zu diesem Wahnsinnigen, zu dieser Teufelsausgeburt, wie soll ich zu diesem mißleiteten Kind sachlich reden!

Dann ist, bedeutete ihm Korniß, die Konfrontation zu Ende, und Sie müssen auf Ihren Platz zurück.

Nun fuhr Scharf wie unter einem Hieb auf. Die Angst, die letzte Gelegenheit, Moritz zum Rechtlichen zu beeinflussen, könnte verlorengehen, und die sich schon hineinmischende Hoffnungslosigkeit ließen ihn schmerzlich wüten: Sagen Sie mir, Herr Präsident, wie man an ein Menschenherz herankommt, wie man an das Herz des eigenen Kindes herankommt! Ich kann es ihm nicht mit den Fingern herausgraben! Faßt Sie denn nicht selbst der Jammer –

Wie sollen wir, wies Korniß ihn zurecht, an der Aussage des Moritz zweifeln, wenn er sie Ihnen gegenüber aufrechthält?

Scharf wich entsetzt zurück, dann trat er noch einmal flehend auf den Sohn zu: Du kannst doch nicht so unmenschlich sein, mich und alle diese unschuldigen Männer hier ins Unglück zu bringen!

Moritz wurde zusehends blässer, aber er hielt dem inneren Ansturm stand: Ich sag' nur die Wahrheit.

Scheusal! Scharf stürzte in besinnungsloser Wut gegen Moritz. Ich möchte Dich zerreißen!

Ein Heiduck trat zwischen beide, aber Scharf redete über ihn hinweg in größter Erregung auf Moritz ein: Und ich schwör's Dir, bei meinem Leben, Du bist in den Händen von schlechten Menschen und bist nur Werkzeug! Nachher werden sie Dich auf die Straße werfen und Du wirst Dein Leben lang im Elend sein, in unsagbarem Elend, und unser aller Blut wird über Dich kommen! Kehr um, Moritz, kehr um!

Korniß klopfte mit dem Bleistift auf die Tischplatte. Zum letztenmal, wenn Sie nicht zur Sache –

Doch nun geriet Scharf außer sich. Was wirfst Du uns vor!? schrie er mit sich überschlagender Stimme. Alles, was Du gesagt hast, ist erfunden! Warum tust Du das!?

Ich verstehe nicht, stotterte Moritz bedrängt, was Sie von mir wollen. Ich habe gesagt, was war.

Was war!? Was soll gewesen sein!? tobte Scharf.

Aber Moritz kam, einen Halt suchend, nur wieder ins Memorieren: Als ich Schreie hörte, lief ich –

Was für Schreie hast Du gehört!? blieb Scharf rasend.

Die Schreie der Esther, drückte Moritz heraus, um sogleich wieder in seine eingelernte Aussage einzuschwenken: Ich sah sie im Hemd am Boden liegen –

Scharf verfiel einem Zustand, der anmutete, als überkäme ihn die Tobsucht. Er drehte sich halb um sich selbst, griff sich mit beiden Händen an die Schläfen und schrie, den Kopf hin- und herwendend, ins Leere: Ich werde wahnsinnig! Mir bricht das Hirn!

Da fragte Korniß, der sich der leidvollen Wahrhaftigkeit von Scharfs Haltung nicht mehr entziehen konnte, um beruhigend zu wirken: Wann hast Du die Schreie gehört, Moritz?

Gleich, nachdem der Wollner die Esther hineingezerrt hatte,

beeilte sich Moritz, bei seinem Part zu bleiben. Aber Scharf überbrüllte ihn schon gemartert: Niemals hat der Wollner mit der Esther zu tun gehabt, und niemals war die Esther bei uns oder im Tempel!

Sie war bei uns, quetschte Moritz heraus, bleich und mit glasig dunklen Augen, die vor Verlegenheit wie im Fieber funkelten. Und das Publikum kam ihm mit einer Ovation zu Hilfe. Bravo, Moritz! Da sieht man's. Die Verbrecherbande! Aber jetzt fliegt sie auf! Der Moritz ist richtig! Bravo!

Es machte den Eindruck, als ducke Scharf sich unter dem Sturm. In Wahrheit faßte er sich. Im Angesicht der Meute kam ihm zum Bewußtsein, daß ihm nur höchste Sammlung nützen könne. Daher setzte er jetzt die Aussprache in einer lauernd knappen Art fort. Nun denn, keuchte er, angenommen, sie war bei uns, und dann im Tempel, und Du am Schlüsselloch. Wann bist Du denn ins Haus zurückgekommen?

Zum Mittagessen, antwortete Moritz etwas erleichtert.

Und war ich schon da? bohrte Scharf.

Ja, gab Moritz zu, Sie waren da.

Und jetzt, holte Scharf eine weitere Bestätigung ein, erzähltest Du vom Mord?

Ich erzählte, entgegnete Moritz steif, was ich gesehen hatte. Und damit kam er wieder ins Hersagen: Der Wollner, der Braun und der Buxbaum hielten die Esther fest und der Schwarz schnitt ihr mit dem Schächtermesser – – den Hals ab! ergänzte Scharf mit schrillem Hohn. Das hast Du erzählt! Am Mittagstisch! In aller Gemütlichkeit! Und wie man das Blut in Schüsseln aufgefangen hat! Das hast Du erzählt! Deiner Mutter, Deinem Vater, Deinem fünfjährigen Bruder! Beim Essen hast Du einen langen Mord erzählt! Und alle haben dabei ruhig weitergespeist! Denn das ist ja eine Alltäglichkeit am Familientisch, wenn nebenan ein Mensch geschlachtet wird, und nur nachher, während wir uns jeder den Mund abwischten, da sagte ich Dir obenhin, Du müßtest darüber schweigen!

Während Scharfs Worten war das Murren im Publikum immer lauter geworden, jetzt artete es wieder in Geschrei aus. Pfui! Der Mordjude! Was läßt man ihn reden und höhnen! Schluß! Schluß mit ihm! Und das Schreien ging wieder in Pfeifen und Gejohl über. Scharf aber wurde dadurch nur aufgestachelt. Nicht nur im Gefühl der Rechtschaffenheit, sondern auch in dem der logischen Überlegung, die ihn befeuerte, wandte er sich jetzt gegen den Richtertisch.

Ist Ihnen, überschrie er den Tumult, ein solcher Irrsinn schon zu Ohren gekommen!? Ein Vierzehnjähriger schaut durchs Schlüsselloch zu, wie ein Mädchen geschlachtet wird! Es entsetzt ihn nicht, er schreit nicht auf und stürzt ins Haus! Nein, er bleibt als versunkener Zuschauer an dem Schlüsselloch, eine halbe Stunde oder noch länger, in gebückter Haltung und am hellichten Mittag, und erst, als das Blut in Schüsseln aufgefangen wird, geht er nach Hause zum Essen! Und hier nimmt eine ganze Familie während des Speisens die Mordgeschichte von nebenan ruhig zur Kenntnis! Offenbar weil das Blut ja in die Mazzes hineingebacken werden soll! Aber diese Mazzes waren am Vorabend schon fertig und wurden während des angeblichen Mordes schon gegessen! So wie ich, wenn der Moritz die Wahrheit sagt, nicht weiß, warum ich dann hier in Ketten stehe! Warum schließlich auch hat er mir, als er mir nach Bay Brot nachbrachte, von dem Gerücht erzählt, daß die Esther in Tolcsva aufgetaucht sei!? Das ist alles so dumm, daß der Moritz es selbst nicht glauben kann, geschweige ein erwachsener Mensch! Und darum stehn wir auch nicht des Rechts oder einer Schuld wegen hier, sondern weil man uns verfolgt, in uralter Feindschaft, in uraltem Haß, wie seit Jahrtausenden! Wir stehn als Märtyrer da!

Das Ende von Scharfs Rede, das auch seine Mitangeklagten wieder voll Zustimmung von ihren Sitzen riß, ging neuerdings in Tumult unter.

Jedoch nun unterbrach Kornis die Verhandlung. Er sollte sie

noch oft unterbrechen, da der Prozeß ja durch sieben Wochen weiterging. Als nächstes stellte er die weitere Einvernahme der Mitangeklagten in Aussicht, der die Zeugenverhöre folgen würden. Die Angeklagten, innerlich zerrissen und abgemattet, wurden in ihre Zellen zurückgeführt, und das Publikum strömte ins Freie, erhitzt wie nach einem mitreißenden Schauspiel, zufrieden und begierig auf die Fortsetzung.

Die Zeugenverhöre in diesem Prozeß gingen ins schier Endlose, und das, obwohl der Gerichtshof – aus einleuchtenden Gründen, dachte man an die antisemitische Öffentlichkeit – die jüdischen Zeugen weitgehend ausschloß. Tatsächlich wäre der ganze Bau der Anklage sofort zusammengebrochen, hätte man die Frauen der Juden, ihre Söhne und Töchter oder auch nur ihre Dienstboten als Alibizeugen zugelassen. Aber man lehnte sie als befangen ab, auf welche Weise der Prozeß im großen und ganzen, oder zumindest zur Hauptsache, nur mit Belastungszeugen durchgeführt wurde; doch war auch das seiner Abwicklung nicht zuträglich.

Fürs erste, weil Bary ein chaotisches Material geliefert hatte; fürs zweite, weil selbst Zeugen, die belastend blieben, die Aussagen, die sie ihm gegenüber gemacht hatten, in der Verhandlung noch einmal änderten, und schließlich, weil im Prozeß neue Zeugen auftraten, die sich ihrer scheinbar sehr tiefgreifenden Wahrnehmungen erst nach vierzehn Monaten erinnerten. In was für einer Absicht diese Zeugen ermittelt und mit welchen Nachhilfen sie zu ihrem Auftreten bewogen waren – führten sie nicht ihre eigenen Leidenschaften dazu –, das lag auf der Hand. Ein zeitgenössischer Beobachter bemerkte hierzu, daß die Meineide in diesem Prozeß wohlfeil gewesen wären wie an der Landstraße die Brombeeren. Und diese Dingung von falschen Zeugen galt auch für die jüdische Seite, die schon aus dem Selbsterhaltungstrieb dazugelangte.

Der Gerichtshof jedenfalls mußte der ganzen Konfusion bis in die letzten Verzweigungen nachgehn, so folgerichtig, daß er auch Möglichkeiten prüfte, die von der Untersuchungsbehörde bereits mehr oder minder ausgeschaltet worden waren. Dazu gehörte, unter anderem, die Bedeutung der nächtlich erhellten Synagoge. Während Bary, auf der Grundlage des Moritzgeständnisses, seit langem annahm, daß der Mord mittags geschehen sei und daß man die Leiche unmittelbar nachher weggeschafft hätte, zog der Gerichtshof noch einmal in Betracht, daß der Mord erst abends und das Begräbnis nachts abgewickelt worden sein könnte. Das auch deshalb, weil sich im Zusammenhang mit dieser Möglichkeit Aufsehen erregende Zeugen, oder genauer Zeuginnen, fanden. Die wichtigste unter ihnen war die Bäuerin Cseres.

Sie hatte sich mit ihrer Nachbarin, der Frau des jüdischen Bauern und Angeklagten Großberg, bereits so überworfen, daß sie – nach in der Zwischenzeit der Großberg gegenüber ausgestoßenen Drohungen wie: Auch Ihr werdet das Eure im Prozeß abbekommen! – in der Verhandlung erzählte, sie sei in jener Samstagnacht durch Geräusche und Stimmengemurmel im Nachbargarten, in dem der Großberg, wach geworden. Ans Fenster tretend, habe sie im Mondschein an die fünfundzwanzig Juden gesehen, in aufgeregtem Getue. Bringt Schaufeln, hätte sie einen sagen gehört. Ein anderer hätte die Hände gerungen und gejammert: Gott, was haben wir angerichtet! Aber er wäre durch einen dritten getröstet worden: Fürchten Sie nichts, es wird schon nichts herauskommen.

Diese Schilderung ergänzte eine Frau Vazul, die damals bei Großberg als Wirtschafterin in Diensten gestanden hatte, dahin, daß sie nachts in der Küche noch gebügelt hätte, dann aber, nach dem Auftreten vieler fremder Juden, von ihrer Arbeit weggeschickt worden sei, in ihre Schlafkammer, weil man sichtlich Geheimes zu besprechen gehabt hätte.

Und die alte Mészáros schwor, sie habe, von ihrem Fenster aus, nach Mitternacht noch viele fremde Juden zwischen dem Tempel und dem Haus Großbergs hin- und widergehen gesehen.

Auf die Frage des Präsidenten, wen die Zeuginnen unter den vielen Juden erkannt hätten, antworteten sie einhellig: niemand, es wären lauter Ortsfremde gewesen.

Das klang nun nicht nur unwahrscheinlich, sondern war auch auffällig, wenn darin nicht überhaupt die – auf Alibihindernisse bedachte – Unterweisung zu erkennen sein sollte, die diese Zeuginnen erfahren hatten. Waren doch selbst nach Barys Ermittlungen, die aus hunderten Einvernahmen stammten, nur vier fremde Juden im Dorf gewesen und hatte, wieder nach ihm, doch niemand sonst diese nächtlichen Ansammlungen und wandernden Haufen erblickt. In einer Ortschaft, wie Doktor Eötvös noch deutlich machte, in der nachts nicht zwei Redende über die Straße gehn könnten, ohne daß ein Dutzend Hunde anschlügen.

Doktor Eötvös fragte die Cseres auch, warum sie von ihren aufregenden Beobachtungen nicht ihrem Mann erzählt habe. Sie hätte es getan, antwortete die Cseres, aber er wäre unwillig gewesen und hätte sich dagegen verwahrt, im Schlaf gestört zu werden.

Am bezeichnendsten aber wirkte die Erklärung dieser Zeugin, die sie nach der Frage der Verteidiger abgab, warum sie mit ihrer Aussage erst jetzt, nach vierzehn Monaten, hervortrete.

Ich würde, heuchelte sie, auch weiterhin geschwiegen haben, weil ich nicht zum Tod und Elend anderer Menschen beitragen will; aber nun hat es sich im Dorf verbreitet, daß die Christen verlieren und die Juden gewinnen, und da mußte ich meine Seele aus der Hölle retten.

Damit standen die Aussagen der Cseres, der Vazul und der alten Meszaros, soweit sie den behandelten Punkt betrafen, im rechten Licht, und es ließ nun auch der Gerichtshof die Auffassung, daß Esther erst abends ermordet und nachts begraben worden sein könnte, um so eher fallen, als auch über die Beleuchtung der Synagoge kein einheitliches Ergebnis zu erzielen war.

Die Nachbarsleute der Scharf, die Lengyel, deren Haus dem Tempel zunächst stand, sagten aus, daß das Licht darin höchstens bis halb elf gebrannt hätte. Die Antal, die in einem letzten Häuser von Ujfalu wohnte, behauptete: bis elf. Die Bátori, die spät vom Krämer Kohlmayer zurückgewandert war, erklärte: bis gegen

Mitternacht. Und der alte Fekete, der, nachdem er die Solymosi nach Hause gebracht hatte, noch lange Zeit in der Schenke gewesen war, wollte die Synagoge auf seinem Heimweg noch lange nach Mitternacht erhellt gesehen haben.

Der Gerichtshof wandte sich der Nachprüfung zu, in welcher Weise die Umstände sich erhärteten, wenn man annahm, daß Esther mittags verschwunden war. Wann also hatte man sie zum letztenmal gesehen?

Hier geriet vor allem die Bátori in eine Klemme. Angesichts der Darstellung des Moritz, daß Esther mittags im Tempel geschächtet worden sei, und eingedenk der Tatsache, daß sie von Ujfalu nach Ofalu und zurück einen weiten Weg gehabt hatte, neigte die Bátori dazu – damit den Mördern für ihre Tat viel Zeit zufiele –, Esther so früh wie möglich vom Haus fortgeschickt zu haben. Anderseits aber war der jüdische Gottesdienst erst nach elf Uhr, möglicherweise erst ein Viertel nach elf zu Ende gewesen, und nach den Aussagen der Fekete und der alten Mészáros hatte der Platz vor der Synagoge schon leer gegähnt, als Esther vorbeigekommen war. Hier leistete, ohne daß er es im Augenblick ahnte, Doktor Eötvös der Bátori selbst eine Hilfe. Er hatte mit einer Vierzehnjährigen aus dem Dorf ein Probegehn veranstaltet, und das Ergebnis war gewesen, daß Esther, zumal da sie hinkte, für den ganzen Weg mindestens eine Stunde und vierzig Minuten gebraucht haben würde; rechnete man aber nur den halben Rückweg, bis zur Synagoge, eine Stunde und siebzehn Minuten. Die Bátori erklärte daher, daß sie Esther um zehn Uhr zum Krämer geschickt habe.

Das war um etwa eine Viertelstunde zu verfrüht angegeben und fügte sich in die Zeittafel der Untersuchung. Der Ablauf gestaltete sich dann folgendermaßen:

10 Uhr – Weggehn der Esther,

nach 11 Uhr – Ende des Gottesdienstes,

11 Uhr 20 – Esther am Tempel, etwa dreiviertel Stunden Vor-

bereitungen und Mord,

nach 12 Uhr – Mittagessen der Scharf.

Dagegen aber standen nun alle die Aussagen, deren Wesen um das Mittagläuten gruppierte, und darunter eine so wichtige wie die Zsófi Solymosis, der Schwester der Verschwundenen. Vor Bary hatte Sophie Solymosi erklärt, daß sie Esther unweit des Tempels gesehen habe, eben als sie mit ihrem Dienstgeber, dem Branntweinhändler Rosenberg, in das Haus Taubs eingetreten sei, wohin sie einige Flaschen Wein brachte. Nun hatte man bei Rosenberg damals zwar außerordentlich früh zu Mittag gegessen, seines beabsichtigten Besuchs bei den Schächtern wegen, aber es war doch schon das Mittagläuten erklungen, als Zsófi mit ihrem Dienstherrn das Haus Taubs betreten hatte. Ein Alibi für die Schächter ergab diese Aussage deshalb nicht, weil Zsófi, die ihre Flaschen einer Magd übergab, keinen gesehen hatte.

Und am stärksten wurde diese Schilderung Zsófis durch den Bauern Kovács unterstrichen, der Esther noch nach dem Mittagläuten zwischen den letzten Häusern von Ujfalu zur Theiß hatte hinunterlaufen gesehen.

Es war jedermann klar, daß hier der Brennpunkt der Ereignisse und die Hauptaufgabe bei ihrer endgültigen Feststellung lagen. Das sprang so in die Augen, daß es auch von der judenfeindlichen Seite bei der Bearbeitung der alten Zeugen und der Erstellung neuer gebührend vorbedacht worden war. Abgesehen davon, daß der Bauer Kovács, wenngleich unerschüttert, ein Lied davon singen konnte, wie man eine geänderte Aussage von ihm zu erpressen versucht hatte, stellte man ihm nun drei neue Zeugen entgegen, die, gleichfalls erst nach vierzehn Monaten, gesehen haben wollten, daß Esther nicht zur Theiß, sondern in das Scharfhaus gelaufen sei, und Zsófi Solymosi änderte ihre früher gemachten Angaben.

Was die drei neuen Zeugen anlangte, den Bauern Tapasztó und seine beiden Knechte Bakó und Adai, die Esther von ihrem

Acker aus gesehen haben wollten, und zwar lange vor dem Mittagläuten, so wies Doktor Eötvös ihnen gegenüber, nachdem er sich die Lage des Ackers hatte beschreiben lassen, zum erstenmal auf die Notwendigkeit eines Lokalaugenscheins hin. Aber er stellte jetzt schon fest, daß es sich als unmöglich erweisen würde, von dem besagten Acker den Platz vor dem Scharfhaus oder dem Tempel zu überblicken.

Was die veränderte Aussage von Esthers Schwester aber betraf, bei der Zsófi ihre Wahrnehmung nun in einen Zeitpunkt beträchtlich vor dem Mittagläuten verlegte, so führte sie geradezu zu einem Drama im Gerichtssaal. Gegen Zsófi Solymosi trat nämlich nicht nur der Gerichtshof auf, sondern auch, und das unter Eid, Julcsa Vámosi. Julcsa hatte zwar ihre junge Freundin, die mit einem ihrer letzten Gedanken bei ihr geweilt hatte, an jenem Mittag selbst nicht mehr gesehen, doch war sie Esthers Schwester begegnet, unmittelbar nachdem diese das Haus Taubs verlassen hatte, und bei dieser Begegnung war von seiten Zsófis die Bemerkung gefallen, daß sie Esther soeben gesehen habe. Das war, stellte Julcsa fest, gleich nach Ende des Mittagläutens gewesen.

Da der Präsident nach dieser Aussage die Verhandlung unterbrechen mußte, kam es am folgenden Tag zur nochmaligen Einvernahme Julcsas. Bei dieser aber wurde offenbar, daß man in der Zwischenzeit das Mädchen schwer mißhandelt haben mußte. Julcsas Gesicht zeigte Striemen, Kratzer und blaue Flecken, und sie schleppte das eine Bein nach. Der Präsident lehnte zwar die gerichtsärztliche Untersuchung ab, doch stellten die Verteidiger, vor allem Eötvös, der Julcsa schon vor einer Steinigung beschützt hatte, durch ihre Fragen klar, daß das Mädchen am Vorabend durch die Dörfler geschlagen, zu Boden getreten und neuerdings mit Steinen beworfen worden war. Und Julcsa zog, nun endgültig verschreckt, unglücklich und in ihrer Widerstandskraft gebrochen, ihre Aussage vom Vortag zurück. Das stellte sie als Meineidige bloß, was sie mit fünf Jahren Gefängnis bedrohte; noch erschüttender aber als dieser Sachverhalt und für die Umstände bezeichnend war, daß Julcsas eigene Eltern, sie zusätzlich belastend, erklärten, sie sei durch ihre Dienstgeberin, Frau Lichtmann, bestochen worden. Es gelang nur einer besonderen Anstrengung von Doktor Eötvös nach dem Prozeß, für Julcsa die Begnadigung zu erwirken.

Auf seine Frage aber an Frau Vámosi, warum sie so aussage, wie sie es tue, antwortete sie: Weil Esther um die Zeit des Mittagläutens, wenn nicht schon tot, so doch jedenfalls beim Tempel gefangen gewesen sei und Julcsas Aussage daher falsch sein müsse.

Noch weniger vertrauenswürdig allerdings erschien ein neuer Zeuge, der Knecht Hatalovszky, den der Branntweinhändler Süßmann dazu angeworben hatte, vor Gericht zu bekennen, daß er Esther noch um halb drei Uhr nachmittags gesehen habe. Hatalovszky verwickelte sich auch in solche Widersprüche, daß er wegen falscher Zeugenaussage in Haft genommen wurde. Natürlich aber führte der Vorfall auch zur Aufrollung aller Bestechungsversuche der Juden, oder was man als solche deuten wollte. Doch war in dieser Frage auch Korniß Psycholog und Mensch genug, die Vorfälle nicht viel anders zu bewerten als die wiederholten Versuche der Juden, Frau Solymosi besonders in Zeiten, da Gerüchte von einem Auftauchen der Esther an anderen Orten umgegangen waren, Gelder zu dem Zweck zur Verfügung zu stellen, damit sie ihr Kind leichter ausforschen und heimbringen könne. Diese Schritte sprachen ja sogar für die Unschuld der Juden.

In ihren entscheidenden Abschnitt aber trat die vielwöchige Gerichtsverhandlung ein, als Eötvös seinen Kampf gegen das Moritzgeständnis aufnahm.

Die Hauptfragen waren dabei, wie es zu dem Inhalt dieses Geständnisses und wie es zu seiner Ablegung hatte kommen können. Zu dem ersten Punkt veranschaulichte Eötvös neben den psychischen Unwahrscheinlichkeiten auch die physische, daß Moritz seiner eigenen Erklärung nach dreiviertel Stunden in der gleichen gebückten Haltung verbracht haben müßte, und Eötvös führte den alten Rózsa als Zeugen, der in der angeblichen Zeit an der Synagoge vorbeigekommen war und Moritz, dessen Position an der Tür ja nur außen, im Freien gedacht werden konnte, nicht gesehen hatte, zu schweigen davon, daß auch niemand für die gegenteilige Beobachtung aufzutreiben gewesen war. Andere Umstände, noch weitaus triftigere, verschwieg Eötvös vorläufig, obgleich ihm ihre Auswertung, seit dem persönlich vorgenommenen Lokalaugenschein, bereits zu Gebote gestanden wäre.

Er ging, weil die hier auftauchenden Fragen sich mit denen um den angeblichen Leichenschmuggel berührten, zu dem zweiten Punkt über, der die Ablegung des Moritzgeständnisses und seine lange Aufrechterhaltung betraf. Hierbei bewegte Eötvös sich auf einer um so sichereren Bahn, als er nicht nur auf den eigenen Erkundungen fußte, sondern auch auf der wertvollen Hilfe des Budapester Geheimdetektivs und ihm überdies eine Enthüllung über Péczelys Vergangenheit zugefallen war, mit der er selbst niemals zu rechnen gewagt hätte. Doch erwähnte er diese erst, als auf seinen Wunsch auch die verhafteten Flößer Hersko, Smilovics, Vogel und Matej – die anderen hatte Bary laufen lassen müssen –, aus ihren Zellen in den Gerichtssaal geführt worden waren. An den Anfang seines großen Unternehmens, die ganze Untersuchungspraxis Barys so bloßzustellen, daß der junge Vizenotar und seine Helfershelfer für ein Verfahren wegen Amtsmißbrauchs reif wurden, setzte Eötvös das, was er über die Abtransportierung des Moritz in Péczelys Glashaus nach Nagyfalu in Erfahrung gebracht hatte. Er führte wieder die juristische Ungeheuerlichkeit vor Augen, daß aus dem wesentlich mitbeschuldigten Moritz über Nacht der Kronzeuge geworden war, und schilderte anschließend die Foltermethoden, mit Hilfe deren man das zustande gebracht hatte. Sodann beschrieb Eötvös die Idylle von der sogenannten Schutzhaft des Moritz, die gleichfalles aller Gesetzlichkeit hohnsprach.

Als Zeugen führte Eötvös zu beiden Punkten den Detektiv der Budapester Oberstaatsanwaltschaft, den Sicherheitskommissär Gabriel Barcza, der es verstanden hatte, sich mit dem Kastellan Henter anzufreunden und der sogar Gespräche mit Moritz gehabt hatte, in denen dieser durch den launigen Ton dazu verleitet worden war, seine Erlebnisse in Péczelys Garten anzudeuten.

Das Publikum raste gegen Barcza, und Henter kam mit einer Gegenaussage, in der er den Detektiv dadurch diffamieren und als von den Juden abhängig hinstellen wollte, daß er ihn verschiedener Bestechungsversuche, ihm und seinem Personal gegenüber, beschuldigte; jedoch die Folterbilder und die sonderbaren idyllischen Schutzhaftszenen, die Eötvös der Wirklichkeit nachentworfen hatte, waren nicht mehr hinwegzuwischen. Eötvös belegte nun auch, wie gegen den Pandurenhauptmann Vay bereits dreimal wegen Gefangenenmißhandlung mit Geldstrafen und sogar vorübergehender Dienstenthebung eingeschritten worden war, und er enthüllte dem Gericht, daß der Sicherheitskommissär Péczely wegen Mordes zwölf Jahre im Illavaer Gefängnisse abgesessen hatte.

Daraufhin tobte das Publikum gegen Eötvös, den es wie einen Hexenmeister zu fürchten begann. Er aber ließ nun die Flößer ihre Martern schildern und wie es zur Namhaftmachung Lichtmanns als jenes Juden gekommen war, der angeblich die falsche Leiche überbracht hatte. Anschließend deckte Eötvös die Umstände bei der Leichenagnoszierung auf, vor allem die Ummodelung der Nase durch den Assistenten Juháß, er löschte das Obduktionsgutachten des Zahnarztes und des Baders durch die Unterbreitung des Befundes der Budapester und deutschen Kapazitäten aus, und er beantragte schließlich sowohl das Disziplinarverfahren gegen Bary wegen Amtsmißbrauchs wie auch gegen Moritz die Erklärung, daß er nicht vereidigungsfähig sei.

Der Prozeß wendete sich sichtbar. Das Untersuchungsverfahren stürzte über seinen eigenen verbrecherischen Charakter, und mit ihm fiel die Anklage. Dennoch beantragte Eötvös noch den Lokalaugenschein.

Er wurde in der sechsten Woche der Gerichtsverhandlung abgehalten und ergab, daß man durch das Schlüsselloch nicht sehen konnte.

Die gaffende Gemeinde von Tisza-Eszlár, die sich auch zu diesem Ereignis eingefunden hatte, stand diesmal mit hängenden Köpfen da; und wie einstmals Ónody zu Bary gesagt hatte: Ihre Karriere beginnt!, so sagte nun der Gerichtspräsident Kornìß zu ihm: Ich erwarte, Sie begreifen, daß Ihre fulminante Karriere, die von diesem Schlüsselloch ihren Ausgang genommen hat, an diesem Schlüsselloch auch wieder endet.

Eötvös aber reichte Korniß die Hand: Ich danke Ihnen für den Dienst, den Sie Ungarn geleistet haben.

Der Verteidiger nahm das in der Verlegenheit entgegen, mit der aufrechte Männer ihrer Pflichterfüllung gedenken, die für sie eine Selbstverständlichkeit ist. Aber es warf ihm eine warme Welle in das bärtige Gesicht, als er, auf seinen Wagen zuschreitend, in der Menge Borbála Mocsary sah, die mit dem ganzen Gesicht lächelte und wie zum Beginn eines Winkens die rechte Hand erhoben hatte.

Der Lokalaugenschein hatte den Prozeß entschieden.

Es war keinem Zweifel mehr unterworfen, daß die Staatsanwaltschaft die Anklage fallen lassen mußte. Nach der ungarischen Gerichtsordnung vom Jahre 1871 aber war das Verfahren auch in solchen Fall mit allen Plädoyers zu Ende zu führen, und dies mußte besonders im Prozeß von Tisza-Eszlár begrüßenswert erscheinen.

So kam es, daß diese Plädoyers zu einem ergreifenden Zusammenklang menschlicher Gesittung und Gesinnung gediehen. Oberstaatsanwaltsubstitut v. Szeyffert beschloß seine Rede: Dieses Gericht wird in dreifacher Weise seine Ehrenhaftigkeit gewahrt haben: bei der Eröffnung dadurch, daß der Präsident es unmißverständlich von sich wies, eine Verhandlung wegen rituellen Mordes zu unterstützen, – während des ganzen Verfahrens dadurch, daß Anklage und Verteidigung sich darin einig waren, diese aus finstersten Jahrhunderten überkommene Lüge nicht zu übernehmen und nur der Wahrheit zu dienen, – und zum Ende des Prozesses nun dadurch, daß mir, dem öffentlichen Ankläger, nach der lückenlosen Aufdeckung der Unschuld aller Angeklagten nichts Würdevolleres zu beantragen bleibt als ihr Freispruch.

Diese Worte wurden vom Publikum mit einem wilden Sturm der Entrüstung aufgenommen, und Baron Ónody, der diesmal nicht im Gerichtssaal weilte, sondern bei der grollenden Masse draußen, die das Komitatsgebäude in den letzten Tagen des Prozesses umlagerte, hielt, von den Stufen des Portals herab, im sentimental-hetzerischen Ton des Volksredners folgende Ansprache:

Mitbürger ! Ungarische Patrioten! Wahre, einzige Kinder und Träger des Vaterlandes! Haltet Eure heilige Erregung flammend, noch ist der Triumph über die Judenpest nicht ganz errungen! Da drinnen sind bestochene Verräter noch am Werk und lassen hirnverbrannte Querköpfe sich noch hineinlegen mit der blödsinnigen Duselei von der sogenannten Menschengleichheit, der verlogenen Scheingerechtigkeit und der Nächstenliebe der Krokodilstränen! Da drinnen quatschen und mauscheln sie noch um das sogenannte Menschenrecht!

Pfui! johlte die Masse.

Das Menschenrecht, setzte Ónody fort, kann nur ein wahrhafter Menschenschlag fordern, wie wir Magyaren es sind, voll Fleiß, Treue und Ehrlichkeit, voll Nachbarn- und Heimatliebe und voll Gottesfurcht! Was aber sind die Juden dagegen!?

Bestien! schrie die Menge. Untiere! Auswurf!

Der tausendarmige Polyp sind sie, setzte Ónody fort, der unserem gesunden Volkskörper das letzte Blut aussaugt, und weil ihnen das nicht schnell genug geht, fangen sie an, unsere Kinder zu morden!

Nieder mit den Mördern! schrie die Menge.

Man muß sie ja nur ansehen! nahm Ónody sein Wort wieder auf. Gehn sie an uns vorbei, mit ihren Geiergesichtern, ihren Foltermeisterbärten und der Gespensterschwärze ihrer Kaftans, dann wandelt sich die sonnigste ungarische Landschaft in eine Flur des Unheils und des Grauens, und das um so mehr, als wir wissen, daß hinter ihnen ihre Gesetzesbücher stehn, mit der unleserlichen Schrift aus der Jahrtausendtiefe barbarischer Zeiten, in denen von nichts gehandelt wird als von Blut und Haß und Feindschaft und Mord gegen uns!

Pfui! gröhlte die Menge. Hinaus mit allen Juden!

Ónody fuhr fort: Und dieses Grauen sind sie schon allen Völkern gewesen! Schon aus dem alten Ägypten warfen die Pharaonen sie hinaus! Schon von den Kreuzfahrern wurden sie an den

Kreuzwegen erschlagen! Und in Spanien und der Ukraine, in allen Ländern gab es immer wieder nur eine Abhilfe gegen diese hartnäckigste Pest der Welt: den Pogrom!

Pogrom! brüllte die Masse. Niederschlagen! Ausrotten!

Nur unsere Zeit, hetzte Ónody weiter, verfiel vorübergehend in die Humanitätsblödelei! Aber das ist nun vorbei! Der Sieg der gesunden und markigen Vernunft ist auf dem Marsch!

Und damit unser Sieg! In Deutschland, in Rußland, in Polen und in Rumänien steht der errettende Sturm gegen Mordjuda auf! Ganz Europa erhebt sich wider das giftige Gezücht, und das heldische Ungarn ist mit ihm! Hoch Ungarn!

Hoch Ungarn! lärmte die Menge tumultuarisch. Nieder mit den Juden!

Im Gerichtssaal aber, wo es noch einmal einen anderen Weg nahm, hielt Eötvös die Abschlußrede. Er sagte:

Nicht ein paar Juden saßen hier auf der Anklagebank, sondern das aufgeklärte Ungarn, der Staat des heiligen Ludwig und des Matthias Corvinus, dieser Staat, der aus einem historischen Bollwerk gegen die Unkultur zu einer neuen Bastion der Bestialität zu werden drohte! So hat hier nicht ein Komitatsgericht von Nyiregyháza getagt, sondern das kultivierte Europa saß zu Gericht über die ungarische Justizpflege und damit über die Wahrheitsliebe, die Rechtschaffenheit, die Menschenwürde und die Ehre Ungarns. Aber Lob dem ungarischen Geiste, der wieder über das Untermenschentum gesiegt hat!

Auf diese Weise wurde der Fall von Tisza-Eszlár nicht nur in seinen bedrohlichen und schmachvollen Seiten, sondern auch in seiner glücklichen Überwindung zu einem Modell für die Zustände in der Welt. Allem lag nur ein trauriger Alltagsvorfall zugrunde; die Art aber, wie die üblen menschlichen Instinkte sich dieses Vorfalls für ihre Zwecke bemächtigten, bedrohte uns mit einer nationalen Katastrophe. In gerader Linie führte hier die Entwicklung von Aberglauben und provinzieller Albernheit über Unbildung, Engstirnigkeit und Konkurrenzneid, über Ehrsucht, Fanatismus und Grausamkeit, über Chauvinismus, Rassenhaß und politische Machination zur Vergiftung selbst von Gutgesinnten, zur drohenden Massentragödie für die Betroffenen, zum Niedergang alles Menschlichen und zur wieder einmal heraufbeschworenen Jahrhundertschande!

Das uralte Erbübel der Menschheit trat in seiner ganzen Scheusalsnacktheit wieder vor uns hin: die Lust am Verderben des Schwächeren! Diese verbrecherische Lust, der der Wahn zugrunde liegt, daß durch Lüge und Rechtsbeugung, durch Gewalt, durch Terror und Erbarmungslosigkeit alles auf Erden zu gewinnen sei, während in Wahrheit dadurch nur alles verloren geht!

Oh, daß diese Menschheit es endlich begriffe, daß es keine Idee gibt, die das Unrechte zu rechtfertigen vermöchte, und daß der Starke, der den Schwachen zu verderben sucht, damit sich nur selber stürzt! Denn aus Lüge kann nur wieder Lüge entstehn, aus Rechtsbruch nur neuer Rechtsbruch, aus Schrecken nur gesteigerter Schrecken! Das hat die ganze Weltgeschichte mit ihrem Ablauf von Not zu Not und von Blutbad zu Blutbad und von Untergang zu Untergang immer wieder bewiesen! Nur daß die Starken, die Mehrheiten, die Rechtsbrecher der einen Zeit zu den Schwachen, den Minderheiten und Erleidenden der anderen wurden! Alles gestiftete Übel gebar aus sich selbst die rächende Nemesis, und was heute als glorreicher Triumph erschien, verkehrte sich morgen in schimpfliche Erbärmlichkeit! Denn allem Geschehen wohnt seine eigene Gerechtigkeit inne, und erscheint sie bisweilen erleuchtet, als wachte Gott selbst über ihr, dann lehrt jedenfalls alle Erfahrung, daß sie unerbittlich ist wie ein physikalisches Gesetz! Alle Niedertracht auf Erden kam zuschanden, und trat sie noch so übermächtig, so spitzfindig und herzlos auf, indessen das leisteste Wort bestehn blieb, das ins Lichte wies!

Allein diese Menschheit wird so lange aus Drangsal in Drangsal taumeln, bis sie sich des besseren Teils in ihr besinnt! Es gibt nur *eine* Macht der Überwältigung, und das ist die Überzeugung! Es gibt nur *einen* unerschütterlichen Grund für ein gesundes und fruchtbares Leben, und das ist die Wahrheit! Die Wahrheit, in der auch die Achtung füreinander beschlossen ist, Weisheit und hohe Gesittung! Und es gibt nur *einen* Leitstern voll Verheißung: den guten Willen in einem reinen Gewissen!

Dieser gute Wille aber und das Gewissen haben in diesem Prozeß von Tisza-Eszlár wieder gesiegt! Den unschuldig Angeklagten ist nicht vergeblich das Märtyrerlos aufgebürdet gewesen. Wie sie, der Freiheit schon wieder bestimmt, nur noch als die Vertreter aller Unterdrückten vor uns sitzen, so mag auch das Recht, das ihnen zuteil wird, allen Unterdrückten zuteil werden! Den reaktionären Kräften in der Gesellschaft, die die übelsten menschlichen Instinkte für ihre verderblichen Zwecke gebrauchen wollten, ist das Handwerk gelegt worden, und das bessere und zukunftsvollere Menschentum triumphiert!

Möge unsere Nation aus diesem Prozeß, der nicht nur für die Leidtragenden ein Prozeß auf Tod und Leben war, sondern der auch im Dasein der Völker ein Prozeß auf Tod und Leben ist, geläutert und beispielgebend bleiben gegen jede Art Rückständigkeit, Unterdrückung und Barbarei und voranleuchtend auf dem Weg zur Ehre des Menschen und in eine bessere Zukunft!

*

Moritz, der, in seinen alten Kleidern, ins Dorf zurück mußte, wanderte, herangewachsen, nach Amsterdam aus, wo er Diamantenschleifer wurde. Er sah vor seinem Tod noch, 1933, die Scharen der aus dem nationalsozialistischen Deutschland geflüchteten Juden.

DIE ERFINDUNG ÖSTERREICHS AUS DEM GEIST DER VERDRÄNGUNG

Ein Nachwort von Klaus Kastberger

»Alle wesentlichen Personen und Vorgänge, Beziehungen, Zustände und Daten dieses Romans sind historisch«, stellt Rudolf Brunngraber (1901–1960) gleich im ersten Satz der Vorbemerkung zu dem Buch fest. Das ist nicht übertrieben, denn tatsächlich folgt der Roman »Prozeß auf Tod und Leben« (1948) der sogenannten »Affäre von Tisza-Eszlár«, indem er sich bis hin zu den Namen der beteiligten Figuren auf das Engste an die verbürgten Quellen hält: Am 1. April 1882 verschwand in dem kleinen südungarischen Dorf Tisza-Eszlár ein junges Mädchen namens Esther Solymosi. Angestachelt von einem Traum, den die Mutter der Verschwundenen hatte, verbreitete sich in der christlichen Dorfbevölkerung rasch das Gerücht, die Vierzehnjährige sei von den Juden des Ortes in die Synagoge entführt und dort geschächtet worden. Das Blut des Mädchens benötigten die Juden zur rituellen Verfertigung des Osterkuchens (Mazzes).

Befeuert von dem antisemitischen Parlamentsabgeordneten und lokalen Gutsherrn Géza Ónody und gegen alle Beweisgründe der Vernunft wird einige Wochen später gegen die Juden des Dorfes Anklage erhoben. Der junge ehrgeizige Referendar Josef Bary wird mit der Untersuchung betreut und sieht darin seine Chance auf Profilierung. Mithilfe des Geldes und des Einflusses von Ónody werden Zeugen manipuliert, entlastende Indizien unterschlagen und die dumpfsten antisemitischen Vorurteile befördert. Völlig einseitig laufen die Ermittlungen gegen die Juden des

Dorfes, die auf Straßen und Plätzen zusehends Beschimpfungen und Übergriffen ausgesetzt sind.

Selbst als die Leiche der Esther Solymosi (ohne dass ihr Körper freilich irgendwelche Spuren von Gewalteinwirkung zeigt) aus der Theiß gefischt wird, geht die Hetzkampagne, befördert und in die Welt getragen von ungarischen und internationalen Zeitungen, weiter. Die Flößer, die die Leiche aus dem Wasser gefischt haben, werden bezichtigt, im Auftrag der Juden einer fremden Frauenleiche die Kleider des Mädchens übergezogen zu haben. Auch die eigene Mutter schwört der Tochter bei der Rekognoszierung der Leiche ab. Durch Spenden aus dem ganzen Land und direkte Unterstützungen internationaler antisemitischer Vereine ist die ehedem bettelarme Frau zu ansehnlichem Reichtum gekommen, auf den sie nicht mehr verzichten will.

Während die jüdische Gemeinde des Ortes geschlossen in Untersuchungshaft wandert, plündert man in Tisza-Eszlár die Häuser der Juden und steckt die Synagoge in Brand. Als Kronzeuge der Anklage gilt zunächst ein vierjähriges Kind, das mit seinen wilden Beobachtungen im Dorf geprahlt und diese immer mehr in jene Richtung ausgeschmückt hatte, die die Leute gerne hören wollten. Später baut die Anklage den 13-jährigen Sohn des jüdischen Tempeldieners zum Hauptzeugen auf. Unter Anwendung äußerer Druckmittel, die von körperlicher Folterung bis hin zum Versprechen einer glanzvollen Zukunft reichen, wird ihm, der unter den strengen religiösen Gesetzen des Vaters stets sehr gelitten hat, ein Geständnis abgepresst: Durch das Schlüsselloch des Tempels habe er die Ermordung der Esther Solymosi gesehen.

Innerhalb der Gruppe der Verteidiger tritt als führender Mann der liberale Parlamentsabgeordnete Károly Eötvös auf. Ihm gelingt es, den Prozess weg von der allerorts betriebenen Hetze hin auf die klar für sich sprechenden Indizien zu lenken. Trotz aller Manipulationen seitens der ermittelnden Behörden und der Anklage ist die Beweislast erdrückend, die gegen die unterstellte Version der Geschichte spricht. Damit endet das Verfahren so, wie es enden musste: mit einem glatten Freispruch. Gerade die Rolle von Eötvös wird in Brunngrabers Buch (und hier: in deutlicher Überzeichnung der historischen Quellen) stark akzentuiert. So läuft in dem Roman schließlich alles auf eine finale Konfrontation mit seinem Widerpart hinaus, dem antisemitischen Hetzer Ónody, der zwar vor Gericht geschlagen wird, dem aber die Zukunft zu gehören scheint. Der letzte Appendix von Brunngrabers Buch, ein einzelner Absatz nur, macht es klar: Da wird der meineidige Moritz Scharf als alter Mann im Jahr 1933 gezeigt. Als Diamantenschleifer lebt er in Amsterdam und sieht vor seinem Tod noch »die Scharen der aus dem nationalsozialistischen Deutschland geflüchteten Juden«.

*

»Prozeß auf Tod und Leben« ist im Jahr 1948 im Wiener Paul Zsolnay Verlag erschienen, und noch im selben Jahr wurde die in Wien gedrehte Verfilmung unter der Regie von G. W. Pabst mit Ewald Balser (Eötvös), Marianne Schönauer (Julia, seine Braut), Ernst Deutsch (Tempeldiener Scharf), Albert Truby (Baron Ónody), Maria Eis (Witwe Solymosi), Josef Meinrad (Untersuchungsrichter Bary) und Max Brod (Judensprecher) fertiggestellt. Das Originaldrehbuch, an dem Rudolf Brunngraber gemeinsam mit Kurt Heuser und Emeric Roboz gearbeitet hat, ist verschollen. Ein Brief aus dem Verlagsarchiv indes, in dem von Ansprüchen die Rede ist, die Roboz an das Buch stellt, weil er dazu die historische Materialrecherche geleistet habe[1],

1 Brief des Paul Zsolnay Verlages an Rudolf Brunngraber vom 15.10.1947 (Österreichische Nationalbibliothek, Literaturarchiv, Verlagsarchiv Zsolnay, ÖLA 286/B82).

legt die Vermutung nahe, dass zunächst das Drehbuch und auf dessen Basis dann von Brunngraber der Roman geschrieben wurde.

Vom Handlungsverlauf her sind Film und Buch weitgehend ident, jedoch nehmen im Film die Szenen vor Gericht wesentlich mehr Raum ein. Im Buch geht es weniger um die Darstellung des Gerichtsdramas als darum, den irrationalen Wurzeln aber auch den teilweise sehr rationalen Beweggründen der geschilderten Variante des Antisemitismus etwas mehr epische Breite zu geben; beispielsweise erhofft sich die christliche Bevölkerung von Tisza-Eszlár von der Verurteilung der Juden den Erlass ihrer Schulden. Der – fast möchte man sagen – volksbildnerische Tonfall, der in der zweiten Bearbeitung des Buches, die Brunngraber einige Jahre später vorgenommen hat[2], noch stärker akzentuiert ist, fehlt in der Verfilmung vollkommen. G. W. Pabst, der österreichische Regisseur, der nach 1945 als belastet galt, weil er für die Nationalsozialisten Filme gedreht hatte, die mit subtilen Propagandatendenzen ausgestattet waren (»Komödianten« – 1941, »Paracelsus« – 1943), griff in der Verfilmung von Brunngrabers Buch auf die expressiven Stilmittel seiner großen Erfolge (»Die freudlose Gasse« – 1924, »Die Dreigroschenoper« – 1931) zurück. So erscheinen die Kulissen in dem Film »Der Prozeß« wie beispielsweise jene Stelle an der Theiß, an der Esther Solymosi ins Wasser geht, als theatral inszenierte und perfekt ausgeleuchtete Räume, und auch von der jüdischen Gemeinde des Ortes vermittelt sich ein stark überdeterminiertes und fast schon klischeehaft ghettoartiges Bild.

2 Unter dem neuen Titel »Pogrom« erschien der um ca. 30 Prozent erweiterte Roman (zur Verwunderung des Zsolnay Verlages übrigens, der davon nicht informiert worden war) zunächst in Fortsetzungen in der Arbeiter-Zeitung und dann 1953 in der Büchergilde Gutenberg. Der Abdruck des Romans hier folgt der Erstausgabe.

An einen Film über antisemitische Ausschreitungen im 19. Jahrhundert hatte Pabst, angeregt möglicherweise auch durch die literarische Bearbeitung des Tiszla-Eszlár-Stoffes durch Arnold Zweig (»Die Sendung Semaels. Jüdische Tragödie in fünf Aufzügen« – 1920), bereits im Jahr 1933 in Frankreich gedacht. Nach 1945 kam ihm das Thema als ein moralischer Freibrief, den er sich selbst auszustellen gedachte, gerade recht. Bereits in der zeitgenössischen Rezeption (der – großzügig subventionierte – Film war kein Publikumserfolg, obwohl er auf der Biennale in Venedig 1948 enthusiastisch bejubelt wurde und zwei Auszeichnungen bekam), vor allem aber in der späteren wissenschaftlichen Auseinandersetzung hat dies eine entscheidende Rolle gespielt. Jene Art der Bekehrung, die Pabst für sich selbst mit dem »Prozeß« verbunden hat, nahm man ihm – schlichtweg – nicht ab. In der weiträumigen Umgehung der eigentlichen Katastrophe, nämlich des Holocaust, erscheint die Arbeit vielen Betrachtern bis heute als halbherzig. Karl Prümm bringt die Sache auf den Punkt, wenn er schreibt: »[Pabsts] politischer Text hätte direkt und unvermittelt von der Gegenwart, vom Antisemitismus und seinen mörderischen Konsequenzen handeln können. Und dennoch [wählt er] den Umweg über die Rekonstruktion eines historischen Falles. Der Blick auf die hochaktuelle Problematik ist gedämpft durch die zeitliche Distanz.«[3]

Auch die Art der Analyse, die Pabst auf der Grundlage von Brunngrabers Vorlage betreibt, bietet Anlass zur Kritik, denn die

3 Karl Prümm: Dunkle Schatten und ein blasser Sieg der Vernunft. G. W. Pabst – Der Prozeß (1947/48). In: Gottfried Schlemmer / Bernhard Riff / Georg Haberl (Hg.): G. W. Pabst. Münster: MAkS Publikationen 1990, S. 231. Vgl. ferner: Michael Kitzberger: Das Volk, die Fremden, der Held und die Bilder davon. Zu G. W. Pabsts »Der Prozeß«. In: Ruth Beckermann / Christa Blümlinger (Hg.): Ohne Untertitel. Fragmente einer Geschichte des österreichischen Kinos. Wien: Sonderzahl 1996, S. 197-212; Elisabeth Büttner / Christian Dewald: Anschluß an Morgen. Eine Geschichte des österreichischen Films von 1945 bis zur Gegenwart. Salzburg: Residenz 1997, zu Pabst und Brunngraber hier S. 115-132. Dank an Thomas Ballhausen vom Filmarchiv Austria für die DVD mit dem Film.

»ewigen« Gesetze und die schicksalhaft elementaren Kräfte, auf die Buch und Film in der Erklärung der historischen Vorgänge gleichermaßen setzen, stehen einer zeitgenössischen Auseinandersetzung mit den aktuellen und spezifischen Formen des Antisemitismus eher im Weg, als dass sie diese befördern würden. Anstatt sich auf die Gegenwart und damit wohl auch auf die eigenen Verwicklungen ins System des Nationalsozialismus einzulassen, setzt Pabst eher leidenschaftslos und nach dem Muster einer puren Pflichtübung auf Werte, auf die man sich in ihrer unverbindlichen Allgemeinheit nur allzu leicht verständigen kann. Umfassende Menschlichkeit, die keine Risse und Brüche hat, erscheint im »Prozeß« solcherart als (noch bzw. gerade noch) siegreicher Widerpart zum Antisemitismus. Damit nun aber werden Kontinuitäten geschaffen, die den unüberwindlichen Bruch, den der Holocaust in der Geschichte darstellt, scheinbar mühelos überbrücken.

*

Rudolf Brunngraber, gegen dessen Buch, ohne dass sie entkräftet werden könnten, die gleichen Einwände stehen, befand sich nach 1945 in einer ähnlichen Situation wie G. W. Pabst. Mit dem Roman »Karl und das 20. Jahrhundert« (1932), in dem auf der Basis abstrakter Wirtschaftstheorien das Schicksal der Hauptfigur als Beispiel einer quasi nur noch statistisch vorhandenen Größe geschildert wird, hat sich der aus proletarischen Wiener Verhältnissen stammende Autor einen Namen als ernsthafter Schriftsteller gemacht.[4] Die Rolle, die ihm und seinen Büchern

4 Vgl. Wendelin Schmidt-Dengler: Statistik und Roman. Über Otto Neurath und Rudolf Brunngraber. In: Ders.: Ohne Nostalgie. Zur österreichischen Literatur der Zwischenkriegszeit. Wien: Böhlau 2002, S. 82-91; Jon Hughes: Fact and Fiction: Rudolf Brunngraber, Otto Neurath and Viennese Neue Sachlichkeit. In: Deborah Holmes / Lisa Silverman (Hg.): Interwar Vienna. Culture between Tradition and Modernity. New York: Camden House 2009, S. 206-223

später im Nationalsozialismus zukam, hat Brunngraber (und wie man aus heutiger Sicht sagen muss: mit nachhaltigem Erfolg) heruntergespielt. In einschlägigen Publikationen über die Literatur jener Zeit kommt Brunngraber höchstens als eine Marginalie vor; offenkundig fand sich über ihn wenig Belegmaterial.[5] Laut seinen eigenen Darstellungen hat der Autor damals nicht sehr viel mitbekommen. Oft hielt er sich irgendwo an der Peripherie auf, sei es über Jahre hinweg mit seiner als Halbjüdin geltenden Ehefrau und seiner Tochter auf einer dalmatischen Fischerinsel, wo er in geradezu mittelalterlichen Verhältnissen lebte, oder später dann an entlegenen Orten wie dem Waldviertler Weitra oder einem Dominikanerkloster in Konstanz.[6]

Ein Dokument aus dem Jahr 1951, das sich in dem kleinen, in der Dokumentationsstelle für neuere österreichische Literatur in Wien erhaltenen Teil von Brunngrabers Nachlass befindet, spricht eine andere Sprache. Darin listet der Autor die Verkaufszahlen seiner Bücher auf. Für »Karl und das 20. Jahrhundert« findet sich eingetragen: 6.000 Stück; für »Radium« (Rowohlt Berlin 1936): 185.000; für »Opiumkrieg« (Rowohlt Berlin): 230.000; für »Zucker aus Cuba« (Rowohlt Berlin 1950): 71.000; mit dem Buch »Prozeß auf Tod und Leben« (eingetragen: 10.000 Stück) kehren die Zahlen dann wieder auf das Niveau vor Hitlers Machtübernahme zurück. Auch wenn sich nicht genau sagen lässt, ob diese Zahlen im Detail korrekt sind und wie sie im Einzelnen den Zeiträumen vor und nach 1945 zuzuordnen sind, scheint von der Größenordnung her klar zu sein, dass Brunngraber während des

5 Siehe etwa Klaus Amann: Zahltag. Der Anschluß österreichischer Schriftsteller an das Deutsche Reich. Bodenheim: Philo 1996; Christian Adam: Lesen unter Hitler. Autoren, Bestseller, Leser im Dritten Reich. Berlin: Galiani 2010.
6 Den Lebensweg von Rudolf Brunngraber von 1933 bis 1945 zeichnet detailliert nach Ursula Schneider: Rudolf Brunngraber. Eine Monographie. Diss: Universität Wien 1990, S. 293-332. Vgl. auch: Rudolf Brunngraber: Autobiographische Skizze. In: Ders.: Karl und das zwanzigste Jahrhundert. Wien: Milena 2010, S. 260-263.

Nationalsozialismus zu den meistverkauften und bestverdienendsten Autoren gezählt werden muss. Das hat wesentlich mit dem Genre zu tun, das seine Bücher bedienten: den sogenannten »Tatsachen-Roman«. Bei ihm handelt es sich um eine fiktionale Variante des populären Sachbuches, als dessen erfolgreichstes Beispiel und Leitbild Karl Aloys Schenzingers »Anilin« (1937) gilt, in dem die Geschichte des Farbstoffes nacherzählt wird. Brunngrabers »Radium« funktioniert nach dem gleichen Muster, und für »Opiumkrieg« und »Zucker aus Cuba« gibt ebenfalls der Kampf um den jeweils im Titel genannten Rohstoff die Richtung vor.

Angeregt durch eine Hörspielinszenierung von »Opiumkrieg«, die er im Radio gehört hatte, ließ Joseph Goebbels den Autor im Jahr 1939 zu sich nach Berlin kommen. Als Anekdote hat Brunngraber die Geschichte jener Vorladung oft und gerne erzählt, wobei in ihr eine entscheidende Rolle spielt, dass der Autor während des (nach seinen Berichten) gut zehnminütigen Gesprächs ausschließlich auf die Hände des Adjutanten gestarrt haben will, die sich in gefährlicher Nähe zu dessen Pistole befunden hätten.[7] Während sich der überzeugte Sozialist Brunngraber an Wirtshaustischen und gegenüber seinen Freunden immer wieder als dezidierter Gegner der Nationalsozialisten geoutet hat und über sie durchaus auch abschätzige Bemerkungen machte, was ihm im Frühjahr 1940 Schwierigkeiten mit der Gestapo einbrachte, erhielt er im Frühjahr 1944 von Albert Speer persönlich den Auftrag, einen (dann nicht fertiggestellten) Roman über das deutsche Nachschubwesen zu schreiben. Als Anzahlung auf Diäten und Honorar wurde er mit der erheblichen Summe von 20.000 Reichsmark ausgestattet, außerdem bekam er für Recherche-

7 Vgl. Kasimir Edschmid: »Sehr exakt und dennoch sehr geheimnisvoll« – Brunngraber. In: Rudolf Brunngraber, Karl und das zwanzigste Jahrhundert. Wien: Milena 2010, S. 266-270.

zwecke Sonderausweise, die seine Bewegungsfreiheit (und zwar »in Dienstreiseabteilen 1. Klasse«) garantierten.[8]

*

Nach der Befreiung vom Nationalsozialismus wurde Rudolf Brunngraber, obwohl sein schwerer Alkoholismus mittlerweile chronisch geworden war und obwohl er mit seiner Ehefrau und der Schauspielerin Ida Ruska in einer gleichsam auch nach außen hin legitimierten Dreierbeziehung lebte, schnell zu einem idealen Repräsentanten des »Neuen Österreich«. Als Heft 4 der gleichnamigen Schriftenreihe legte er unter dem Titel »Wie es kam« im Jahr 1946 eine Broschüre vor, die – ganz in den Bahnen der jungen österreichischen Staatsideologie – den Nationalsozialismus als eine in der Geschichte chronisch auftretende Deformationserscheinung zu erklären suchte, die von Deutschland aus über das wehrlose Land gekommen sei.[9]

Zur Ideologie des Romans »Prozeß auf Tod und Leben« ist es von da aus nur noch ein kleiner Schritt, denn die Exkulpierung Österreichs wird auch in diesem Text mit akribischer Sorgfalt betrieben. So erscheint innerhalb des internationalen Umfeldes, in das hinein die Vorgänge in Tisza-Eszlár in dem Buch gesetzt sind, zumindest eines gänzlich ausgespart: die k. u. k. Monarchie, die bei Brunngraber als ein großer weißer Fleck auf der Landkarte erscheint. Ganz so, als wäre Österreich schon im 19. Jahrhundert irgendwie nicht dabei gewesen, erscheint in dem Buch Ungarn als ein separiertes Gebiet, das in seinem antisemitischen Furor über Zeitungsmeldungen, die dorthin gehen und von dort wieder auf das Geschehen zurückschlagen, bestenfalls mit

8 Vgl. Schneider (Anm. 6), S. 310-318
9 Rudolf Brunngraber: Wie es kam. Psychologie des Dritten Reichs. (= Schriftenreihe »Neues Österreich«, Band 4). Wien: Neues Österreich 1946, 55 Seiten.

Deutschland und Russland verbunden ist. Sein unmittelbarer Nachbar indes, mit dem es doch in einem engen politischen Konnex steht, bleibt davon völlig unberührt. Den »Prozeß auf Tod und Leben« grundiert solcherart ein Paradox, denn je faktischer sich die Ereignisse in Tisza-Eszlár gestalten, desto nachhaltiger bewegt sich das Buch nicht allein von den schuldhaften Verstrickungen des Autors, sondern auch von jenem jungen Staatskörper weg, in dessen repräsentativer Mitte der Autor saß.

Offenkundig wurde der Stellenwert, den Brunngraber in den Jahren nach 1945 in Österreich hatte, als man ihn einlud, an dem offiziellen Staatsfilm »1. April 2000« (1952) mitzuarbeiten. Hierbei handelt es sich um eine Science-Fiction-Satire, in dem die Österreicher vor dem Weltgericht beweisen müssen, dass sie in ihrer liebenswürdigen Art den Weltfrieden niemals brechen würden. Unter Aufbietung aller Klischees, die das Land zu bieten hat, erringt es seine Unabhängigkeit, aber leider erst zum titelgebenden Datum. Gemeinsam mit Ernst Marboe und damit in einer wahrhaft sozialpartnerschaftlichen Besetzung schrieb Brunngraber das Drehbuch zu dem Film, der hierzulande – nicht ohne Grund – in der Ära des Bundeskanzlers Wolfgang Schüssel (ÖVP) wiederentdeckt wurde, in der Österreich aufgrund der Regierungsbeteiligung von Jörg Haiders FPÖ mit internationaler Ächtung zu kämpfen hatte.

*

Ein Staatsroman in gewissem Sinn, nämlich vollgepackt mit Ideologie, ist auch »Prozeß auf Tod und Leben«. Dabei ist es normalerweise so: Ideologien machen Bücher unlesbar, weil sie schnell zur Erstarrung führen. Brunngrabers Buch, so viel steht fest, ist mit Sicherheit kein Bündel an Lebendigkeit, und an der nötigen Portion Wahrhaftigkeit mangelt es ihm wohl auch. Gerade aus der Ideologie heraus aber erwächst dem Roman eine Spannung, die einzigartig ist, weil sie auf einem singulären historischen Moment beruht. Vermittelt über einen Autor, der sich für die junge Republik (und nebenbei auch für sich selbst) so sehr ins Zeug legt, als ginge es eher für sie als für die Juden von Tisza-Eszlár um Leben und Tod, werden wir, indem wir das Buch lesen, zu Zeugen eines für die Zweite Republik folgenschweren Vorganges, denn hier erschafft sich ein Land selbst, indem es sich und seine Vergangenheit de facto abschafft. Anders als im »1. April 2000« begegnet uns jener Vorgang hier noch nicht als eine Komödie, sondern als eine Tragödie, gleichwohl so getan wird, als hätte, was am 1. April 1882 in einem in exotischer Ferne gedachten Ungarn begann, mit uns selbst nicht allzu viel zu schaffen.

Einigen zeitgenössischen Kritikern des Buches, gleichwohl aber auch des Filmes »Der Prozeß«, ging selbst jener Taschenspielertrick noch zu weit. In einem Bericht über die Dreharbeiten schrieb eine Zeitung am 17.5.1947: »An den guten Ansichten der Hersteller soll bestimmt nicht gezweifelt werden. Die Juden, die in den letzten Jahren so viel Leid durchmachen mußten, haben jetzt kein anderes Bedürfnis als Ruhe. Aber die Filmkunst, die eine viel stärkere Wirkung als Buch und Zeitung auszuüben vermag, ist imstande, die Wellen, die sich etwas gelegt haben, zu neuem Sturm emporzupeitschen. Wenn auch im Film selbstverständlich gegen den Ritualmord gesprochen wird, so kann die Tatsache, daß dieses Thema überhaupt behandelt wird, von den Feinden der Judenschaft benützt werden, um neuen Haß zu entfesseln. In einer Zeit wie der heutigen, in der viel Zündstoff angesammelt ist, genügt ein Funke, um neue Leidenschaften zu entfachen. [...] Lassen wir erst einige Jahre vergehen und die Welt sich beruhigen, dann wird man über manche Dinge und vielleicht auch über solche heikle Probleme sprechen können.«[10]

10 ÖKZ vom 17.5.1947, zit. nach Büttner/Dewald (Anm. 3), S. 120f

Edwin Rollet, der das KZ Flossenbürg überlebt hat und nach 1945 Vorsitzender des österreichischen Schriftstellerverbandes war, argumentierte in seinem Aufsatz »Österreichische Gegenwartsliteratur. Aufgabe, Lage, Forderung«, der im Jahr 1946 als Heft 3 der bereits erwähnten Schriftenreihe »Neues Österreich« erschien, exakt entgegengesetzt. Dringlich empfahl er literarische Auseinandersetzungen mit der jüngsten Geschichte und aktuellen Zeitfragen, sah diese allerdings in der österreichischen Literaturlandschaft kaum irgendwo gegeben.

Rudolf Brunngrabers Buch laviert in einer Art und Weise, die man wahrscheinlich wirklich als typisch österreichisch bezeichnen kann, zwischen den Polen, denn Aufarbeitung und Verdrängung bilden hier eine untrennbare Einheit. In der Lektüre des Buches »Prozeß auf Tod und Leben« mag sich dies, vielleicht aber auch der eine oder andere überraschende Moment zeigen. So erweisen sich beispielsweise die beiden Kontrahenten, der Antisemit Ónody und der Humanist Eötvös, in ihren Kommentierungen des Freispruchs der Juden als gegenseitiges Spiegelbild. »Humanitätsblödelei« wirft Ónody der Zeit vor, in der solche Urteile möglich sind, woraufhin Eötvös in seiner Antwort ganz euphorisch dem ungarischen Geist gratuliert, der – und diese Formulierung ist abgründig – mit diesem Entscheid wieder einmal über das »Untermenschentum« gesiegt habe.

Dass ein Humanist seine Gegner ganz in der Diktion der Nazis als »Untermenschen« bezeichnet, macht aus dem Humanismus, den schon Karl Kraus für nichts anderes als ein wirkungsloses Schmücke-dein-Heim gehalten hat, tatsächlich eine »Humanitätsblödelei«. Dazu passt eine letzte Zeitungsmeldung aus dem Jahr 1948: Basierend auf einer offiziellen Statistik des Kulturamtes der Stadt Wien wurde berichtet, dass in diesem Jahr niemand anderer als Rudolf Brunngraber der meistgelesene deutschsprachige Autor in den öffentlichen Büchereien sei.[11] Darüber, welche seiner Bücher es waren, die das Publikum so massenhaft mit nach Hause nahm, schweigt sich die Statistik aus. Allerdings liegt der Gedanke nahe, dass es nicht unbedingt »Prozeß auf Tod und Leben« war, sondern jene Werke, die sich schon in den Jahren zuvor größter Beliebtheit erfreuten. Mit »Radium«, »Opiumkrieg« und »Zucker aus Cuba«, so steht zu vermuten, gondelten weite Teile der Leserschaft über 1945 hinweg. Ganz so, als hätte es weder Prozesse auf Leben und Tod noch Millionen von Toten ganz ohne Prozesse gegeben.

11 Nicola Sidney: Der meistgelesene österreichische Autor (Zeitungsausschnitt ohne genauere Quellenangaben im Nachlass Rudolf Brunngrabers in der Dokumentationsstelle für neuere österreichische Literatur, Wien).

REVISITED im Milena Verlag
Literarische Schätze wieder ausgehoben

Otto Basil

WENN DAS DER FÜHRER WÜSSTE

Roman

REVISITED 5

ISBN 978-3-85286-197-5

Hitlers Armeen haben den Krieg gewonnen – und der Irrsinn geht erst richtig los! Otto Basil schrieb mit diesem Roman eine ungeheuerliche Satire auf das „Dritte Reich".

Hitler hat gesiegt, die Atombombe fiel nicht auf Hiroshima, sondern auf London. Das Germanische Weltreich ist errichtet. Lediglich der großasiatische Raum wird von den Japanern beherrscht. Berlin ist die Hauptstadt der Macht, die Hauptstadt Deutschlands und damit der halben Welt.
Der Papst und der Dalai-Lama werden in einer Kölner neurochirurgischen Klinik gefangen gehalten, von Irland bis zum Ural erheben sich die SS-Ordensburgen, die Zuchtmutterklöster, die Walhallen der Ariosophen, die Napolas und Untermenschenlager. Das ist die Kulisse, als Adolf Hitler stirbt und unter ungeheurem Pomp im Kyffhäuser bestattet wird. Sein Nachfolger heißt Ivo Köpfler (Heil Köpfler!). Der Tanz in den Untergang des Dritten Weltkrieges ist nicht mehr aufzuhalten und mittendrin der Parteigenosse Albin Totila Höllriegl, ein Österreicher, den ein gewaltiger Auftrag nach Berlin führt …

»Diese Wiederentdeckung ist zum Fürchten« *Kurier*
»Man legt diesen Roman mit Atemnot aus der Hand.« *ORF*

REVISITED im Milena Verlag

Langston Hughes
SIMPEL SPRICHT SICH AUS. Roman
ISBN 978 3 85286 172 2

Rasende Dialoge im Slang und Mikrokosmos von Harlem, New York City, vom berühmtesten Dichter Harlems.

Harlem, in den ersten Nachkriegsjahren. Jesse B. Semple, von Freunden »Simpel« genannt, läuft alle paar Tage seinem Freund über den Weg. Egal ob an der Theke der Wishing Well Bar oder Ecke Lennox, 135. Straße, es gibt immer viel zu besprechen.

»Ein afroamerikanischer Simplicissimus: In Zeiten von Obama eine höchst spannende Figur …« *DER SPIEGEL*

»Simpel redet sich um Kopf und Kragen. Aber in seinen Schimpftiraden spiegelt sich nicht nur die Ghettowelt der Nachkriegszeit, sie offenbaren auch einen originären Witz, der von tiefer Weisheit oft nicht zu unterscheiden ist.« *ROLLING STONE*

Hugo Bettauer
HEMMUNGSLOS. Kriminalroman
ISBN 978 3 85286 184 5

Der politisch visionäre Roman veranschaulicht das Sittenbild der 1920er-Jahre und wirft brandaktuelle Fragen nach Schuld und Sühne in Krisenzeiten auf. »Der talentierte Mr. Ripley« goes Vienna.

»Bettauers Roman ist mit gleich viel Kenntnis wie Kritik in die soziale Realität nach dem Zusammenbruch der Donaumonarchie gesetzt. Ein hungernder Aristokrat, den in der Demokratie niemand mehr braucht, nützt seine feingeschliffenen Manieren und sein herrisches Auftreten, um Karriere als Verbrecher zu machen.« *Neue Zürcher Zeitung*

REVISITED im Milena Verlag

Peter Cheyney
LEMMY SCHIESST NICHT AUF BLONDINEN
Kriminalroman
ISBN 978 3 85286 193 7

Für böse Buben: Harte Schwinger.
Für schöne Mädchen: Kuss auf Kuss.
Pausenlos die tollsten Dinger: Eddie ist ein Hochgenuß!
Ein Pulp-Krimi der Sonderklasse!
In der Hauptrolle: Eddie Constantine
Achtung: Politisch inkorrekt

Mein Name ist Caution, Lemmy Caution. Ich arbeite für den FBI. Nicht jeder Auftrag, den ich kriege, fängt so verquer an wie dieser hier. Eine Mrs. Marella Thorensen hatte uns geschrieben und einen Beamten angefordert – ich bin das Opfer. Als ich hinkomme, ist das Haus leer und ganz schön unordentlich. Es stellt sich heraus, dass die Thorensen die Frau eines Rechtsverdrehers ist, der für einen Chinesen namens Lee Sam arbeitet. Berenice, seine Tochter, erscheint zur gleichen Zeit wie ich in Thorensens Haus – ein Festessen für den alten Lemmy. Nur: Wo steckt Mrs. Thorensen? Welchen kriminellen Geschäften geht Lee Sam mit der Mafia nach? Und welche Rolle, zum Teufel, spielt seine schöne Tochter in der ganzen Geschichte?

»Cheney ist der unumstößliche Großmeister des Kriminalromans.«
Jean-Luc Godard

»Dem schließe ich mich an.«
Georges Simenon

Gedruckt mit freundlicher Unterstützung durch

WIEN KULTUR

Bibliografische Information Der Deutschen Bibliothek
Die Deutsche Bibliothek verzeichnet diese Publikation in der Deutschen Nationalbibliografie; detaillierte bibliografische Daten sind im Internet über http://dnb.ddb.de abrufbar.

Umschlaggestaltung: Jörg Vogeltanz, www.vogeltanz.at
Druck und Bindung:

Milena Verlag, REVISITED 7

Milena Verlag 2011
A–1080 Wien, Wickenburggasse 21/1-2

ISBN 978-3-85286-215-6